春园之草

张海燕 ◎ 著

国际文化出版公司

· 北京 ·

图书在版编目（CIP）数据

春园之草 / 张海燕著 . —北京：国际文化出版公司，2023.2

ISBN 978-7-5125-1485-0

Ⅰ . ①春… Ⅱ . ①张… Ⅲ . ①散文集－中国－当代 Ⅳ . ① I267

中国版本图书馆 CIP 数据核字 (2022) 第 256033 号

春园之草

作　　者	张海燕
国画绘者	焦维轩
责任编辑	侯娟雅
封面设计	陈经纬
出版发行	国际文化出版公司
经　　销	全国新华书店
印　　刷	天津中印联印务有限公司
开　　本	710mm×1000mm　16开
	20.5印张　　254千字
版　　次	2023年2月第1版
	2023年2月第1次印刷
书　　号	ISBN 978-7-5125-1485-0
定　　价	69.00元

国际文化出版公司

北京朝阳区东土城路乙 9 号　　　　　邮编：100013

总编室：（010）64270995　　　　　传真：（010）64270995

销售热线：（010）64271187

传真：（010）64271187-800

E-mail：icpc@95777.sina.net

离乡者的文字之歌

　　冰台（本书作者张海燕的笔名）嘱我为其散文集作序，我是有一些不安的，因为之前与她并不相熟，但幸而文字是最好的媒介，读了这本名为《春园之草》的集子，竟然有了故人相见的感觉。

　　故乡是每一位写作者精神的归处。冰台也不例外。当她的笔触回归到位于河北省武安市管陶乡那个叫车谷村的小山村，一切便活泛起来，所有的经历都变成催化她创作的动力和源泉，饱满的情感溢于纸上，那些独属于她文字的地理图标渐渐清晰起来，生命细节也一一展现。而以此为出发点，文字生出根脉来，无论乡愁故土，还是在旅途中的所见、所闻、所思都成为她创作的素材。

　　翻开这部厚厚的书稿，我首先看到的是一个离乡者对故土浓郁的情感表达，以及在多年"漂泊"中的独特感受，所有个人经验都以文字的形式在她的生命中形成了新的烙印。毫无疑问，书中最动人的部分当属冰台写故乡与亲人的那些篇章。当故乡的天地与亲人的形象在她笔下展开，一下子就弥漫出许多的温情来，并且被记忆深藏的那些事物也渐渐晕染出丰富的色彩来。冰台的叙述在这里显得格外有耐心，笔法细致、动人。在她不急不缓的描摹之下，那个小山村的地貌清晰可见，那些渐渐衰败的山谷、原野、老屋、老街、台阶以及棠梨、荆条编的篮子……这一切元素，成了她借以回望故土、抒发乡愁的载体。住在村庄最高处的"祖母"这一生动的形象跃然纸上。祖母耳背，偶尔会站在驴棚上骂人，这骂人的架势也是精彩的，像一场独角戏的表演……这一段让我想起，在我的故乡，也有类似的老人，他们孤独又坚强。写到祖母的时候，冰台的文字显出特有的老辣，将这位典型的山村老妇的形象刻画得入木三分。但她对亲人的描写是真诚的，并不刻意美化，也不着力拔高，而是贴着生活的地面老老实实地去写，这使得人物更加立体，也更加真实可信。

冰台的家庭有着较为特殊的历史背景，父亲早年因为参军离开故乡，母亲追随其后，转战南北，足迹踏遍了大半个中国。几个孩子也可以说与故乡和亲人们隔山隔水，相距千里，自然也就孕育出了日渐浓郁的乡愁。早年间，因为交通不便，父母在归乡时的艰辛让今日的我们难以想象——"他们那时每次都是一路舟车劳顿，少则大半个月，多则月余。"然而更令人唏嘘的是，祖父在一次去探望父亲的途中不幸离世。故而，这乡愁对于冰台及她的家人来说滋味更为复杂，影响也更为深刻。人在旅途中的种种心境，从父母的心头逐渐爬到了冰台的笔下。她对故乡那座老宅以及老宅里升腾起的炊烟念念不忘，并时常惦念着耳背的祖母以及与她相依为命的叔叔，惦念着村庄里的一切……这些家庭记忆以及隐秘的心灵体验散落于不同的篇目之中，增加了文字的厚重感，读来让人心疼。

冰台用文字复原着亲人在故乡的生活以及自己与父母一次次回归故乡的种种境遇和感受。文中写到母亲从故乡一路颠簸带来的一棵石榴树，它如同离乡的人们一样迁居。别人的归途成为一棵树的旅途，而别人的故乡也将成为这棵树要重新扎根的地方。离了故土的石榴树只开花不结果。当想到老人护着这树苗千里迢迢乘汽车、挤火车，像在暗黑之中护佑着一个火苗一般，怀着浓烈的思乡之情想要落叶归根时，不禁让人充满敬意。而树与人之间的相互映照，使这段经历也有了更为丰富的内涵，耐人寻味。这棵不开花的石榴树又何尝不是将生活移植于远方的一个个离乡者，虽然努力盛放出灿烂的花朵，但始终与在故土的状态有着千差万别。

除了写乡愁、写亲情，这本书还写了其他的一些内容，比如游记、生活随笔，以及读书笔记等。冰台是一位有心人，能将旅途中的见闻与感受生动地记录下来，又对日常生活中的点滴进行梳理，形成了这样一本融入她丰富生活阅历的文集。除此之外，听说她还写小说、诗歌、歌词，各种体裁均有涉猎。

冰台 17 岁参加工作，41 岁面临工作单位的巨大变革，作为一名女性，遭遇种种突如其来的变化，她没有被生活打倒，而是毅然决然地选择游走他乡去打拼。人在旅途中的个中滋味她都品尝过。在这本书中，她说，"离家在外久了，别的都能克服，感觉最难的时刻，莫过于独自躺卧在病床上时的无依无助，那是一种濒死的绝望……"但即便如此，她依然告诉自己"一切都是最好的安排"，显而易见，她是一位独立且坚强的女性。一路走来，经过这种种曲折人生的"风景"，她便对一切有了更为独特的体悟，对人、对事也有了一份豁达与通透。在那些行文散淡的作品中，布满了她对生活、对世事的真挚解读。

冰台以文字之歌来记录生活，抵抗飞速逝去的时光。而她的笔名"冰台"一词原是艾草的别称，人们用它驱蚊虫，也驱邪，甚至，它还是一味中草药。作者用母亲栽种在门前的野草为自己命名，可见其对故土与亲情的一片赤诚之心，着实令人感动。

期待冰台写出更多精彩的文字。

刘云芳

2022 年 10 月 9 日于唐山

刘云芳：中国作家协会会员，河北文学院签约作家，鲁迅文学院第 42 届高研班学员。作品主要发表于《北京文学》《天涯》《青年文学》《散文》《散文选刊》等报刊。曾两次获得香港青年文学奖，并获得孙犁散文奖双年奖、孙犁文学奖、河北文艺贡献奖。已出版散文集《木头的信仰》《给树把脉的人》《陪你变成鱼》，童话《奔跑的树枝马》《老树洞婆婆的故事》。

目录 /

第二辑　人在旅途

第三辑　阅读与思考

第四辑　人生百味

第五辑　往事如烟

第六辑　天命絮语

第一辑　回望乡愁

故园寻梦

游子的故乡，仿佛是刻画于心尖的微缩景观，精致到台阶上的印痕，就连细微的一草一木，都会成为萦绕一生的牵念。

当我突然邂逅一片叶、几朵云、一缕炊烟，有时甚至看到某个影视的桥段、某张图片里一个相似的场景，都会勾起旧梦的嗟叹，忍不住想去触碰那带有隐痛的旧伤。

坐落在河北省武安市管陶乡的车谷村，是父亲的血地；是我从小到大填写的籍贯地，是我漂泊时牵心的根基，也是我此生永远无法忘记却难得回去的故园。

儿时的印象，就像木刻的图片，总是时隐时现在记忆的山墙。依山傍水的村落，与许多民风淳朴的北方山区相似，是静谧安闲的所在。儿时每次回老家，进村所遇到的每个人，都会热切地和我们打招呼，让我感觉是那么亲切，仿佛他们都是和自己有牵连的亲人。而我此生最大的憾事，是我生长在异乡，始终没有学会清扬柔和的乡音，以至于不能同频回应。

耳聋的祖母，嗓音倒是清亮，特别是在喊人或者骂人的时候，站在驴棚的屋顶上，半个村子都能听得见。她每天等叔叔出工后，便收拾停当，然后盘起她那三寸金莲，坐在土炕上做活儿。炕沿边就是锅台，除了夏天屋里不烧煤火，余下的三季，炉火上总是会"蹲坐"着一把铁壶。有时隔着水开的蒸汽，祖母在我的视野里，就飘浮成了一尊菩萨。

几十年间，很少走出院门的祖母，与叔叔相依为命，那些很少能看见人的时光，是漫长而寂寞的。她便日日在心里倒腾晾晒那些陈芝麻烂谷子，稍不留意，那些往事就会溜出自己的嘴角，把心底的声音，从这村子最高处——半山坡上的老屋里甩出去，越来越大声地自言自语，最后演变成一个人的狂欢，也定格成为我儿时如梦的桥段。尤其是她蹒跚到下屋房顶上喊我吃饭时，那长长拖着的尾音，便袅袅娜娜地和着炊烟，穿透村子，然后随着晚霞融入暮霭，仿佛来自山谷的回响。

直到我偶然在本土摄影师佳木的作品里，看到浓缩的故乡，那是取景框里呈现出不同视角的四季，瞬间，我便被另一种对故乡的诠释所震撼。

废弃的老街，残存着家乡特有的砖石结构房屋，像置身旧时光影片里的场景。走进逼仄的街巷，似在近距离盘点岁月的年轮。驻足在还没完全坍塌的古朴院落，感受一缕阳光所折射的温馨，令人不由得想顺着恍惚的光晕，牵出敲响青石板的过往，任时光倒流。而那些已经坍塌的和摇摇欲坠的老屋，或站或蹲或躺，遥相呼应着，像一群饱经沧桑的老人，隔空对语着被光阴湮灭的流年。

村口的老井，犹如源远流长的血脉，见证着村落七百多年的沧桑巨变，逢旱不干，遇涝不溢，依旧清泉奔涌，不卑不亢。老井牵着走出大山的游子，呼应着叶落归根的召唤；老井是异乡孤寂时，魂牵梦绕在灵魂里的图腾。

故乡早春的原野，更像赖床的孩童，依旧沉睡在冬眠的酣梦里不愿苏醒。曾经依山而建的老屋，大多已经废弃，有些还能嗅到弥漫过烟火的气息。当房前屋后的几簇新绿，吹响春天的号角，给山村带来鲜活，那些勉强支撑着的断壁残垣，便开始在梨花的禅音里修行，坚守着古朴的本心。

但等清明祭祖的鞭炮响彻山谷，满坡的坟茔被添过新土，盛开着坟头纸的墓冢，好似换上了春装。花花绿绿的插花鲜艳着，昭示着各个家族的兴衰和人间烟火的生生不息，更为苍凉的原野唤醒希望。在迷离的烟雨里，南坡上的那棵老菜树，刚刚从枯干里钻出枝丫，而翠绿的核桃纽（春天核桃树的花蕾），早已被春雨浸润得如同碧玉。

远近起伏的山峦，缥缈着迷离的薄雾，游走在沟坡山涧。连翘和迎春花次第开放，杏花、山桃若隐若现。它们如霞似雾般铺陈开来，偶然间杂了一团不知名的红霓怒放着，像燃烧的火焰。

村边的车谷水库，曾是儿时放麦假回老家时最惬意的乐园。当我们疯够了，跑累了，一群小伙伴便散躺在水库大坝的斜坡上，枕着柔软的狗尾草，身旁开着叫得上或叫不上名字的野花，原野的气息沁人心脾。仰面闲看云卷云舒，低头俯视波光潋滟。偶尔也会有几尾互相追逐的鱼儿，打破倒映在湖镜里的水中天，惊醒痴迷的梦幻。过去的水库，早已变身为如今的朝阳湖，与著名的朝阳沟景区连成一片。

当秋风吹起第一声呼哨，多情的梨树便率先着了秀色，诱惑着漫山遍野的植物们，忙忙地跟着涂脂抹粉，准备盛装迎接仲秋的狂欢。

故乡的秋天是丰盈的，更是彩色的，像我迷失的梦幻。且不说遍布沟坡的核桃、柿子、苹果、梨，单是家乡特有的棠梨，已然承载了多少亲情，而俯拾皆是的酸枣，更是无数次酸涩了游子的眼眸，模糊了几重关山。

红果点缀着天然氧吧的繁盛，刚刚在此享受过避暑天堂惬意的游客，顺道又把雍容华贵的葡萄捧回家中，更被善饮者，请进涅槃的瓮坛。这时，俗称木橑树的黄连木，早已按捺不住万粒归仓的豪情，窜越过沧桑屋脊上的瓦松，用如火如荼的热情昭告天下。放眼四望，你更会惊疑，不知是女娲娘娘把五彩石遗落，还是魔术师失了把控，抑或是一群写生的孩子，调皮打闹间，无意中碰翻了七彩水粉，连同跳跃的童心，一起洒落崖畔。

经过了春的明媚、夏的清幽和秋的热烈，故乡的冬天开始陷入沉寂的落寞。越来越凝重的山色，像是披上了一件寺院的僧衣，开启入定模式。大概是慈悲的造物主，不忍看万物悲凉，从而天降祥瑞，为死气沉沉的山峦缠上了一条玉带，增加了一抹亮色，为麦苗盖上雪被，好蓄积复苏的力量。

紧接着，冬神玄冥不小心打了一个喷嚏，玉涎化为晶莹剔透的冰瀑，凝聚成苍茫大地的点缀。

故园的四季，牵着游子的冷暖；故园的往昔，点点滴滴都是孤品绝味；故园的画卷，被取景框留存岁月的足迹。不卑不亢的青石板，与青苔叙旧，闲话老街的沧桑。渡劫的旧居，在日渐衰败中修行，祈盼得遇有缘人，能再将捋古老村落的前世今生，能最后拉一拉，旧时光的家常。

如今的故乡正在发生巨变，我的旧梦也随着时代的脚步重新启航。越来越便捷的交通，越来越美丽的环境，梦里故乡正在不断挥毫惊喜，在改革的春风里，泼墨新的篇章。更有物美价廉的农家乐，笑迎四海宾朋，尤其让我们这些远离家园的"故乡客"，不再无处落脚，一扫落寞惆怅。现在不管哪个季节，只要你投入她的怀抱，定会陶醉于人文山水，寻回久违的温情，被她那淳朴自然的魅力所感染。

老屋烟火

1

当清明祭祖的青烟在墓地缓缓升起时，我耳畔好似传来母亲的呢喃：点上香，轻轻念叨念叨，心里想着念着的人，就都能听见了。我的心头蓦然就多出一层敬畏，仿佛眼前那一排排冷寂的土丘，已幻化为熟悉的身影，在我眼前生动起来。

我先叫了一声爹，接着又喊了一声娘，喉头便已哽咽，泪水不觉间迷蒙了双眼。一张张点燃的纸钱，吐着欢快的火舌飞舞着。烟火接通了生与死的路径，堆积起思念与牵挂的桥梁。此起彼伏的鞭炮声，昭告着村落子民恭请先祖享祭的虔诚，盘旋在山谷的回响，则像极了故乡亲切的回应。座座添过新土的坟茔，花花绿绿压好的坟头纸，为早春尚且荒凉的山体与寂静的村落，平添了一些颜色。

几近荒芜的下院里，有一间住所，在母亲随军离开后，闲置了几十年。直到二老魂归故里之后，我才确切得知，那里原来是我父母年轻时的家。当 1997 年 4 月父亲病重时，他们无奈地分送出一部分物品给相处多年的邻里好友，不得已与工作、生活了近三十年的山城作别。打包剩下的家当，全部搬运回故园的旧居，这里曾经是他们共同开始生活的起点。

父亲参军后，在岁月中历经战火、转战南北。直到新中国成立后，母亲才不断地一路从北向南，再由南到北，经历无数次搬迁，踏遍了大半个中国，直到现在终于回归故里。然而此时的父亲，却再也无法完成他的养老规划，只好前往我定居的千里之外。自此离开，就再也没能重新再踏进他生病前已修葺好的这座院落。

推开破败的院门，荒芜的院落杂草丛生。曾经由大娘家几代人居住的大院子，那些温馨了我儿时记忆的热闹，都已化为遥远的尘烟。而今我的那些本家子侄们也都已择了新居，更多的和我一样，奔向了远离故土的远方。二哥打开家门锈迹斑斑的铁锁，随着木门被吱吱呀呀地推开，一张硕大的蜘蛛网迎面悬挂着，仿若门神的阔脸，上面落满的灰尘，积攒着飞逝的光阴。隔着蛛网，不大的房间便一览无余。母亲最后离开时整理好的旧居，再也没人居住过。

屋里盛放着不多的家具和生活用品，都是父母生前的遗物，是他们一生仅存的家当。从我出生便有的那张三屉桌和两把木椅，大哥说是父亲转业那年打制的，应该和我同岁，依稀还是我儿时的模样。顺着打开的门溜进去的光线，正好落在暗红色的桌子上，像一束舞台的追光。迎面停摆了经年的座钟，依旧像老僧入定，不悲不喜，仿佛在静等闭关后的重生。历经世事沧桑，不论父母经过多少次搬迁，所住的屋子，几乎都是原样的摆设。无论我们身在何处，只要推开家门，总能在迈进门槛的瞬间，被拉回熟悉的过往。回家的感觉，在恍惚间足以让时光倒流。

墙上的镜框里，除了我们这辈人和我们的孩子，所有的长辈，都先后睡到后面的山坡上晒太阳去了，不再理会尘世间的纷纷扰扰。只有陪伴了父母一生的这些生活用品，默默地守护着主人遗留的气息，封存起记忆。一圈一圈的蛛网，仿佛岁月的年轮，缠绕着我的思绪，我不由得在它的轨迹里，追寻旧日的印痕。

檐廊下，母亲巧手盘制的泥炉，还在痴痴地等待着远行的主人，期望能够再次把烟火点燃，好让袅袅炊烟在夕阳的薄暮里恣意地撒欢儿。

2

隔着一条干涸的河道，能看到对面半山腰上最高处的院落，那就是奶奶的老屋。听说屋后依山处，原本还有一座比老屋更高的房子，可惜早已毁于抗日战争的烽火。

我们当年回老家，都是在村口下车，由此踏上由青石板铺就的慢坡道，那是一条一里多长的老街。参差不齐排列的房屋被石板路隔在两边，依着山势而建。一边的低洼处，齐着河道，有的屋檐与老街的路沿齐平，也有的门框与路面等高。弯弯曲曲的街道，一直蜿蜒到石栏杆处才豁然开朗。青石栏杆的下方是陡立的河坝，隔着平时没水的河道，正对面的街尽头，便是母亲的院子。栏杆的周边比较开阔，散布着几处整齐的院落，转弯后沿着一线天的夹缝拾级而上，还要长长短短地拐上两三次，才能进到奶奶的老屋。这一处石阶也是当年到村口老井挑水回来时，最难走的一段路，就连叔叔每次挑担到这里，也得歇一口气，踩稳了再上。

栏杆里高高低低的，当时大概是四个院子，居住着九户人家。我儿时经常顺着平房顶上，就能绕到另外几家的院子去，然后沿着谁家的梯子下来，那可是捉迷藏时最开心的玩法。栏杆旁的饭市（农村大家吃饭时聚集在一起的街巷），则是每天最热闹的地方，谁家的生活底细，沿路看过来，便可以一目了然。

饭市作为当时单调生活的调味剂，曾经给村人们带来过美好的精神享受，也是村人聚集说事的地方和相互沟通的场所。

我幼时体弱，不爱吃饭，但是却非常喜欢这种热闹的氛围，只要是回到老家，我都会端着小碗人来疯似的，能跑遍半条街道，回来时的碗里更是琳琅满目，有小米饭、干饭、杂面条，有饸饹、抿节、杂货饭等，可谓是应有尽有。当时更多的人家，以糠面、小米和玉米面为主，用杂粮和几乎没有油水的汤菜，填饱着饥饿的日常。虽然母亲走到哪里都是公认的家常饭好手，我家的生活也算富裕，但我肚子里的馋虫，却总是抵不住百家饭的诱惑。

3

几乎所有的山村都是靠山吃山，尤其是过去的老房子，大多是以远看像红砖似的原石为主砌成，亲切、古朴、自然。从栏杆上来，沿着由不规整的块石砌筑在两个房子间高陡逼仄的台阶上去，拐弯再上几阶，是一扇破旧的似乎从来不曾关过的木门。进到院子，院门房是奶奶家的两间驴圈，驴圈对面是邻居家的平房。通过院正中十三级青石条整齐铺陈的宽阔台阶，上去才是奶奶的老屋。

老屋是一溜五间高大的瓦房，虽然后墙的挡墙依然是石头结构，前墙壁却由青砖到顶。奶奶住在三间的大屋里，叔叔住在隔壁的两间。与房屋连成一体的门廊外端，由四根圆木柱支撑着，把过道遮盖得严严实实。门廊的一根圆木柱立在台阶旁，紧挨着的是一块方形的古式捶布石，那是奶奶和母亲原来洗衣时捶打衣服用的。我喜欢坐在光溜溜的捶布石上，背靠着柱子，把腿耷拉下去。眼前就是石榴树，碧绿的枝叶间，掩映着一些正在生长的石榴。也能顺着下院的空隙，看到对面的山坡和人家。走廊的地面，铺的全是古式方砖，一直通向后门。后门外是两家的茅房，还有两块我家闲置地基圈成的自留地，一条蜿蜒的山路通向山巅。

当时在乡下，我家老屋算是比较高级的建筑了，至少在很多人的印象里极为气派。若是偶尔早上内急，我便在鸡鸣声中，睡眼惺忪地爬下土炕，去院外上茅房。返回时或许就径直坐在门槛上犯癔症，依着门廊的柱子发呆。也有可能抬腿迈上两三块石头堆砌成的台梯，直接就上到了下院平房的屋顶。看着村子里的炊烟，先是零星地袅袅升起，然后是陆陆续续地，一家接一家地加入进来，形成一片迷离，最后轻柔地融入缭绕山峦的晨雾。听着此起彼伏的鸡鸣狗吠，等待着老阳儿蹦跳着跃上山巅。

我更喜欢傍晚时在平房屋顶的眺望。每当浓浓的炊烟升起，就会不时地看到有暮归的老牛，慢悠悠地踩着山道的石板路，踢踢踏踏地进村。牛儿的旁边或者后面，必定跟着一个扛着农具，抑或空手抽着旱烟的男人和偶遇的乡邻一路寒暄着。蓦然传来"哞——"的一声，和着山壁婉转悠长的回响，便打破了黄昏的寂静。不久就会听到呼儿唤女"回家吃饭哩"的此起彼伏声，和着几声脆生生的应答。

推开院子的后门，顺着屋后的石径七扭八拐地上山。站在狗尾草齐腰的山顶，眺望着远山的云雾和山外有山的连绵不断，便不由得就像是沉浸到大人们访古时戏说的仙境里云游。在山顶还可以清晰地望见水库大坝，若是有伴，说不定就会顺着后山的羊肠小道一溜跟头地跑下去，沿着马路再走不远，就上到曾经东风水库的大坝，我们可以整天在那里玩耍。而今托"《朝阳沟》之父"的编剧杨兰春先生的福，他坐落在我们邻村的故居，被打造成了闻名遐迩的朝阳沟胜地。而我们的大美管陶川（川是故乡人对乡镇的普遍叫法），随之也挖掘出不少古今资源，大力开辟生态旅游，呼应连接起景区观光带，曾经的东风水库，顺理成章地变身为朝阳湖。

打开时光的闸门，一件一件的往事，便会情不自禁地跃然脑海，故乡的往昔，更像是一幅光阴的画卷，一经展开便历历在目，仿佛发生在昨天。

4

2008 年的农历八月初九，是母亲三周年忌日。那年元月，为了生计，我已随两个同事姐妹远赴贵州打工。侄女问我归否？本来我的探亲假定在年底，可突然袭来的归思，竟扰得我坐卧不宁。我以为远离家园，就可以淡然身外的一切，但想要做到心如止水，实在不是一句话那么简单。

独自踏上迢迢千里的归程，感觉到前所未有的孤独和疲惫，那时我才真正体会到，八九个月从来没有休息过一天的打工生涯，已让我精疲力竭。接下来的三十多个小时，除非必要，我几乎就没怎么下过卧铺，结结实实地睡了它个天翻地覆。及至下车时腰酸背疼，差点都不会走路了。

遥想四五十年前，父母曾经走了若干遍的这条路，他们那时每次都是一路舟车劳顿。母亲每次探亲，路上都是依靠沿途武装部的安排，历经多次辗转，才能到达父亲部队的驻地。直到父亲在最后服役的驻地安定下来，才有了两个哥哥，母亲更是携着两个幼儿跋涉其间，其艰难可想而知，母亲的坚强个性也由此可见。也正是因此从小聆听，我对这一路的山水，尤其是四季如春、曾经孕育了我却没能接纳我出生的昆明，便成为我此生的向往之地。四十多年魂牵梦绕，当我终于有机会并义无反顾地远离家园，来到离昆明一步之遥的贵州兴义时，我是激动而兴奋的。

走进故乡，亲切的乡音依旧，却再也看不到往日亲人的笑靥。很想再看看奶奶的老屋，哥哥说路塌了，可能上不去了。老街也几乎没人了，房子都成了破败的空巢，我却执意想要上去看看。当时我所在的企业早已破产，我在母亲魂归故里之后，毅然办理了退职，外出自谋生路，两年后更是踏上了像父母当年一样的漂泊之旅。我明白失去亲人的故园，回去的机会将是越来越少了。

哥哥们陪我小心翼翼地攀爬上去。院中那棵比我年长的石榴树还在，正是硕果累累。我抚摸着长疯了的枝叶，它们似也激动得不能自已，忍不住轻吻着我的手臂。我们彼此明白，此次相逢，也可能将是此生的永诀。院中通向老屋的高高石阶，依然完好，我依旧像儿时一样仰望。但是奶奶老屋的屋顶坍塌了，被父亲坚固过的墙壁还顽强地屹立着。叔叔在世时，每年给我留存棠梨干的小筐被砸烂了；墙角那个用荆条编的小提篮，是奶奶曾经蹒跚着她的小脚，挪到屋后山坡，为我采摘酸枣用的，收藏过太多的惊喜和欢笑。如今它们都和主人一起，被掩埋进岁月的尘埃。

曾经冒着热气的锅灶，成为一堆瓦砾的冢丘，多少回在梦里升腾的炊烟，都幻化为被灰烬湮没的遗迹。木格的窗户上，一些破碎的麻纸还不忍离去，风一吹，便忍不住呜呜咽咽地诉说，就像叔叔那晚瘫倒在石板地上的无奈。只有挂着锈锁的木门，像是恪尽职守的哨兵，坚守着自己的阵地，履行着最后的职责。

布满青苔的石阶和长长的石板路，默默地守望着故园，无奈地消耗着未知的岁月。它们在每一个到来的黎明和黄昏里，咀嚼着岁月的变迁，偶尔与沿街窜过破败门窗的风，念叨些兴衰的旧话。

5

走出大山的爷爷，在辗转去部队探望我父亲的路上，一病不起，客死他乡。在奶奶的盼望里，迎回来的，只有一堆白骨，从此，奶奶更是很少走出栏杆之外。孝顺的父亲，在转业时只好选择了离家较近的乡镇，忍痛放弃了留在他乡的优厚条件。虽然当时只有六七十里的路程，交通却极其不便，他只能抽空骑车回去探望。在我7岁时，我们全家跟随着已经调动工作的父亲进城，回家的路，又远了一程。特别是最后那二三十里，现在踩一脚油门不过十几分钟，当年却极是艰难。不是挤不上去仅有的那班公交车，就是干脆等不到，所以我们有时只能靠两条腿往回挪。偶尔运气好，也能遇到好心的马车夫，捎我们一程。

我记得，奶奶在我们进城好几年后，勉强到我家小住过一次，从此再没有下过栏杆。当时我班里有几个坏小子，放学后总是远远地跟着我到家，趴在大门边偷看。菩萨似的奶奶，盘腿坐在院子当中的水泥台上，没人时，耳聋的她一边做针线活儿，一边就会不由自主越来越大声地自言自语，这个挽着发髻的小脚老太太，曾经极大地吸引着他们的好奇心。

奶奶75岁那年，有人捎来口信，说奶奶从驴棚上摔下来了。我娘说，那么高的房子，又是石板地，肯定不行了。当我们急急忙忙赶回老家时，还没跨进院门，就听到上屋里传来奶奶一如既往脆生生的说话声。奶奶耳聋得很，她说话时唯恐别人听不见。而听不见别人说话的奶奶，却从来不会受我们的情绪干扰，也从来不会追问我们在说些什么。

没人时奶奶常常自言自语，完全沉浸在自己的世界，翻检着她一生经历过的往事，有时想到激烈处，就会一股脑儿地吵嚷出来。其实，一个农村老妪，一辈子所经历的，往往不过是她与村邻的关系，更多的是一些鸡毛蒜皮的过节，谁谁路过院子抓了一把晾晒的谷子，谁谁顺手摘了一颗石榴。石榴是给我们留着的，每年要等到她八月初九生日，我们都回去时才摘。

就那么翻来覆去地倒腾着的，都是奶奶自认为一生中重要的事情，虽然在我们看来是那么地微不足道，甚至有点可笑，她却总是在那些陈芝麻烂谷子的往事里乐此不疲。也只有在这时，奶奶仿佛真正地穿越回了自己的世界，那是曾经热闹的、充满烟火的世界，不像她现在如此孤寂。而我一直希望能听到奶奶提起的，是我从未谋面的爷爷，或是8岁那年去割柴草时，不幸滚下山坡早夭的大爷。奶奶却从来不曾提起过，仿佛那不是她人生的一部分似的。

只有看见了难得一见的人影，奶奶的声音才会渐渐地小下去，把那些在我们听起来像戏班子似的热闹压下去，召唤脱离了羁绊的灵魂，重新回归现实。

矮小的奶奶摔下去之后，被人背进上屋，过后却跟没事人似的，仍旧执拗地拒绝了父母提出跟我们进城的请求。不久便又挪动起她那双，我从来没有见过庐山真面目的三寸金莲蹒跚开去，就像我从来没有看见过她的悲伤和泪水。

奶奶虽然耳背，但她的嗓音却极其清亮，尤其是在骂人的时候。赶上奶奶骂人的时候并不多，一般是在她认为丢了什么东西，或者是有人从后山上下来，路过我家院子，正好我奶奶找不到什么了，便会以为是进了贼。老屋在村子的最高处，两山谷夹着一条平时没水的河滩路，碎石遍布，一旦下雨，就涨水成了河，把人们隔离在堤坝两岸。站在房头，差不多整个村庄尽收眼底。

偶尔看见奶奶站在堰边或者是盘腿坐在平房顶上开骂时，在我幼年的眼睛里倒是一件极有趣的事，有点像如今的脱口秀。"你个狼不吃的""你个偷人养汉的""你个烧灰骨"（音guo）……往往还要在这些句子中间，夹杂上丢失物品的名称，抑或是奶奶认定的贼人的名字。时不时还会加上一些带着拐弯腔调的"哦~"，显得韵律感十足。一直引以为憾的，是我的语言天分不足，家乡那亲切的方言，至今也没学会，只能望洋兴叹。

奶奶在村里年岁大，辈分也较高，那些被提名骂到的，或者是不知名被骂的，听到在这寂静村庄里拉开的悠扬回响，大多数都不会去计较。人多的地方，大家甚至会聚在一起笑着可以当戏听，然后再唠一些我家或者别家的闲话。抑或是被提名的那个被骂者，即使在自己的家里高声回骂几句，奶奶也是听不见的。可见这样偶尔的叫骂，并不是为了吵架，倒是和村庄里很多孤独的妇人一样，不过是好不容易找到个由头，也算是与外界沟通的一种方式吧。借此抒发孤寂的奶奶，或者那些婶子、大娘们，若能酣畅淋漓地哭骂上一场，借以排遣她们不为人知的苦闷，倒也是贫瘠孤苦生活里的一抹色彩。只是我从来没见奶奶哭过，或许是大爷（当地方言，指父亲的哥哥）和爷爷的死，让奶奶的泪早已流干了吧。

总是身着黑色土布大襟衣服和绑腿缅裆裤子的奶奶，就像一朵墨莲，在老屋和后院的自留地里飘浮，操持着她和与她相依为命的叔叔的日常，就这样又过了十年。我们每次回老家，都是在奶奶那占据了一面墙的大炕上睡觉。不管夜里何时醒来，都会看见奶奶盘腿坐在炕上，困了就和打坐的僧人一样，低头眯上一会儿。我后来一直在想，也许是我们躺着的影像，触动了奶奶的心弦，让她回忆起这铺土炕上，曾经有过的热闹和悲欢离合的过往。虽然每晚睡觉前，都看到奶奶把卷着的铺盖打开铺好，然而唯一看到奶奶真正地躺下来，却是在奶奶安详地无疾而终之后，永远不再醒来。

那是一个五黄六月天，暑气逼人。给奶奶穿戴整齐，那些是她早已经准备了不知多少年的单、夹、棉衣、裤、褂，还有全套的凤冠霞帔，再盖好绸缎的被子。奶奶安详地在草甸子上躺了七天，大热的天，居然连一只蚊蝇都不曾靠近奶奶的身子，更别说腐烂破溃。奶奶挽好发髻的花白头发上戴着凤冠，依旧白皙的面颊像熟睡一般，不需化妆，却是如此的雍容华贵，不禁令人称奇。

6

奶奶走后没几年，刚刚五十出头的叔叔，突然在一个夜晚跟跄倒地，冰凉的青石板贴着他无力支撑起来的躯体，整整一夜，任凭他声嘶力竭，却唤不来半点回应。周围本来就空旷，年轻的人都外出打工去了，年老的人因为山上吃水困难，也都相继搬离老宅，迁到村口平坦的地方去居住了。直到第二天，好不容易有人从山上下来走近道，穿过院落时，才听到了叔叔的闷哼。

孑然一身又已瘫痪的叔叔，被我父母接到了城里，喂吃喂喝、端屎端尿地照顾他，直到他走完了自己的人生之路。

叔叔没有头发，常年在秃头上顶着一块毛巾，虽然识文断字，记不清他是队里的会计还是记工员，年轻时却没人愿意嫁给他。后来听说有一个女人和他要好，奶奶却嫌弃人家的手有点毛病，一直不肯松口，拖了些时日，也就不了了之了。再以后，随着年龄越来越大，叔叔也就断了这个念想。恐怕只有他屋子里的老鼠和蟋蟀，能听到他的叹息，还有窗外的星月，可以遥相陪伴他那午夜的辗转反侧吧。每当想起他度过的那些孤寂的漫漫长夜，我就禁不住为叔叔的命运心怀恻隐。

叔叔下葬的那天，突然飘起漫天大雪，仿佛是为他悲凉的一生送别，借此掩盖他人生的凄清。如此孤零零的一个人，就这样来去，再无牵挂。隆起的墓穴，紧挨着爷爷奶奶，但愿他们的重逢，能淡化此生的悲凉。

7

一辈一辈的先民，就像那漫山遍野的柴火，或许柔顺，或许荆棘丛生，在交错的圪针窝（一丛一丛的圪针刺）里磨合、相融，抑或被慢慢侵并。割完一茬又是一茬，风来，笑弯了腰；雨来，滋润新生。生生不息，野火春风。

世世代代大山的子民，更好像是一年两季的庄稼，收割完一季后，要么被种上了新的植物，要么荒芜，杂草丛生。

一代一代的人，在宗族和族谱里寻找着自己的血脉，随着年龄和阅历的增长，更会像纺车一样转啊，转啊，一圈一圈不停地倒腾。总喜欢把一些新的、旧的东西，倒出来捋顺捋顺，然后再搬上岁月的织机，穿梭出渐渐清晰的纹理，在经线、纬线交织的构图里，精心编织属于自己的人生画卷。

曾经逃脱过战争洗礼的老街，却没能耐住寂寞的苍凉，在叹息声里坍塌颓败。想必饭市的欢声笑语，更会勾起许多老人对过往的记忆，搅动味蕾的浮躁。叶落归根的父母，终于完成了他们生命的轮回，安然于故乡的血地，我却依旧在旅途漂泊。我在每一块被贴上来自异乡标签的土地上落脚，却只能成为故园的过客。每当乡愁来袭，我便仰望云朵，任无羁的洒脱，淡然蔓延开无边的思绪。

一朵云飘来，像极了故乡的炊烟。凝神处，仿佛又听到风箱抽动的"啪""哒"声自远方传来，却被骤来的雨惊醒。被打散的云，转而化作缥缈的雨雾，不觉间，迷离了双眼。

清明烟雨浥轻尘

当清明祭祖的鞭炮声，此起彼伏地回响在山坳里的时候，祖坟周围的核桃树上，已经稀稀拉拉地吐出了大桑葚般的核桃纽，挂满霏霏细雨的晶莹，嫩绿如不染纤尘的碧玉，更为满眼仍显荒芜的山野，增添一丝生机。

这个坐落在太行山东麓的车谷村，就是我魂牵梦绕半个世纪的故园。

当香烛烟火慢慢地化为一堆灰烬时，雨雾更加迷离，仿佛无边的离愁别绪。哥哥们为添过新土的坟头压上鲜艳的黄纸，转弯的山径，隔断了我们的回望，也隔断了山坡上亲人的目送。

本家堂兄党柱哥的农家饭，一如他以往的质朴。只是岁月的风刀霜剑，给他的容颜刻满了沟壑，书写着生活的酸甜苦辣。他那慢条斯理的言行举止，似乎从我记事起就是那个样子，恬淡的神情，越来越像我们曾经的那些长辈，不经意间，便轻轻地勾起了我对往昔的联想。

隔着那条已经被铺成水泥路的河道，对面山坡的最高处，便是奶奶的老屋。那条通向村口的老街，曾经见证过村落里多少悲伤和欢笑。

犹记得，我最喜欢从高高的石头台阶上的老屋边，只消登上几级石垒的阶梯，就能上到下院的屋顶，站在那里就可以眺望整个村庄。远近的山峦，还遗留着我儿时撒欢儿过的欢乐。那些年纪相仿的本家小伙伴们，大多是我的侄男甥女，我这个茄子虽小，却长在辈上的小屁孩儿，那时常心安理得地享受来自他们的呵护。我跟着他们上山，陪他们割荆条，好贴补家用；下河摸些小鱼小虾，既是玩耍，也可以成为鸡们的美餐。山里的野果可以随便摘，当然，也难免会犯点小错误，就是偷地里的几穗嫩玉米或者红薯在田边烧烤。

我这个从城里回去的小毛丫头，可能是得益于父母人缘极好的缘故，所到之处，几乎都是绿灯。即便是想摘几个没熟的青皮核桃，抑或是果园里半生不熟的梨和苹果，大家也都会欣欣然地成为我的"帮凶"。

我的家乡有一种特产的棠梨，乒乓球大小，褐色的皮囊，不熟的时候有些酸涩，可以生津解渴，熟透了却又沙又甜。叔叔在世时，每年都会给我晒一些棠梨干，一直能吃到来年春天，在那物质贫乏的年代，真不啻是美味佳肴。写到这里，眼前仿佛又看到老屋墙角的提篮，仿佛看到奶奶给我收藏的酸枣、核桃和柿干……从口齿延展到眼窝的酸涩，已经禁不住回味的诱惑，无奈着早已远去的，再也难以触摸的亲情。

现在闲来没事的时候，喜欢涂抹几句文字，更多的感慨，都是与老屋有关的。在还没有听到过张明敏《乡间的小路》的年月，我就喜欢站在黄昏的暮霭里，看着夕阳的余晖缓缓地隐藏进群山背后，然后便开始臆想山那边的情形。夕阳下的眺望，是一种原始的享受。寂静的山道，往往先是远远地传来一两声"哞——"的欢叫，继而村口的青石板上，才会响起牛儿的踢踏声，夹杂着牛主人沿路的几声寒暄。

隔开村子的河道，不下雨的时候，并不影响人们的出行。河道两边的院落，基本上都是在河坝后面依山而建，高低错落依地势而行。夕阳西下时，一缕一缕的炊烟，像是不约而同，从一家挨着一家的院落，在我熟悉或不熟悉的屋顶，或浓或淡地冒出来，然后袅袅娜娜地升起，越高变得越淡，直至与越来越低的云雾汇合，融进远方的黑暗。

随后不久，便零零碎碎地传来几声呼儿唤女回家吃饭的声响，悠扬地和着稚子拖着尾音的应答，此起彼伏的余音，便袅袅回荡在村子的上空。若是赶上有月的夜晚，那炊烟与暮云，那屋舍与山影，便会笼罩成一幅剪影，渐渐蒙眬了视线，似乎把我的心，也带到了未可知的去处。我总会呆呆地凝视良久，说不清为什么，只是感觉很美，很美，美得就像是母亲讲的故事里的仙境。直到多年以后，我漂泊在异乡的孤旅，才知道，那场景，已是那样地深入骨髓，刻化为永远的乡愁，定格成再也回不去的剪影。

后来，奶奶走了，叔叔也走了，老屋陷入沉寂。再后来，爹走了，娘也走了，老屋的门更不再开启。失去主人的老屋，就此熄灭了延续百余年燃烧的烟火。遮风挡雨的屋顶，终于凄凉得难以抑制孤独，渐渐地瘫软垮落，最终化为一堆瓦砾。

整个老街也沉寂了。经历了几百年的兴衰，亲眼看着人们在自然灾害的淫威下，一层一层地让房子逐渐爬满山坡，也见证了人们降服巨龙，建起水库灌溉良田。而今更多的人，陆续搬迁到平坦的村口，荒芜了曾经的街巷。老街无言，像睿智的时光老人，静观沧海桑田。曾经那条通往老屋的石板路，只留下青苔的呓语，路两边坍塌的废墟，已不再呻吟，任由过往的风怜悯哀叹。或许它们偶尔也会扯住风的去路，让其停一停脚步，拉一拉往日繁盛的家常。

村口高处的"胡仙庙"，依然静默地凝视着那些信与似信非信的香客，容纳着幸与不幸的故事。"胡仙庙"的下面，是那口伴随了村庄七百多年历史的老井，现在已经被盖上房子保护起来，有点像庙里的神龛，陷入千百年来少有的沉寂。这口老井，自古以来逢涝不溢，遇旱不干，护佑着一方水土的平衡，成为故乡的神话，也是我心中的图腾，更牵扯着远离故乡走出大山的车谷娃，在剪不满剪不断的乡愁里，找到灵魂的皈依。

当自来水流进千家万户，村道上便渐渐地消失了肩担日月的风景。老井边，不再有，浣衣人家长里短的闲嗑；再听不到，挑水者说古论今的豪情；很少再有欢声笑语响起，更难见，在井边嬉戏的孩童。老井里曾经有几条游得不急不缓的锦鲤，不知何时到来，也不知来自何方，只是沿着丈把宽的井壁慢慢游动，被村人奉若神明，也不知在何时又神秘地消失，最终演绎为谜一般的传奇。休养生息的老井，结束了"零售"的使命，却像顶级的武林高手，进入闭关期韬光养晦，只肯在紧要关头出手，随着抽水泵的号令，唤起往日的神勇。那梦幻般的锦鲤，却始终缓缓地游弋在异乡的梦境，似乎一直也未曾远离。

从阳邑回车谷 30 里的路途，曾经因为交通不便，我们有时会等不到车，只能发动自己的"11 号汽车"一步一步倒腾。而今的 S314 省道早已鸟枪换炮，车谷水库也借朝阳沟景区的东风，变身为朝阳湖，打造起沿途的风景。烟波浩渺的朝阳湖，曾是我儿时的乐园，从奶奶老屋的后门上到山顶，就能看见大坝的身影。我常常隐身于狗尾草丛中，捕捉秋天的蚂蚱，然后用长长的狗尾草串起蚂蚱的脖颈，喂给散养的鸡群。也会用狗尾草编成毛茸茸的小鸟、小兔、小狗，高举着一溜小跑冲下山坡，奔向不远的水库坝顶。顺着朝阳湖边的山路，就是朝阳沟景区，这里早已连接起邯郸、武安的景区直通车，便捷了四面八方的游人。现在从阳邑到车谷，踩一脚油门也不过十几分钟，若是父母还在，真不知道他们会怎样欢心。

被评为"最美乡村"的故园，面貌早已焕然一新。而身为红色根据地，这片热土早在抗日战争时期，就为抗日战争和解放战争输送过无数热血男儿，谱写过一曲曲英雄赞歌，更铸就过无数可歌可泣的忠魂！村口曾经掩埋过革命先烈瞿秋白的弟弟瞿坚白烈士的遗体。1963 年，烈士的遗体被移葬至武安的烈士陵园，烈士的原墓址周围，尚有几位烈士的纪念石碑，供后人瞻仰，更让我们铭记幸福生活的来之不易，永远不忘初心。乡村周边还有众多的历史人文遗迹，已经在逐步开发，并在不断地挖掘中完善，努力打造起生态旅游一体化的美好愿景。

　　新时代的车谷山村，正在悄然改变着祖祖辈辈贫困的命运。比比皆是的采摘园，以物美价廉的自然生态，吸引着八方来客；一天吃住仅需三五十元的农家乐，极大地满足了人们日益追求亲近自然风光的需求，为前来的旅人，实现着"悠然见南山"的田园梦。随着包月入住的老年人越来越多，住在农村已经渐渐地演变成为一种新的休闲生活方式，山村成为安逸、时尚的自然避暑胜地。漫山茂密的森林和遍野的果木，掩隐在群山怀抱，春有桃李芬芳，夏秋瓜果满枝，紫嘟嘟的葡萄更是馋人、醉人。一阵清风拂过，为偷得浮生半日闲的人，消除了城市的烦躁，暂得避世的宁静。

　　我们驱车离开时，风雨正浓。不由得再次仰望坍塌的老屋，不由得再次回望祖宗栖身的坟茔。隔着朦胧的烟雨，恍惚看见奶奶小脚蹒跚的身影，好似听见父母的盈盈叮咛。忍不住洒落一行热泪，融入故乡的雨中。

父母的谷雨

爹和娘迈进我家门槛的时候，1997 年的清明节刚刚过去几天。

他们赶在清明节前，彻底与工作、生活了三十多年的涉县山城告别，把全部家当搬运回阔别了半个世纪的故园，安置在几年前已经修补过的，本想偶尔回家时闲住的山村旧居。

此时的父亲，经过几次化疗，除了比一年前得病时消瘦了不少，看起来精神状态还好，不知底细的人，根本看不出来他已经病入膏肓。我们兄妹几个都在外地工作，聚少离多，他们居住的地方没有别的血亲。若不是母亲的腰疾犯了，严重影响到日常生活，要强的二老也不会下此决心，无奈地抛开熟悉的环境，离开经营了多年的住所，到千里之外投奔儿女。

选择在清明时节搬迁，自然是想在离开前，能亲自再为已逝的亲人扫一次墓，物是人非的故园，早已没有至亲骨肉。我不知道父亲最后的回归与离别，是在怎样的心绪下完成的，也无法想象从来不向命运低头的父亲，经历了怎样的心路历程，更无从知晓，父亲当时是否已经意识到，那将是和故土最后的诀别。

解放战争的炮火，淬炼了父亲的坚强，和平时期的军旅生涯，以及转业回地方后工作，父亲一直都是以军人作风自律。工作闲暇，父亲却从来没有忘记自己曾是农民的儿子。父亲热爱土地，热衷于对土地的付出，但凡有空余的地方，父亲都会整理出来，铺呈一片碧绿。

半山腰上的老屋外，有一块小小的自留地。祖母和叔叔在世时，父亲每年清明节回去期间，都会细心地给闲置了半年之久、已经板结的田地松土、施肥，整理平整。然后等到谷雨前后的雨水滋润，叔叔便会点上南瓜、豆角之类的瓜蔬。再后来，祖母和叔叔相继离开，迁居到对面的山坡长眠，老屋便陷入沉寂。

不知父亲离开前，可曾再翻一次那片已经荒芜的田园，然后细心地把久违的农具收拢回原处；不知可曾再依一依祖母经常依靠的立柱，望向走出大山的来路，思念那些回来的，和再也没能回来的亲人故友。更不知，父亲最后一次回望村庄的炊烟时，是否忆起了戎马生涯的炮火，回顾他 72 年的沧桑。我只知道静默如山的父亲，人生的最后一次，清理干净了祖坟的杂草，那覆盖的新土，犹如换季的衣裳，为他的父母和兄弟点燃了最后一次人间烟火。以后的清明节，父亲便和他们并排在一起，接受来自我们的拜祭。

我自己的家住在一楼，门前有一块巴掌大的地方，堆满了施工时遗留的碎砖烂石。父亲在歇息几日后，便开始着手清理，愣是开垦出一块菜园来。因为土质实在太差，父亲便挖下去一大截，又绕到楼后，把楼道垃圾道下沤制了多年的煤灰垃圾掏挖出来，细心筛出有颗粒的渣石，只留下细土，然后一筐筐运到前面的坑地里填埋。

当谷雨时节来临，父亲已经攻克完这个堡垒，捧出他特意从家乡带来的一些种子。在种植前，父亲会把精心挑选出来的种子，在阳光下晾晒几天，说是催芽，然后再把干透的种子放在水里浸泡一夜，第二天一早便开始播种。父亲挖开一个个小坑，又一粒粒亲手种下，然后细心地用土覆盖、浇水。

拱出地面的秧苗，泛着喜人的翠绿，替代了原来野草的率性。它们在父亲的呵护下，欢快地舒展着生命的枝芽，这时的父亲，似乎连自己的病痛也忽略了。

将养了些时日的母亲，病情缓解了很多。同样闲不住的母亲，也不时扶着墙壁挪出门外，观察多年前她亲手移栽的香椿树。此时的香椿树，已悄悄地吐出紫红色的顶芽，泛着油脂般的光泽。母亲被病痛和迁徙所折磨的忧郁，仿佛也有所缓解，在父亲例常读书看报时，便会移步门外，与左邻右舍拉些家常。

谷雨前后是"吃春"的日子。不识字的母亲，对节气却异常敏锐，总是会在对应的节气，尽量做出相应的吃食来，彰显对大自然的敬畏。更会综合她跟随父亲走南闯北的经历，结合一些天南地北的风俗特色，赋予节日不同的风格。

香椿树逐渐吐绿，母亲会仔细观察叶子的颜色，然后指挥我们，挥舞起竹竿。竹竿的顶端绑着一个母亲亲手做好的铁丝钩子。她指挥我们先摘哪个后摘哪个，尽量选择在最佳的时候采摘。母亲总是会把间隔的时间计算得刚刚好，这样既不浪费又不会影响下次的食用。母亲更会把这大自然的恩赐，分送给左邻右舍，包括正巧路过而停下来的路人，就像原来在家里种的满院子的丝瓜、辣椒，每年都会和大家分享一样。香椿叶繁盛的时候，母亲则会把吃不完的叶片洗净、切碎、撒上盐，再装进瓶瓶罐罐里腌制，在不圪不节的时候，可以当菜下饭。

当时是 20 世纪 90 年代末期，那个年代的春天，大棚菜还是奢侈品，普通人家的生活，总会有那么一段青黄不接，而我家餐桌上的香椿炒鸡蛋、香椿拌豆腐，却俨然成为改善伙食的亮色，尤其是母亲的绝活儿——油炸香椿鱼更是受欢迎。母亲用鸡蛋和面粉随意调制一下，只在面糊里加上一点盐和她自制的花椒面。看着母亲不紧不慢地，把一条条蘸过调料面糊的香椿下锅，随之腾空而起的香气，便从锅中弥漫开来，溢满一屋子的氤氲。

我家阳台的门，白天是时常开着的，总会听到路过的人笑着喊："又炸香椿鱼了？好香啊！"也会有人顺着香味儿进来坐坐或者吃上几条。这火候和调味，看似简单，在失去了母亲的岁月后，我却总是掌握不好，仿佛是远走的母亲，带走了她此生所有的灵性。每忆起母亲的味道，味蕾的余香便会慢慢地幻化为酸楚，一直蔓延至眼角。那曾经满溢的幸福和邻里之间的温情，在今天漂泊的孤旅中，是多么的弥足珍贵啊！而今却只留午夜梦回的嗟叹，即使走遍天涯海角，再也无法找寻……

转眼间，香椿叶就铺天盖地般长大了。母亲还会不时细心地把新生的嫩尖采下来，虽然味道淡了许多，已经失去了开始时的鲜嫩，但是母亲却尽可能地做一些调味剂。其实主要也是为了给我们节约一点开支，因为当时我们的工厂正濒临破产，拖欠工资，日子过得很是拮据。

繁盛了一季的豆角、黄瓜拉秧了，父亲似乎也随之耗完了他全部的气力。

以后的谷雨，母亲便接替了父亲的打理。父亲栽种的韭菜，依然年年泛出碧绿，微风拂过，像父亲慈爱的手在抚摸，惹得韭菜们忙不迭地点头致意。八年后的母亲，也没能抗拒病魔的淫威，走完生命旅程，跟随父亲魂归故里。

之后，我的女儿离家上学。我们夫妻为了生活也先后外出漂泊，三口人从此天各一方。转眼已过去十几个春秋，30岁的香椿树，因无人打理而自由疯长。虽然得意地蹿上了五楼的阳台，却和早已废弃的田园相似，布满了岁月的沧桑。有时赶上谷雨前后回家，我也屡次想再"吃春"，借以回味从前的温馨，却只能望洋兴叹。就像永远永远再也够不着的父母，早已远离了我的视线，隔绝了烟火红尘。

在整理这些文字的今天，香椿树已经永远地走出了我们的视线。三十多年的邻居，卖出了闲置已久的房屋，它的新主人要垒一道界墙，商量着伐掉我的香椿树。能有什么办法呢？物是人非，总不能为了一棵树，而与新人为敌，树起一道心墙吧。30 岁的女儿已经开始怀旧，她望着香椿树的残痕，满怀遗憾，数次含泪说他们不讲信用，答应了给她留下一截树枝做纪念的，仅仅在她有事出去的半天，回来时，却连片叶子都没给剩下。

曾经以为，那些乐享天伦的幸福可以一直延续，就像这大自然的尤物，昨天还在窗口深嗅着满树正在飘香的香椿花，今天却已杳无踪迹。那么多美好的事物，总是在自以为岁月静好时，任由命运之手改写，不得不忍痛画上休止符。

有关光阴的点点滴滴，更是在一点一滴的堆积里，连同往昔的喜怒哀乐，被年轮一层层地裹挟，躲藏进某个谷雨的背后，静等一场雨的来临。然后，发芽；然后，开花；然后，结果……

石榴花开

早上上班，每天都要经过亮马桥那里的燕莎友谊商城。在燕莎桥下的绿化带里，每年初夏，都会看到几株花团锦簇的石榴树，碧树红花，繁花似锦，微风拂过，婀娜多姿，忍不住就会触动我的心弦。

石榴树既是我的挚爱，也是多年来深藏在我内心的愧疚和隐痛。

最早关于石榴树的记忆，是祖母和老屋。祖母的生日是八月初九，中秋节之前。每年的这一天，曾经是我们这个家庭，最热闹也最值得庆贺的节日。而院中那株栉风沐雨的石榴树，虽不是硕果累累，却也成为十里八乡的远房亲戚、晚辈们，不约而同地来到祖母的老屋，给家族里辈分最高的老寿星做寿时，极具诱惑的动力。

那时的交通非常不方便，尤其是在更远的深山，全靠脚力，往往最远的亲戚，天不亮就得出发，要步行上几十里山路。大家难得从四面八方涌入我家坐落在半山腰上的老宅，或许一年间，也就这个日子能把亲朋好友们召集在一起，然后亲亲热热地叙旧。这些亲戚们平时也都是各忙各的，难得一见，在那个通信不发达的年代，能有这样的机会让大家自发地聚在一起，是非常不容易的，既得有足够的尊贵，更得益于良好的人缘，才撑得起这难得温馨的画面。

小脚的祖母，仙逝在85岁那年的夏天。窗外的石榴花正在怒放，祖母没能再盘腿坐着打瞌睡。在那铺承载了岁月的欢笑和沧桑的土炕上，父亲在陪伴服侍了祖母一年多后，亲手为她穿戴好早在几十年前，祖母自己就置备好的凤冠霞帔，看着她终于舒展开倔强了一生的身体，安详地进入长眠。

听到我终于有了属于自己的房子时，母亲长长地舒了一口气。当年她追随父亲的营盘，从东北，到四川，直到新中国成立后，父亲南下到昆明，才算相对安稳下来，可谓颠沛流离了半生，我的两个哥哥也在此后的几年里出生。父亲转业回到地方那年，我出生了。在我的记忆里，最怕的就是搬家，母亲总是叹息说："老家的房子闲着，我们却在外面串房檐。"直到现在，随着我这十几年浪迹天涯，搬家，又重新开始如影随形，成为我新的梦魇。

当母亲得知我住在一楼，便在我朋友武平的护送下，不远千里，一路挤在无处下脚的列车上，却小心翼翼地呵护着一棵石榴树苗，并亲手栽种到我家门口。

石榴树长得很快，不久就枝繁叶茂，满树繁花。遗憾的却是每当繁花落尽，小小的果子往往待不了几天便会夭折。每当五月花开，路过的人都会忍不住驻足观赏，喜爱的同时，很多人还分栽了幼苗。可是，不管是嫁接还是授粉，几年下来，年年依旧是有花无果，大部分移栽的人，只好纷纷又都把树给砍掉了。

几年后，父亲病了，他们和这棵石榴树一样，远离故土迁居到我家。在那年石榴花开的季节，父亲安然地享受着我久违的陪伴和对他最后的照料，我尽力效仿着当初父亲对祖母的尽孝。

在老屋院落的石榴树已经结果的季节，父亲却进入了弥留之际，他忧心忡忡的目光总是追随着蹒跚的母亲。母亲身体不好，也没有经济来源，一辈子都在料理我们这个家，在父亲为工作忙碌的时候，是母亲把我们的生活打理得井井有条。我把虚弱得已无力支撑自己坐起身子的父亲，轻轻地揽靠在怀里，想我儿时，他也应该是如此对我吧。我说："我娘，我来管！"完成托付的父亲，仿佛不再有任何遗憾。临走的那天，他坚决地再三拒绝了我已经给他配好的液体，不让我给他输液，只让我给他打了一支杜冷丁（哌替啶），安然地睡了一觉。在与病魔的抗争里，他终于耗完了自己最后的精力，艰难地走完了人生最后的旅程。

一个周末，午睡醒来的母亲，突然对我说："这石榴树光开花也不结个果，砍了吧。"在我确定了她的决定后，找人帮忙给锯掉了。

然而，被锯的石榴树树根，此后却源源不断地冒出来新的枝芽，好几年都屡禁不止，让我心里很不是滋味，不禁懊悔当初心血来潮锯掉它，却又不得不叹服它顽强的生命力，多像我坚强的父亲啊！

父亲走了八年后，母亲在我的床上闭上了双眼，安详地走完了她的人生之路。

我们把父母的骨灰，捧送回千里之外的祖坟，让他们落叶归根。只有安居在家乡故土，他们才可以不用再奔波，不用再担心居无定所；唯有在亲人的身旁，才能得到真正的安息。

母亲跟着我的那八年，正是我人生的低谷，我所在的工厂陷入破产，上有老下有小的日子，过得真是有点捉襟见肘。当被迫外出打工的爱人，回家看到被砍伐的石榴树时，心里很是不忍，直到现在，每每提起，他还总是会说：咱俩都是五月的生日，那是石榴花盛开的季节。

母亲走后，我们更是各自外出谋生，一晃十几年就这么过去了。

荒芜的门前，不但石榴树已无踪影，就连母亲栽种的艾草，也早已消失了痕迹。还有断了十几年的炊烟，更让我一直渴望着，能有一天再重新燃起。

开花的石榴树，引发了我强烈的回归感，多年来，我总是在纠结里无所适从。

家乡的老屋，早已经不起风吹雨打的摧残和无人照料的孤独，像风烛残年的老人一样，完成了自己的使命，慢慢地坍塌为断壁残垣。几次回乡祭祖，想拾级而上，都被塌陷的石阶所阻。也不知道那棵承载了我童年欢笑、浪迹天涯时魂牵梦绕的石榴树，是否依然安好？

回家的脚步，我知道是越来越近了。待我回家安度晚年时，一定要再种一棵石榴树！我可以不再管它是否会结果，但必须开花，我要在五月的空气里，布满石榴花的芬芳。就像我根植于内心的理想之花，在蛰伏经年后，正在静静地盛开。

故土乡音

　　河北女作家王继颖的新作《感恩最小的露珠》，是"语文大热点"系列丛书之一。本书分五辑共 63 篇文章，作家以灵动的笔触，谱写真善美的主旋律，更难得金句频出，彰显出深厚的文学底蕴。其中最打动我心弦的一篇，是《渐失语境的乡音》，戳痛了我这个游子的泪点。

　　我的乡音，渐渐失去熟悉的语境，再难找回瞬间被激活的密码。
　　日渐疏离的故土，早已成为越来越多的、不得已离开故乡的人们的乡愁。随着年龄的增长，我这样一叶浮萍似的游子，远离故土的时间越长，就越想亲近根脉，仿佛那是灵魂唯一可以依附的支柱。然而我想抓住的过往，却早已随着坍塌的老屋，融为太行山体的一部分，像鸿爪雪泥，只能潜入午夜的梦乡游弋。
　　"回来了！"一声纯正的乡音，惹得我热泪盈眶。
　　"回来了……"我用乡音应答过，向着自家院落走去。

　　这是她文中书写的一个场景，也是很久很久之前，我跟随父母踏上故土时类似的场景。
　　我从小生长在故土之外，那是我的第二个故乡。我不会说纯正的家乡话，也说不纯出生地的乡音，仿佛我胎带的四不像语，已经注定我漂泊的宿命。

当我 1989 年离开出生地远走他乡时，仿佛就彻底失去了熟悉的语境。前些日子看到河北作协平台有一个作家乡音诵读的栏目，我却只能望洋兴叹。王继颖在文中说："只要我踏进村口，就能让乡音从口中拐出来，就像我闭着眼睛都能从公共汽车站拐进村子，拐进家门。"令我唏嘘不已，哽咽的喉头，早已找不到乡音归来的路口。父母在世时，偶尔我也会和他们说一些，虽然不纯，但是还能找到变味的音调，随着 2005 年母亲魂归故里，我从此彻底失去了家乡话的灶台……

从此，故乡是一抔黄土、几座坟茔，我变成无家可归的旅人。

从此，想家的时候不再说话，默默地打开同学群和家乡群，悄悄地融入曾经熟悉的语境。

一年清明节，我与家人相约回到故乡小聚。住在敞亮的农家院里，我和家人们用各自的南腔北调聊着家常。吃着家乡特有的饭菜，乡亲们吐出的那令我魂牵梦绕的乡音，听起来是那么亲切、动听，令我仿佛回到儿时的场景。

刚安顿下来，曾经老屋院里的邻居就来看我，在我迫不及待的恳请下，仰望着高高老屋坍塌的院墙，他只好带着我们，艰难地沿着早已坍塌的废墟攀缘而上。

当我终于又站在老屋的门前，曾经高大光洁的台阶，虽然已经破败，但还显露着曾经的气派。石阶旁那株经历过几十年沧桑变迁的石榴树还未发芽，在满院的杂草里，它干枯的身姿，依然鹤立鸡群，慰藉了我的牵挂。

破旧的木门，被头年爬满藤蔓的枯枝缠绕着，满目苍凉。一丝酸楚，不由涌入心头。老屋残留着还没有完全坍塌的墙壁，土炕还在，我恍惚听到遥远的欢声笑语。

我顺着光阴的缝隙寻找着过往，仿佛想捡拾遗落的朱贝。

侄女在灰尘里翻检着她太奶奶和爷爷奶奶遗留的旧物，如获至宝，爱不释手地不远千里捧回家中，她要用这些历史的遗迹，给她自己的儿女们进行传统教育。

我恋恋不舍地告别这座建在村高处的老屋，怅然若失。不知道下次来时，是否还能再寻到回家的路径。沿着早已寂静的老街，我慢慢地徘徊着，并在不断的坍塌中，极力在脑海里还原童年的场景。可惜，老街已成空巷，曾经的石板路变成了水泥路面，显得那样格格不入，刺眼得令我失落。街两边满目疮痍，到处是废墟，就像被拍完战争影片后闲置的影视城。而今的农村，再难寻觅热闹的饭市，更难听到，爷娘呼儿唤女的喊声了。

现在老街里唯一的住户是巨田大哥。看到他时，他的柴火大灶，正在燃起袅袅炊烟，久违的温馨，瞬间把我拉回过往。他热情地带着我去走访乡亲，拉着我去看村里的庙堂和老井。站在"胡仙庙"前，全村的景象尽收眼底，老街的住户及后人们，大多都搬迁到了村口的开阔地。巨田哥说，那一座座宽敞的院子，大多是闲置的空巢。人们为了儿女的学业或子孙的生活所需，不得不抛家舍业地去城里安家。村子里除了逢年过节，年轻人是越来越少了。

郭所琴老师九十多岁的母亲，是村里的老寿星，也是我母亲曾经的闺蜜。老人家生活还能自理，闲暇时就去打扫庙宇。当郭老师告诉她我是谁时，思路清晰的老人，紧紧地攥着我的双手，含泪一遍遍地诉说着我母亲当年的不易。

家乡有个"车谷夕阳红信息服务群"，群里大部分人都是村民，也不乏天各一方的游子，大家利用这现代化的方式，把天涯变为咫尺，完成绿叶对根的凝聚。

当我被画家堂姐张华拉进群里时，本意是寻根，也想以此看看村里还有没有上年纪的老人，想借此多了解一些家乡的人文变迁，好为书写乡愁时增添一抹亮色。出乎意料，这群里竟然人才济济，大家正在热情洋溢地挖掘家乡的历史传说和典故，而且个个都是段子手，诗词歌赋出口成章，不禁让我为人杰地灵的故乡有如此深厚的文化底蕴而骄傲。难怪知情人都说我们武安人有才呢，群里的乡亲简直令我刮目相看。

群主陈育亮多才多艺，拍照、美篇样样精通，还经常用短视频记录故乡，讴歌故乡的山水美景。他与其兄陈育明、其妹陈玉恒，作为村里文化活动的带头人，引领大家不断地回忆、挖掘，并在村民张有功、郭秘书、褚九女、陈玉莲、刘华成、郭海生、郭栓林、郭吕何、郭竹田、张秋明、刘华柱等地名提供人的回忆里，用心把村里沟沟岔岔的地名都整理出来，汇集在一起。

大家还集思广益，经过反复探讨核实，最后由陈育明、郭栓柱、陈育亮、郭所琴、刘巨田、郭太的、陈玉恒、张密书、郭树清等人编撰成地名诗，由陈育亮和陈玉恒制作成美篇，此举赢得大家的一致赞誉。在父老乡亲 39 人的无私赞助下，由陈育明主编，陈育亮积极配合组织动员，又与张采良一起摄影配图编撰，并带领十余名编组成员，大家共同编辑出版了描绘家乡热土的《漫谈车谷文化》书籍。记录，是为了让子孙后代了解和铭记，我不禁为这家乡儿女的眷恋，和故乡风光的千年画卷而欣慰。集资的余款，编组人员又精心修建了一个醒目的"乡村振兴，共建家园"纪念牌，伫立在村口的广场上，成为新时代文化村的标志。

因为写作，我在群里还结识了我村的才子佳木（张采良），论起来，他还是我的远房叔叔。这次得知我回去，他特意在有急事需要返回城里前挤出时间，带我匆匆忙忙地去后沟小水库转了一圈，我这才第一次看到了他图片拍摄的实景地。我不禁为故乡的美景陶醉，更为家乡人的热情所感动。

郭栓柱大哥曾是我们村的支部书记，后来到一家民营企业做高管，早已退休。祭祖之后，他得知了我回村的信息，就在我正准备离村之际，被郭大哥一迭声地召唤过去，说已备好酒席，一定要我过去见一面再走。爽朗的大哥快人快语，一看就是个雷厉风行的人物。他说起我的父母时尤为动情，说我父亲工作时，他还是一个年轻的村干部，没少找我的父亲帮忙，也得到过我母亲的热心支持，为家乡父老办过很多实事。

离开故乡的脚步是沉重的，走出故土的视野，心情更是久久不能平静。熟悉的乡音又一次远去了，我再次成为牵挂故乡的风筝。

故乡是我的根脉。故乡有我回望的青春。故乡掩埋着我的亲人，我却丢失了乡音……

鸿爪雪泥

1

半夜 2 点了，小区门岗值夜班的工作人员，靠着扯闲篇打发着漫漫长夜。他们可能没有意识到，那些说话声，在这寂静的五月深夜，已顺着打开的窗户，偷偷地溜进了楼上别人家的卧室。可能是晚间小聚时我喝多了茶水，那些拉家常的话语，便高一声低一声地传进我的耳鼓。只拉了一半的窗帘，偶尔被路过的风调皮地戏弄几下，我便瞥向窗外，有轻轻摇曳的暗影划过，那是母亲三十年前栽种的香椿树。

前边的楼临路，偶尔有一两辆车驶过，也有的停在大门外，然后是进院和门岗打招呼的声音，也有的再次离开。不时有几声犬吠传来，间或有孩子的哭声。我先是看书，看烦了就闭上眼睛听书，也不时玩会儿游戏。失约的周公却不知道躲到了哪里，迟迟不见踪影。烙饼似的又翻了几个身，便听到楼下邻居养的鸡开始打鸣了。

不由得就恍惚起来，想起了儿时的家，想起了母亲曾经也喂养过的鸡。渐渐地，思绪越飘越远，竟然牵扯出一长串久远的人，和一些我以为自己早已淡忘了的往事。

每逢年节，别人家都会忙忙碌碌地迎来送往，走亲访友，我却是羡慕嫉妒而落寞的，只能默默地咀嚼自己的寂静。

我家没有什么至亲，一直又身在远离故乡的千里之外，父母走后，便再也找不回维系亲情的纽带，找不回那些，有关根脉的枝枝蔓蔓了。

2

爷爷是在他的孙辈出世前几年走的，当时本已抱病，却坚持要去单位探望我父亲，不幸却倒在半途。他把毅然走出大山的倔强，演变为魂归故里的凄然，断绝了奶奶依在栏杆上的眺望。几十年之后，见到过重孙女的奶奶，从容地画上了人生的句号。再后来，孑然一身的叔叔也追随他们而去。失去依托的老屋，在主人残留烟火的气息里，风干了自己的忠诚，渐渐地如抽丝般失去支撑，慢慢地矮将下去，用散了架的废墟，守望着对面山坡的呼应，偶尔与路过的风絮语，念叨些陈年旧事。

爹和娘也走了，我们兄妹把他们一个一个先后捧进小匣子里，就像当初他们把我们兄妹三人一个一个地捧在手上、揣进怀里。送他们回到心心念念的故土，完成了叶落归根的盼望，他们终于不用再为串房檐的客居而悲戚，可以踏实地睡在属于自己的领地了。

现在回乡祭祖，我们已变成故园的过客，困在通往山腰老屋的山脚，却难以再拾级而上，只能仰望早已塌陷的石阶和院落，任光阴的手，把心揪得生疼。

姥姥和姥爷的生平难以追溯，他们和爷爷一样，虽然我们的骨子里，涌动着他们遗留的血脉，却又不曾与他们在生命里有过交集，更不知道他们的相貌，甚至连蛛丝马迹都难以寻觅。

母亲几乎从不提及姥姥家的人和事儿，似乎那是她刻意要掩藏起来的疤痕，只是偶尔会从她和别人拉家常的叹息里，听到几耳朵。我也不知道母亲曾经有过多少兄弟姐妹，似乎都是贫病交加，不是饿死就是病死，所能确定的，好像只有一个小舅舅。那是在母亲出嫁后数年，病恹恹的小舅舅，曾经到过老屋投奔母亲。当时的父亲已经参军外出，投身解放战争的烽火。爷爷的家境比起姥姥家，想来是好了很多的，可能是因为母亲过门后一直没有生下孩子的缘故吧，俗话说："不孝有三，无后为大。"一个进门十来年不曾生养的小媳妇儿，日子过得是怎样的煎熬，应该可想而知。

记得我小时候，每次跟随母亲回老家在村口下车时，都会遇到一些在老井挑水的父老乡亲，或是在河边洗衣、浇地的妇女，他们总会热情地围拢过来嘘寒问暖，啧啧有声地夸我好看，夸母亲把孩子们打整得干净利落。走回坐落在半山坡上的老屋，必经一条长长的老街，在我眼里，那每一块被千层底打磨出光泽的青石板下，仿佛都埋藏着很多不为外人所知的故事。

但凡是见到母亲带着我们走过的人，都会主动迎上来，吃一支母亲递上的纸烟，说几句差不多相同的话语："你可算是熬出来了哦，想想在家时你受的那些罪……"说话的人和母亲，往往这时就会同时红了眼圈。对方大多是年老的长者，若是婶子、大娘的，便会摸索出用别针别在肩头、下方塞进偏襟衣衫里的手帕，抹几下泪水，擤一把鼻涕，唏嘘上一阵。然后母亲总是含泪笑着说："现在好过了，不受罪了啊！"那一里多的路，往往要走上半小时。

农民没有不精细过日子的，粮食就是庄稼人的命，尤其是在兵荒马乱的年月。小舅舅到母亲家不知道待了多久，想来一定是让母亲忍受了更多的苛责，我无法感受带病的小舅舅寄人篱下时那无法言说的痛苦，我回老家时，也会坐在屋顶上眺望连绵起伏的大山，想象着小舅舅在这里时的状况，不知他忍受了怎样的煎熬和绝望。然而，即便如此想继续忍屈受辱，似乎也是徒然，小舅舅还是被迫离开了。至于当时姥姥家里还有什么人，姥姥和姥爷是怎样的人，母亲从未提起过。只要母亲偶尔念及于此，便会红了眼圈，不再言语，小舅舅应该是回去不久便没了的。

偶尔有几次母亲带我回到她出生的故土，那些曾经和她血脉相连的人和事儿，倒更像是让她心疼的引子。母亲和她的一些亲戚相聚时，常常会说些我那个年纪听不懂的话语，往往便会勾起母亲诸多的心酸，忍不住眼泪更多了起来，有时竟会泣不成声。

3

在那时来往的亲戚中，我印象最深的是三个舅舅。母亲对这几个兄弟，倒是倾注了许多心血，仿佛想以此来弥补当初无能为力时，对娘家人的歉疚。

有些结巴的成江舅舅，住在我们当时所居住的小镇几里外的村子里。知道母亲喜欢新鲜的五谷杂粮，但凡有新鲜的菜蔬或是粮食下来，便会送一些过来，好让母亲尝鲜。当然，更重要的，就是到我家后，他便可以放开肚皮，享受上一顿或两顿母亲做的饭菜。

这个舅舅的饭量是出了名的惊人。他每次去，邻居都会笑着跟他打趣："来你姐姐家，又能吃顿饱饭了！"他听了也就傻呵呵地跟着痴痴地笑："嗯……嗯，就我姐姐最疼……疼我。"当时父母加上我和两个哥哥，我们全家五口的一顿饭，如果让舅舅放开了吃，估计他一个人也是能吃光的。

每次成江舅舅来，母亲就会拿出平时省下来的肉票，专门去割一大块肉回来，有时是焖上一大锅白米饭，再炖上一大锅有肉的菜。只有成江舅舅来时，母亲才会破例不等父亲下班，而是先给舅舅盛上，可能是怕舅舅在我父亲面前拘束吧。

拿出我家平时用不着的大海碗，舅舅得吃上冒尖的两碗，一锅米饭也就下去了一半。要么母亲就做白面的手擀面，或是扯上一锅劲道的拽面，打上一锅咸香咸香的肉菜卤子。舅舅每次吃得都是满头大汗，我一直觉得舅舅每次吃的第一碗，肯定是吃不出滋味的，因为几乎看不见他咀嚼就赶紧吞咽下去，紧接着就往嘴里塞上下一口，生怕不让他吃了似的。只有端起第二碗时他才会放松下来，边吃边开始说些闲话。若是吃面，最后他一定是要满满地再盛上一碗面汤的，以便压住翻上来的几个饱嗝，然后在沾着汤水的嘴角，溢出满足的憨笑。

听母亲和邻居闲聊，知道成江舅舅家孩子多。那个年代都是吃糠咽菜过日子的，舅舅心疼老婆孩子，还要省吃俭用地准备盖房，所以平日在家，即使粗茶淡饭也总是舍不得多吃，更别说精米精面和肉菜了，用他的话说，来我家就是过年哩。虽然离得不算远，舅舅没事时也不会轻易到我家来串门，只有下来了新鲜粮食或者有稀罕的果蔬才来，顺便敞开肚皮，美美地享受上一回，算给贫瘠的肠胃打打牙祭。他说我母亲做的饭是世界上最好吃的，比村里那些红白喜事的席面上做得都香。

母亲平日除了打理一日三餐，浆洗衣物，剩下的时间也会在缝纫机上缝缝补补。更多的时候，手上似乎永远会攥着一只纳不完的鞋底或鞋帮，那是我们全家人的体面和走在人前的底气，其中包括我奶奶和叔叔的在内。我从小便也就有样学样地，帮着母亲搓麻绳、抿褙子。母亲偶尔也会给舅舅做双新鞋，因为劳作的繁重，在土里刨食的舅舅，脚上的大拇指，好像一直都是栖息在鞋头的豁口外喘息。有时母亲也会拣几件我们穿旧的衣服，让舅舅带回家去，毕竟父亲转业到地方工作，当时80元的工资，的确是让很多普通家庭都望尘莫及的，而母亲又善于持家，把上上下下打理得井井有条，日子相对地好过一些。至少在那个年代，没有穿过带补丁衣服的人是不多的，而我有幸就是其中之一。

母亲与邻里极其和睦，每到年下，还没等迈进腊月的门槛，我家的缝纫机，便像是一匹得到充足休息后满血复活的驿马，在母亲的驾驭下驰骋，为求上门的乡邻义务裁制衣服。印象里，那时即使再穷的人家，哪怕是用自织的土布，过年也是要见见新的，好为贫瘠的生活讨一个彩头。而作为回馈，平时我家门里的屋地上，也会不断地出现一些新鲜的青菜瓜果，冬天则可能是一堆红薯，抑或是一小兜花生、核桃，又或是柿子的衍生物。

更多的时候，是从地里回来路过的人，随手给摺下的一把葱、几头蒜，或是几绺韭菜，让无地可种的我们，同样享受季节的鲜活。遇到逃荒要饭的人上门，母亲更会给他们舀一碗汤饭或是递上一块干粮，说几句同情的话语，即使赶上只剩下她碗里的半碗米粥，也会毫不犹豫地倒进对方的碗里。母亲深知挨饿的滋味，更理解一个抛开尊严在别人面前低头的人，有着怎样的苦楚和羞惭。

每次临走时，成江舅舅都会红着泛出光泽的脸，一边手足无措，一边小心地把母亲归置的物件捧过去放好，呵呵呵地憨笑着，结结巴巴地说："看……看看，看……看看，又让姐姐费……费心了，吃……吃也吃了，喝……喝也喝了，还……还得拿……拿着。"一边心满意足地回家去了。

随着父亲工作的调动，我家搬迁进县城，舅舅去的次数就更少了，但每年总还是会去一两次的。

我一直记不起来这个舅舅的结局，但是却记得他对家的付出和开心，再有就是对母亲做给他的那一口饱饭的满足和感激。后来我参加工作便离开了家，而且是越走越远，记忆里好像成江舅舅就没有再在我的视野里出现过，以至于忽略了有关他的消息。

4

另外的两位舅舅是母亲的亲兄弟。大的桐舅舅在姥姥家那边的村子里，虽然我不知道姥姥的家曾经安在哪里。儿时曾随母亲去过桐舅舅家几次，他家里有个看上去比母亲老很多的老太太，母亲让我喊她妗子。我一直疑惑是不是叫错了，感觉应该叫她奶奶或者是姥姥更合适。直到后来才明白，当时家穷的舅舅娶不起老婆，没办法才找了这个带着儿子的寡妇，拼凑起一个家的模样，听说那个儿子坚决不肯随舅舅的姓，日子总是磕磕绊绊的，过得一直不顺心。也不知道这个妗子究竟大舅舅多少岁，反正有一双和我奶奶一样的小脚。

有时赶上正月里去舅舅家，临走时，妗子总会颠着她的小脚，左摇右摆地非要把我们送出村。每到分手的村口，依然是依依不舍地擦着眼泪，仿佛母亲是她夹杂在丈夫和儿子中间的无奈生活中，能稍微得以疏解的依赖。每次她还会硬是撕扯着推开母亲的阻挡，塞几毛压岁钱到我的衣兜里，所以在我的印象里，一直觉得这个像我奶奶似的妗子，倒是蛮亲切的样子。

桐舅舅黝黑的面孔上，很难看到笑容，总是睁着一双铜铃似的大眼，失神地直勾勾盯向某处，或是空洞地望向远方，仿佛想看清楚那些不可预知的未来。桐舅舅没有属于自己的一儿半女，听说他们总是吵架，似乎也隐隐约约还提到过离婚。有时候桐舅舅会去我家住上几天，听见的都是他的唉声叹气和母亲的劝解。大人的世界，对当时几岁的我来说，只有困惑和懵懂。多年以后，突然听说桐舅舅上吊死了，人高马大的桐舅舅，当时正值壮年，据说是半夜斜倚在炕上，把绳子挂在窗棂子上去的。或许与孩子有关，或许与房子有关，或许就是他自己想不开吧。当然这都只是我的臆想，谁知道呢。

母亲抹了抹眼泪，长长地叹了口气，说死了也好，死了就不用再糟心了。但我却一直疑惑不解的是，那么低的窗棂，人高马大的舅舅选择这样的方式离去，该是怎样的绝望，才能赋予他如此大的勇气。

那之前的好长一段时间和以后的以后，我再也没有踏进过那个山村，只有那个名叫固镇的地方，会在不经意的瞬间，划过我的脑际，就像桐舅舅曾经的出现和消失，总是弥漫着淡淡的忧伤，带着某些悲剧的色彩。

5

全舅舅当时是怎么出来参加工作的，我从来没有问过，不知道是否与我那铁面无私的父亲有关。反正我记事儿的时候，他就已经在我出生地的那个铁矿当工人了。桐舅舅像是壮实的黑铁塔，一母同胞的全舅舅却清瘦得眉清目秀。

全舅舅生性活泼好动，年轻时好像不太安分，每次上我家只要遇到我那不苟言笑的父亲，总少不了挨他几声训斥。父亲总嫌全舅舅吃喝玩乐不务正业，全舅舅倒也不恼，天生一副笑模样，嬉皮笑脸地听着，唯唯诺诺地直点头，背着父亲却总是对我挤眉弄眼地做鬼脸。全舅舅尤其喜欢打猎，时不时会把捕获的猎物拿过来，母亲便会收拾利索，点起自己盘制的泥炉，柴火的烟气和着野味的肉香，便从灶台上弥漫开来。我从小胃口不好，又从来没有缺过嘴，那时好像就没我会馋的东西，所以那香味儿，倒并没有给我留下什么特别的印象。若是舅舅休息时能带我上山去撒野，倒是我求之不得的乐趣，或许我的傻大胆和野性，也是全舅舅给带出来的吧。

按说 20 世纪 60 年代的工人，模样也不丑，找个媳妇儿应该不难，可不知道怎么搞的，直到我 7 岁那年，随着父亲从小镇上搬到了 40 里外的县城时，好像全舅舅还没有结婚。再后来见面就少了些。再再后来，我突然就增加了另外的一个妗子，同时增加的还有哥哥姐姐。全舅舅居然也和他哥哥桐舅舅相似，也是妗子带着儿女，只是这个妗子比她的妯娌彪悍，而且也不是小脚。

全舅舅执意没听我父母的劝阻，现在想来，可能是他随着年龄增长，看着别人都拖家带口地过日子，而他除了栖身的宿舍，没房没地，又抽烟喝酒的，也没攒下几个钱。当他终于收了玩心，想有一个真正属于自己的窝时，恰遇有人撮合，便甘愿进门当了儿女双全现成的爹，乐呵呵地做了上门女婿。

虽然父母过去总说他不争气，但是全舅舅依然是乐乐呵呵的，一副没心没肺的样子，对所有的孩子都跟亲生的似的。不久，他还有了一个自己的女儿。妗子看上去虽然厉害，但是待我们却很和善，母亲有时候带我回老家，也总是会多备一份乡下稀罕的点心物件，或是布料什么的，半路拐去舅舅家住上几天，他们对我和母亲倒极是亲热。

妗子带来的哥哥姐姐，对我也不生分，不像桐舅舅家的那个大哥向来和我们生疏。这个哥哥很勤快，无论家里、地里都是一把好手；姐姐的手极巧，穿针引线描龙绣凤得像模像样。结婚后的全舅舅，连抽了多年的烟都戒了，偶尔馋点小酒自然也得看妗子的脸色，工资更是分文不少地全交出来。有这样两个成熟省心的儿女，更有怕老婆的舅舅，妗子倒是优哉游哉的，抽着小烟吞云吐雾，乐得做个甩手掌柜。也亏得有这么个妗子，才能收住了舅舅的野性。

姐姐聪明勤快，什么活儿都拿得起放得下，居然还会剪纸。虽然是套画好样子再剪的，但是却也朴拙可爱，尤其是那一对小狮子，毛茸茸的，谁看见都夸赞。我便也跟着她学，拿了很多纸样儿回家，再买来各色彩纸，照葫芦画瓢，磨起了耐性。过年的窗花，墙上要换的年画，我的剪纸便也就飞进了左邻右舍和同学的家里。一直到我的同学一个一个地结婚，好些红双喜，还是出自我的双手呢。

我远走千里之外安家，父亲病入膏肓时，父母无奈地舍离了生活几十年的熟悉的环境，投奔到我定居的异乡。父亲去世后，母亲跟随我八年，身体还好时，母亲偶尔也会回去二哥家或者舅舅家住些日子，我则基本上断绝了和家乡的联系，只有在母亲的闲话里，断断续续地勾勒出过往的画卷。

最后一次见到全舅舅，是在母亲去世前的两三年，那也是全舅舅唯一一次到我的家里做客。母亲咽气时，远在千里之外的二哥在赶过来之前，专程驱车去离他几十里外的全舅舅家报丧，想顺便接上全舅舅过来为母亲送行。却不料不但没见到舅舅，听到的却是晴天霹雳：全舅舅早死了！死了？早死了？怎么死的？没说。二哥本来也是心急火燎地要赶路，看妗子不愿提及，也就没顾上追问，便带着狐疑离开了。

6

合上父母的墓门，仿佛就此硬生生地隔断了我们的根脉，故乡不再有属于我们的归根之所，哪怕只是两尺见方的土地。

似乎冥冥之中，早已注定我们客居他乡的宿命。

　　而那些与母亲关联的人和事，随着母亲的仙逝，更是日益疏远，断绝了交往的路径，画上了永远的休止符。渐渐地，父母和他们各自故乡的那些人、那些事，连同所有发生过的喜怒哀乐，都被深深地埋进一个连着一个的土丘里，静静地起伏在我生命的山峦。

　　离故乡越来越远，可那些曾经鲜活的记忆，却总会在某个不经意的瞬间闪现。就像这一声鸡啼、一窗疏影，便会轻易地召唤它们溜出蛰伏的转角，仿佛一首老歌，在我的脑海里慢慢回旋，渐渐地竟然越来越显清晰，我不得不举起时光的刻刀，镌刻下岁月的印迹。

远去的"老杆"

太行山腹地的故乡，有很多传统的民间习俗。身为漂泊多年的游子，每到岁尾新春，我总会收到来自远方的问候和祝福，喜悦与感动的同时，不觉又把异乡的孤寂加深了一层，蔓延开每逢佳节倍思亲的思绪。

怀念往昔正月的街头，满城都是"耍社火"的欢闹。那时附近各公社组织的社火队，元宵节前后都会汇聚在县城。所有的参与者和观看者都是眉开眼笑，发自内心地舒展开被贫瘠岁月压出的一道道褶皱。只要远远地听到有锣鼓点传来，便会慌得大人们忙不迭地丢下手头的活计，孩子们早已像鸟儿出笼般，围拢在街头的开阔地了。就连常年足不出户的老人，这时也会挪出家门，去感受一年一度的节日喜庆气氛。舞狮、舞龙灯的锣鼓点激越着，再加上跑旱船的几声高亢的唢呐，洋溢出发自内心的欢喜，人们不由得放松了疲惫的神经；武术表演的豪壮，让压弯的背脊硬朗起来，磨灭的斗志再次升腾；扭秧歌、踩高跷的歌舞升平，带给人们视听的极致享受。

尤其怀念城外消灾祛病的"转九曲"。那迷宫般被一根根木桩和麻绳围圈起来的通道，每当夜幕降临时，先是由锣鼓队开道，人们蜂拥而至地紧随其后。摩肩接踵的人群，在 360 盏点亮的油灯或者蜡烛下鱼贯行进，心怀虔诚，绕行在忽明忽暗的灯影里，流转出风调雨顺的祈盼，以及对健康的祈祷和对美好未来的愿景。

客居他乡的孤寂，让我尤其怀念家乡曾经的热闹红火，最念念不忘的，却是早已消失的在县城周边每年正月十五前后燃放的"老杆"。

老杆，是许多长长短短的"圆木"，根据需要一层层捆绑咬合，像搭建塔楼似的衔接在一起的。最上面直立着一根"长木"，像是高高的避雷针，整体高约 19 米。这是一种靠民间智慧传承下来的技艺，把烟花爆竹完美地融合在一处，按照独特的顺序排列燃放，极富地方特色，来源于庙会敬神的古老祭祀习俗。

随着时代的进步和村民生活水平的不断提高，燃放老杆后来渐渐演变为元宵节前后的一项娱乐项目，年年花样不断翻新，不变的则是祈福消灾的愿望和对美好生活的憧憬。制作老杆的费用，一般是由村委会组织，找人赞助或村民自愿参加集资，最后根据财力来确定当年燃放的规模。由于各村自行安排时间，每年这项燃放活动会一直持续到农历二月初二，与龙抬头这天延绵不绝的声声爆竹，一起宣告春节的结束。

燃放当天，随着惊天动地的土制礼炮"神枪"响彻云霄，只听到震耳的鼓乐齐鸣，已被精心安排就绪的老杆，只待一声令下，便被精挑细选的壮劳力们齐心协力、威武地矗立在村外田野的开阔地上。但等玉兔跃上韩王山顶，十里八乡的人们，早已呼朋唤友闻讯而来，空旷的田野中，凭空竖起一排排人墙。

那时燃放的烟花爆竹，大部分出自本地，不及现在的礼花绚丽多姿。然而，人们却利用传统技艺，充分发挥聪明才智，让简单的品种尽力翻出多种花样，比现在燃放的礼花，可要耐人寻味很多。

随着震耳欲聋的"神枪"再次响彻云霄，便拉开了烟花盛宴的序幕，昭告放老杆活动的正式开始。

老杆通常分为一文一武两座，相隔大约百米。文老杆是由大大小小的呲花和小花炮组成的，各种小花、大花、起火、高开简直令人目不暇接，还有带炮箭、射天狼等在半空中乱窜乱射，更有一些叫不上名字的花炮，在无穷变幻中呈现出五彩缤纷。有的起火花还会不时地窜落入看热闹的人群，引起一片惊呼，人们忙不迭地乱躲乱撞，纷纷挤做一团。那时搞对象的男女，本来是不敢明目张胆地亲近的，这时慌乱中女孩儿也就顾不得羞涩，一头扎进男友的怀里，男孩子便成为义不容辞的保护神，更会不失时机地一亲芳泽。

而武老杆的全身则是有花有炮，从底层的鞭炮齐鸣开始，声势浩大。随着二踢脚咚咚哒哒地炸响，一级级的花炮开始逐级燃放，但见炮中出花、花里飞炮，热闹得沸沸扬扬，炮阵硝烟瞬间弥漫了半个月空。其间时不时还夹杂着雷管似的爆炸声，似一场激烈的鏖战，在耳畔轰鸣不绝。

随着花炮的一层层渲染，半空里随机现出一个个逼真的图画，什么猴子尿尿、鸭子下蛋，什么莲开九盏、大老爷开门，活灵活现，真是令人叹为观止。而我印象最深的，却是那几架"葡萄紫藤"，每当热闹的烟花鞭炮声都消停了，滴里嘟噜的"葡萄"犹自在掉个不停，直到曲终人散、灰飞烟灭。随着从高高的杆身上，凭空掉下来一副长长的吉祥对联条幅，放老杆的活动便接近了尾声。人们一边默默地祈求着五谷丰登，人畜兴旺，一边恋恋不舍地向自家的方向回转。

踏月而归的人们，一路仍是意犹未尽。当时的交通工具，连自行车都没有普及，十里八里的路，大部分人都是成帮结伙地相邀步行，也有更远的村庄是开着拖拉机去的。调皮的男孩子，即使走在路上也不安分，不时会冲着仍旧沉浸在喜悦里正叽叽喳喳的一堆女孩子，冷不防地丢过去几个炮仗，引起一片惊呼。更有些淘气的男孩儿，因为去抢掉落未响的爆竹，被炸到手指或是烧到过年的新衣，回到家后则是不敢吭气儿的。

　　刚刚过去的庚子年（2020 年），随着本应热闹却悄无声息的正月，在寂静里逃遁。仿佛我远去的少年时代，早已随着光阴的步履，与美轮美奂的烟花，一起化为了岁月的尘烟。漂泊的行囊，遍布着沧桑与无奈，只有那一缕剪不断的乡愁，蛰伏在记忆的转角。

　　每当看到有烟花绽放，我心中便会闪过一丝亮丽与温馨，也会忍不住忆起绚丽老杆的情景。

牵心归处是吾乡

涉县不是我的祖籍。

涉县是我的出生地，是生我养我的地方。

我在涉县曾经生活过的 24 年里，学会了分辨是非善恶，不至于让自己迷失；学会了一些生存技能，得以在工厂破产后，能毅然打破铁饭碗的安逸，为自己开拓另一片天地。我曾在懵懂的青春年少里迷惘，也不乏在爱恨情仇间纠结取舍。所有的得失，都已化为一路撒落的珍珠，被我用光阴的线穿起，然后用余生不断地一枚枚盘磨，在咀嚼、回味里增色。也曾在一次次午夜难眠的反刍里，一遍遍重温失落的悲喜。

这些年我也陆续地写下一些文字，其中最多的莫过于乡愁。在那些有关故乡血地、有关亲情友情的文字中，虽然字里行间交织着的，都是发生在涉县的人和事儿，我却很少提及涉县这两个字。涉县，是我珍藏的珠宝；涉县，有我不敢碰触的旧伤；涉县，是镌刻在我骨子里的印痕；涉县，是我不能填入籍贯的故乡。涉县满载着我的欢乐，也隐藏着我难以排遣的忧伤。涉县不是我的故乡，却比故乡更亲切、更温馨、更难忘，维系着我一生的眷恋。

我出生在西戌镇。在已过半个世纪的记忆里，或许唯有那 7 年才是我的天堂。我在那里出生，我在那里蹒跚学步、牙牙学语，我在那里种植淳朴善良的根基，也在那里认识了人的本性和植物的性状。在那里，我像原野的风一样自由地奔跑，跟随小伙伴们上山摘野果、挖野菜，下河摸鱼虾，甚至还会抓一种叫水黾的水爬虫来吃。可能很多人都在水塘或者河边看见过它："长寸许，四脚，群游水上，水涸即飞。"据《本草拾遗》记载：水黾有毒，杀鸡犬。想来，我也是福大命大的，什么野花、野草、野果、野虫的，都敢去触碰尝试，或许是以毒攻毒，从没有因误食而发生过中毒、过敏的事件。倒是由此清楚了哪种好吃，哪种不能吃。感恩那些天赐的美味，慰藉了贫瘠的童年，给了我们最单纯的快乐和满足。

我儿时干得最傻的糗事，莫过于拿着在村人眼里无异于珍馐美味的白面葱花饼，去换取人家糠糠的窝头吃，由此成为全村人的笑柄。其实我这是有病，我从小就有胃疼的毛病，却始终没能找出缘由。玉米面窝头我是绝对难以下咽的，所以家里的白面馍馍都是尽着我吃。可我那时偏偏就不爱吃饭，不像现在反倒跟饿死鬼投胎似的。那时不知道怎么了，就馋人家的糠窝头，而且是谁家的糠面最粗最糟，我就偏要吃谁家的。想来一定是上辈子欠了人家的，所以今生要用白面馍馍或葱油饼，这看似恩惠实则微不足道的东西去还。我最喜欢吃百家饭，一到晌午，我便端着我的小碗，趔趔趄趄地在饭市里穿梭，不一会儿碗里便是满满当当的。

我的脑门上有块月牙儿似的疤痕，像二郎神的天眼。那是4岁那年，我和一个小伙伴在大土坑上打滚儿玩，不小心摔下地时，恰好被一截竹竿戳破了留下的纪念，好像也是为了提醒我，永远不要忘记那块土地。我喜欢跟着左邻右舍的村人去地里干活，看他们春种秋收。他们也都乐意带着我，更会把新鲜的瓜果蔬菜塞满我的衣兜，而不会受到队长的斥责，这是缘于我父母的好人缘儿，我们也没有因为是外乡人而受过欺凌。

第一次和母亲进城，是在父亲调进县城不久，我们家还未搬迁的时候。城里有宽敞的马路，更有一座比父亲原来工作所在的供销社大得多的百货大楼，那是我第一次见到真正的大楼，无异于看到了电影里的场景。在那天，我拥有了第一个布娃娃。那个夜晚，我看到了人生第一次失眠时的月亮，它和布娃娃一起，从此挂在我记忆的天空。

一辆马车，把我们拉进了县城的一个大杂院，也给我们展开了陌生的世界。

我有了更多的伙伴，继而有了同学，可我也从此失去了单纯的欢乐。现在的同学群里每天都热闹非凡，他们随时可以聚会。只要有谁心血来潮地招呼一声，就会聚集起一帮人跑过去包饺子、拽拉面，抑或熬一锅我最馋的菜锅小卷。所有人每逢生日都会聚在一起庆祝，像一个同龄的大家庭。只有我远在千里之外，隔屏感受着大家的欢乐，落寞着自己的孤寂。听着他们互侃着谁谁谁的糗事，回味曾经走过的岁月。

等我再次踏上父母离开后的涉县这块土地，每次都难免百感交集。虽然不管我走到谁家，都会遇上热情的面孔，那是没有被时间和距离隔阂的亲密，但我清楚地知道，这个真诚欢迎我"回家"的地方，早已把我当成了过客。

城三关昔日的街巷，遍布着我丈量的脚印。打小的野性，使我喜欢到处闲逛，哪条路怎么走方便，我可能比土生土长的本地人还清楚。那时的我还是个十足的电影迷，十里八村的电影轮流放，我则像个野小子，跟着哥哥撵着转场。我难忘那些和发小在一起时开心的欢声笑语，也无法忘却作为一个外乡人，曾被无形孤立的恐慌。

我们在春天的周末去田间山野放风，采摘喂给蚕宝宝的桑叶，也顺手挖些野韭菜、野小蒜，让母亲给青黄不接的餐桌添一抹绿色。丰硕的秋天可以摘酸枣、野果，当然也会躲过看口子人（农村生产队时，负责巡逻的人）的耳目，偷吃几个核桃、柿子或苹果。那时的冬天是寒冷的，我们穿着笨笨的棉衣、棉鞋去滑冰、滑雪，在跌倒爬起的笑声里，享受着纯真的快乐。

有一天我在水果摊上看见有卖菇茑的，不由就浮想起我们曾经寻找野生菇茑的往事。上学的时候，夏天的周末，我们总是会结伴走向城外，沿着田埂疯跑。一般是先走到滩里，再绕到清凉走回来。菇茑大多生长在阳光充足的荒地，只要发现就是一片。我们能找到的熟果并不多见，可能是熟透便自行脱落了，所以大多是青绿色的。不熟的果子苦涩得不能吃，如果整株采回去的话，连根一起熬水喝，可以清热解毒，大多用来治疗咽喉疼痛。我们则是只取大个的青果，稠密的地方我们也会记住方位，以便下次再来。这样的季节，我们都会在文具盒里偷偷地放上一根缝衣针，我经常备着的，还有一根大哥用不锈钢条给我打磨的细钩针。那时的课间，我们除了爬单杠、打沙包、跳皮筋、踢毽子和跳绳，女孩子也会钩织一些假领子，或是茶盘、盖垫之类的小玩意儿。

我们先剥下灯笼状的外皮，最最关键的一步，是必须小心地用针尖把内果眼顺边扎破一圈，让里面的果瓤与果眼完成断离，只要断离果眼这关能完好无损，我们这项伟大的工程就算成功了一半，一旦出现撕裂，那么这个果子就报废了。第二步要轻轻地挤出里面的汁水，再用针鼻儿或者钩针一点一点地淘挖里面的瓤和种子，直到全部淘空。冲洗干净的皮囊，刚丢进嘴巴时还会有点苦涩，口朝外，吸鼓起来，然后再咬下去，像后来流行的吹泡泡糖。然后就能听到嘎吱嘎吱的声响，像是鸟儿的欢鸣，所以管它叫咕咕鸟。这个小玩意儿，是转学过来的东北同学教我们的，她们是铁三局职工的子女，铁路工程结束后，除了少数留下来的几个，她们大多都离开了涉县，我们从此再无交集。在那个物质生活极度贫乏的时代，菇茑给我们带来的乐趣，一直延续到学生时代结束。

我们在学校野营拉练时，曾经爬过的山顶建有电视转播塔的韩王山，现在已经成为涉县的一张名片，尤以"韩山戴雨"闻名，是涉县的古九景之一。当同学开车带我们上去，坐在农家院里喝茶、吃饭、远眺时，漳河对岸的"中国太行红河谷"，早已被打造得风姿绰约，植物种植出巨大的女娲补天画卷，替代了当年的荒芜寒酸。世上风景年年新，旧友容颜日日老。当我们相互打量着彼此时，怎能不感慨岁月如刀。

清漳河畔的固新镇，是个依山傍水的村庄，那里的医院，是我参加工作走上社会的第一个单位。我曾沿着蜿蜒的清漳河顺流而下，整整往返过三年。我清晰地记得 1982 年 1 月 5 日上午，父亲扛着我的铺盖卷儿，我提着简单的锅碗瓢盆，走进那个一排平房、两排二层楼的大院。院子里有两棵粗壮的黑枣树。赵院长给我们做了饭吃，吃的什么，我没记住，只记得他和父亲一样地朴实，一样都是沉默寡言。饭后父亲就回去了，把我留在那里。那是我第一次离开家独立生活，那年我还不满 18 岁。

当时是一年中最寒冷的腊月。离开了母亲，我开始学着自己烧煤火做饭，几乎每天早上的炉火都是灭的，需要重新点燃。那时每天早上上班后，处理完手头的工作，就是赶紧点火。而与我做伴的，是住在另一头的秋生，我俩的炉灶每天早上几乎同时都会冒出黑烟，成为大家笑谈的风景。我回想着母亲做饭的细节，开始自力更生，终于由半生不熟的饭食稀里糊涂地对付，慢慢过渡到后来的餐餐口味独特。从此我就坚信，这世上没有什么是与生俱来的，只要你足够努力，所有的困难，都能够迎刃而解。

我最拿手的活儿是挑水，这是我在家时常干的，自从二哥离开家上学后，我 12 岁的肩膀，就承担起家里所有挑担的任务。打辘轳把更是我拿手的绝活儿，我可以单手松开把桶放下去，得心应手，潇洒自如。医院的大院里没井，我要下楼穿过大院，走出大门，还要再走一多半的路，直到穿过村口那个古老的石拱门，感觉就像我奶奶的老屋到老井的距离差不多似的。井，就在闻名遐迩的固新老槐树旁边。这棵古槐有两千年的历史，被村人敬若神明，有很多动人的故事传说。我每次经过时，都会肃然起敬，不由自主地，对着它那开裂遒劲的躯干行注目礼。

多年以后，当我带着孩子路过时，专门下车前去与之重逢，然而，被圈进围墙大院里的古槐，已不复我心目中与村民为邻时的繁盛与灵性，更像被供奉进了佛龛。听说为了利用这棵树创造利益，颇具原生态风貌的半个古村都被拆了。我无法掩饰自己的失落，更不忍再去打探那口老井，和我曾无数遍走过的，那座城楼石拱门的下落。当年留下的记忆，曾经是那么温馨，每当我沿着石板路进村子出诊，或偶然穿行其间，就感觉像儿时的饭市一样亲切，路遇的村人，都会热情地与我打招呼。

真想再去走走熟悉的街道，真想再去见一见热情的村人，可我知道一切都早已物是人非，再寻不回往日的情景。离开时不免有些懊恼，如果知道古槐是这样孤独地似被软禁，郁郁寡欢如此，我还不如把念想留在心中。那些纯朴的乡亲，曾给过我最质朴的关怀与温暖，当年的别离，有些就已注定成为永诀。

曾经的同事，早已天各一方，青春的喜怒哀乐，随着光阴流逝，已幻化为人生长河的波浪。那个一直唤我燕儿姐的阳光男孩儿，却犹如青春的嫩叶，一直闪烁在岁月的枝头，明朗着变幻莫测的尘世，温暖着初心留存的心房。

当我早已迁居在千里之外，于 2005 年开始接触网络，想取一个网名的时候，几乎是不假思索，"静夜思"三个字便脱口而出。我知道我床前的那轮明月是属于涉县的。那既是我第一次进城的月光，带着玄幻的光泽，照进那个搂紧布娃娃的小女孩的心上，也预示了此后的孤独。当然这幽思、这剪不断理还乱的情愫，更多的与青春有关，是"月亮代表我的心"凄美的怅惘。

曾经土坯房子的大炕上，那一群盯着糊在墙上和天花板的报纸找字猜字的少女，现在已儿孙绕膝，走在"奔六"的路上。还记得那一年的清明我回乡祭祖，曾专程赶到涉县小聚。夜深了，她们久久不愿离去，一帮人干脆就拼挤在宾馆的床上，回忆着儿时的趣事，仿佛我们又一起穿越回到少年，还有那些情窦初开的朦胧，除了心如撞鹿，其实更多的都是青涩，没多少甜蜜留存，只有一丝苦笑喟叹青春。

人生真的是一辆没有回头路可走的列车，我们从懵懂无知出发，用初生牛犊不怕虎的蛮力，被碰得头破血流，却还要再经受风霜雪雨的洗礼。当一切烟消云散，再回首已是多年以后。有时看着面目全非的自己，或许只有在发小儿的磁场里，才能寻回一些丢失的记忆。

借助"晓宁杯"乡愁大赛的契机，写下这些杂乱无章的文字，更像是寻找打开涉县尘封之门的楔子。涉县不是我的祖籍，但她是养育我的故土，更胜似故乡。无论我身在天涯海角，我的心会一直被她所牵。那里有我至爱亲朋的呼唤，那里留存着无法磨灭的旧梦，那里，更是我心灵的归属地。这些年来，我可能是把那个叫怀念的东西，刻意隐藏进魔瓶，却忘记了咒语，我将试着慢慢将它开启。

清明烟火

清明自古哀伤多，哪堪旧疾添新痾。新冠肺炎疫情下的清明节，在上午 10 点全国拉响的警报声中，我不由自主地起立，眼含热泪双手合十，默哀 3 分钟，为那些牺牲的英烈，也为所有的死难者祈祷。

人生在世，草木一秋，虽然所有的生命都是向死而生，但每当灾难来临时，人性的光辉和卑劣便会立分高下，便有了勇士和牺牲。

当手机传来 QQ 空间的"好友动态"提示，【那年今日】里是几年前我的一篇"说说"：

当远处祭祖的鞭炮声，像一场机关枪鏖战的现场，早早地惊醒了生者和死者的幻梦。没能故园成行，未免有些失落和遗憾。毕竟在这个日子回乡祭祖，才是阴阳相距最近的距离，在那里，生者可以倾诉，死者更感安然。不想找什么借口，没有去不去的理由，只能在夜晚的路口，但凭一缕缭绕的青烟、一堆飞扬的纸灰，了却全部的思念吧，愿天国的亲人安康！

突然没来由地，就想起了网上流传的一篇文章《儿啊，娘想做你家的一条狗》，令我不禁游思遐想。如果每座坟茔前，那些大烧特烧的儿孙们，别说在生前能把老人当宠物侍养，就算平平常常的，没事守在老人身边，渴了递一杯开水，饿了烧一碗热汤，做到生养死葬，那么，天下那无以计数的坟墓，不知将会少收取多少忏悔和懊恼呢！

今年囿于疫情影响，本来计划回乡祭祖的打算，也和年前的很多构想一样，都在现实面前成为腹稿。身在京城求生，有家难回，咫尺天涯，对不足百公里的家，只能望洋兴叹。

难以承受铺天盖地的有关清明节的话题，气氛的压抑，更迫使我急于寻一条心灵解压的出路。

信步走到户外，绿化带里的丁香正浓。那耀眼的白和淡雅的紫，竞相绽放着，相映生辉。有一排排并立簇拥的；有独自摇曳孤芳自赏的；更有的几株几株拥抱在一起，形成一个个花团，仿佛大的花形伞盖，风吹过，便涌动起一团团白云或紫雾，刹那间香气氤氲，令过往行人瞬间恍惚，犹入仙境。

清明节，作为中国的感恩节，很早就成为一个追本溯源的传统节日，在中国历史上占据着重要的一席之地，国家为此也专门设立了假期。"父母在，人生尚有来处；父母去，人生只剩归途。"清明祭祖，既是一种血脉传承，明白人生的责任和义务，又是一种对传统清明文化传承的思索，和对自我人生的反省。在很多人的心里，没有烟火的清明，就像听不到爆竹声的新年，总会让人失落和遗憾。

失去爆竹的新年，还有家人热闹的团圆和春晚，而没有青烟缭绕的清明节，却是"梦中犹闻呼唤声，醒来唯见月寂静"。不知道曾经续存了几千年凭吊追思根脉的情结，应该如何化解。眼看着故人已远清明又至，唯有心香诉衷情。

走过几条街巷，当我终于看到殡葬用品店时，酸软的双腿不禁如释重负。带着准备好的祭品，选择背风的位置，按照母亲生前的教化，一一摆放停当。

在父亲去世之前，我虽然参加过一些葬礼，却没有亲自操持过祭祀活动。直到 1997 年父亲去世时，母亲便把她积累的祭祀经验传承给我们，此后的清明节，就由我们兄妹到寄存父亲骨灰的火葬场去祭奠 。直到八年后母亲也追随父亲而去，我们便把父母的骨灰捧回故里，在他们结束漂泊动荡的一生后，完成叶落归根的念想。在以后的每个清明节和十月初一，不论我是在遥远的贵州，还是在漂泊的某一处角落，我都一直沿用着母亲生前喜欢的方式，在夜深人静之时，踏着细雨或有月无月的路径，走很远的路，去择一个偏僻清净的十字路口，遥寄追思。

今年的清明节无雨。半个月亮流泻着明朗的清晖，星星也比往日更多、更亮。传说人死后会化作星星，或许也只有在这特殊的日子，他们才能出来享受人间烟火，和亲人絮语吧。

带了母亲最爱吃的饺子，虽然她也说过烧纸不过是哄鬼。但她生前每次自己去路口时，还是会早早地就准备妥帖祭物，并且不要我们跟着，回来时依稀残存着未干的泪痕。想必母亲是把自己平日里积攒的酸甜苦辣和对亲人的思念，都留在这个时刻一并倾泻了。

我先点起一炷清香，对着家乡的方向，轻轻地呼唤着我的爹娘前来收祭，然后再把写好地址附言的信封点燃，絮絮叨叨地报着平安，并祈求他们的福佑。

风有些大，我用预备好的两根木棍，一手挑燃，一手又按压着使劲控制住火势，一边还暗祷冥冥之中的神灵，能助我把纸钱顺利烧完。看着火苗趋于平稳，火舌欢快地舞蹈，厚厚的纸钱烧旺时，中间的部分，通透得像是熔炉里的岩浆，又似红彤彤的暖玉，我压抑已久的心绪，便随着这烟火慢慢地释放，渐渐地归于平静。

最后的灰烬里，还挣扎着点点星火，它们像一群淘气的顽童，此起彼伏着，像在玩着捉迷藏的游戏，乐此不疲。我在耐心的等待中看向四周。在那些来来往往的人流里，有不断被燃起又熄灭的烟火，我体味着每一堆故事里的喜怒哀乐。听着他们高一声、低一声的呼唤和诉说，仿佛是在等候着剧情的结束。当我确定所有的星星之火都已熄灭，便把供奉完毕的饺子连汤带水地洒在灰烬的四周。

轻松踏上伴着明月的归途，远远地望见住处的高楼，竟然第一次发现，整座楼里，几乎今天所有的房间都亮着灯，一扫往日的沉闷。心头不禁掠过一丝暖意，快步奔向万家灯火。

条条大路通故乡

今年的春天来得可真早啊！

惊蛰刚过，绿地上一簇簇的迎春花，就偷偷地钻出了看似依旧干枯的藤干。光秃秃的枝条，仿佛是在一夜之间，蓦然就冒出了一个个如弹头般的花蕾，可能是得益于一冬的养精蓄锐，个个泛着油色的红光，接着便零星开放出一朵一朵的鹅黄。随即热烈地张开笑脸，很快便铺陈开来，它们用微薄的个体簇拥起一片春色，吹响了春天的号角。运河边上的桃花，似也不甘落后，在特殊时期无奈驻足而又百无聊赖的周末，我惊喜地与之邂逅，并不由得勾起我对故乡春天的怀念。

还记得那是 2017 年的清明节假期，我携家人从北京出发，自驾回乡祭祖。沿着通达的高速公路，我们径直到了生我养我的第二故乡涉县，与昔日的同窗好友小聚。大家在欢聚的同时，由衷地感慨着高速路的便捷、通畅。

清明节那天早上离开时，正应了"清明时节雨纷纷"的场景。大家笑着说："人不留天留呢，干脆多住几天吧，别走了！"话是这么说，可我们不远千里回去，不就是等着这天要回故乡办正事吗？不走哪成呢。

依依惜别后，我们便驱车冒雨前往百里外的故乡——车谷村。一路上经过曾经熟悉的村庄，依稀已不是我记忆中的场景。沿途路边那些曾经破败的低矮平房，早已摇身一变，改建成了门脸房或是高大的楼房，整齐地沿着国道排列开。直到驶过南洺河上的界桥到了阳邑，我一打方向盘，左转进入 314 省道，才算是真正地踏上了回家的路。

道路平整地延伸着，沿途几个村庄的路标，在车窗外一闪即逝，不过十几分钟，就已经停在了故乡的村口。

短短的路，看导航不过才 12 公里多，却令我忍不住感慨万千。

在我儿时的记忆中，那时都说从阳邑过来的这段路是 30 里。早在 1965 年，我那孝顺的父亲，因迁就不愿走出家门的祖母，而转业到了离家乡最近的涉县工作。虽然离老家不过百十里，但这一段区区的 30 里地，却成为当时回去看望祖母的最大难题。

我记得当时路过村子的，好像每天只有一两趟公交车，我们一般都是坐下午从武安发出到列江的，返回则是搭乘早上从列江下来的公交车。所以我一度以为，列江就是这条路的终点。而这趟车上的人，似乎永远都是像下饺子似的密不透风，甚至有好几次，母亲带着我们兄妹，实在是挤不上去，在没有别的办法时，我们只好"腿着"走回去。

那时的这 30 里路，还是窄窄的土路。路的两边，一边是庄稼地，一边是鹅卵石遍布的干河滩。在我幼年的眼里，回家的路总是那么那么漫长，走上半天也看不到一个村子。沿途的那几个村名，倒是被我记得滚瓜烂熟，成为行进中的祈盼。出了阳邑，经下站、上站、小冶陶，等好不容易远远地望见了不在路边的小店村，才真的像是看到了希望。这时的母亲，就会给我们打气说："快了，还有 8 里地就到了！"

要是冬天，虽然冷点，走一走也就不觉得冷了。若是赶上夏天，被大太阳晒得像鱼干似的，那可真是没处躲没处藏的。路面上的土，也像被晒得冒了烟，在光晕里蒸腾起丝丝缕缕的尘雾。印象中，路边从来没有什么大树，即使有，应该也是几棵歪瓜裂枣般的杨柳，完全不像别处乡村茂盛的林荫道。偶尔有辆车经过，我们也会使劲地招手，却很少遇到停下来的。只有附近村庄的马车路过时，看到我们娘儿几个，心善的便会心生恻隐，捎上我们一段。

记得有一年，我已经参加工作了，应该是 20 世纪 80 年代初。那时的父母都已是花甲之年，八十多岁的祖母还健在。因为修路不通车，父母的身体，已经无法跨越那 30 里地回去给祖母拜寿，就商量着看我能不能回去。我想得很简单，就先坐公交车到了柏林的舅舅家，借了一辆自行车，然后再骑着回老家去，以为这样可以省点力气。

谁承想，那年的路可真是难走啊！整条路面被挖得面目全非，到处都是坑坑洼洼的。能骑车的地方很少，我只好半骑半推着车子，沿着拉料车的车辙走，好歹不用我背着带给祖母的物品，那应该算是生平最艰难的一次行走了。

自从那次修好的路铺了柏油面，等以后再回去时，无论是坐车还是骑车，回家的路相对就好走了很多。遗憾的是没过几年，我的祖母就仙逝了，从此回家路上的车越来越多，而我回去的次数却越来越少了。待又过了几年，孑然一身的叔叔也因病去世，从此，故乡就真正变成了一个只在需要填写时的籍贯。

直到 2005 年，驾鹤远去的母亲，让我们重新又接通了回乡的路。家乡的路更加平坦了，可一生坎坷的父母，在被我们最后一次捧送着魂归故里后，却再也不能往返了。

与此同时，我所在的企业破产，我开始外出谋生，离家越来越远，回老家的机会几乎又断绝了。

直到 2017 年回去时，看着如此宽展的道路，令我不由得心潮起伏。那天我们冒着雨祭祖，完成了对祖宗的敬畏。再次仰望山坡上坍塌的、正在风雨中凄迷的老屋，再看看眼前聚少离多的亲人，这刚刚相聚又不得不离别的无奈，不由得被离愁别绪笼罩，凝结为挥之不去的乡愁。想起父母颠沛流离的一生，再想想自己半生的坎坷，心情久久难以平静，突然就生发出一种前所未有的绿叶对根的深情，并暗自告诫自己，以后有机会一定要多回家看看。

在准备踏上归途出村时，我忽然忍不住心血来潮，想沿着314省道继续往上走走。我迫切地想去看看，在我们祖辈曾经生活过的这大山的背后，究竟还有哪些我不知道的地方。

半个世纪以来，我回家最远的去处，也就是到水库边上去站站走走。早就听说后面的列江，被开发成了朝阳沟风景区，我们的东风水库也随之变身为朝阳湖。而后面的后面，随着武安对西部开发的大力支持，更有多个地方都已经成为风景名胜区。我一直以为的这条路的尽头，突然就这样延展开去，成为钓我的饵，让我欲罢不能，一定要去走走看看了。

沿路而上，淅淅沥沥的小雨依然下着，把浩渺的朝阳湖渲染得如烟似雾，犹如梦幻。我们一路走，一路欣赏着。山里信号弱，走着走着，发现导航已经罢工了，我们却被山路两边的景色所吸引，也就没有去过多理会，心想条条大路通北京，没有走不出去的山，有路，就一定能出去！便就沿着一条新修的公路盲走下去。

那年的春天确实来得有点晚，都清明时节了，山里才春光乍现，层层叠叠的山峦绵延起伏着，草木刚刚露出返青的迹象。不经意间，我们就会被跳跃的松鼠，或是转弯处的一树桃李惊艳。那天的路上，很少遇到行人和车辆，我们便随意地走走停停，边走边欣赏。看看山中缥缈的云雾，听听看不见鸟儿身影却异常悦耳的鸟鸣，再眺望着对面山上的桃花或是杏花、李花，看着那淡淡的粉霞把一面山坡弥漫。清新的空气，静谧的山峦，真的犹如误入仙境。看来真是错有错的运气！我们就那么信马由缰地往前一直走，一直走，直到看见路牌，才知道原来是快到七步沟了。

时间却不允许我们去景区游览了，只好继续车览着沿途的风景。我也曾经走过不少地方，与所有人工雕琢的景区相比，其实我更喜欢赏心悦目的自然风光，它们总是以自己独特的风貌，展现出自己的温顺与桀骜。当延伸的路把我们带到一个高速路口时，我们仍意犹未尽。至今我也没去探究过，我们误入桃花源走的究竟是哪条路，也不知道将来再想重复时，是否还能找得到它，反正是顺利地回到了北京。

要致富先修路。随着西部景区的不断开发完善，这深山俊鸟，已经尽情地展现在世人面前，形成了规模化发展的旅游产业，很好地带动起周边经济的蓬勃发展。这里路路通达，让私家车不再顾虑路况；公交车和旅游专线，更是为广大赋闲的老年人旅游群体提供了便捷。山区独有的景色，即使养在深闺，也不乏络绎不绝的探客。

家乡的发展，离不开党的富民政策。随着人们生活水平的提高，旅游已经成为休闲生活的日常。而占有天时地利的故乡随之应运而生的农家乐，正在成为乡村经济发展的必然趋势，更为我们这些离家在外，想回去小住，却又苦于没有居所的"故乡客"，提供了便利，感受到回家的亲切。

走进乡亲们新建的院落，听着村民由衷的话语，看着家乡翻天覆地的变化，也真实地让我感受到了他们对现状的满足。而这种中国农民式的质朴，所流溢的满足感和自豪感，不正是我极力寻找的，能为喜迎党的二十大献上的厚礼吗？

今年的清明节又快到了，我去年快递回去的迎春花，已拜托堂兄给栽种在祖坟周围，不知道它们是否也已经开出了起伏的灿烂。

　　母亲是爱花的，我想让这些迎春花替代我，好时时刻刻地陪伴在亲人的身边。如果我因故不能回到故乡，希望能得到先人们的谅解。唯愿那满目的繁花，在家乡的山坡开枝散叶，好给故乡的初春，多增添一抹暖意，也让花期过后的绿叶，给坟茔覆盖一层阴凉。

　　唯愿回家的路，时时通畅！

第二辑 人在旅途

西藏行系列

（一）天 路

有关西藏的记忆，应该始于儿时，那是在一次看电影时正片放映前的纪录片里，看到有一群征服者，他们正在攀登世界屋脊珠穆朗玛峰。从此，珠穆朗玛就被种植在稚子的心灵中，成为遥不可及的圣地。

随着年龄和阅历的不断增长，布达拉宫、雅鲁藏布江、格桑花……渐渐地走进我的视野，带给我无限遐想。了解得越多，神秘感就越重，尤其是那蓝天白云、雪山草地更像极具魔力的磁场，吸引着我。五彩的经幡、匍匐的长头，牵扯着我的脚步，让我不由得身临其境，跟着转经人游走。

当《青藏高原》唱响中华大地，当《天路》开启进藏的大门，我再也按捺不住心驰神往的仰慕，与友邀约去探寻格桑花的芳踪。

很多人都说想去西藏，却苦于时间、身体和精力而不敢越雷池半步。我也是机缘巧合，得以有幸组团成行，义无反顾地踏上这一场心灵之旅。我为终于能去离天最近的地方，圆我这圣洁之梦而欣喜，热切地盼望快一点，再快一点，去亲近心中的那一片净土。

"坐上了火车去拉萨，去看那圣洁的布达拉……"

我们一行四人，于 2016 年 9 月 24 日晚 8 点从北京西站坐卧铺出发，历时 41 小时到达拉萨，北京与拉萨的距离有 4000 公里左右。

出行的那天是周六。虽然秋高气爽，但秋老虎的余威尚存，街头依然是夏天的装束。中午有几个好友为我饯行，去过西藏的蒲公英妹妹，还专门给我带了药品和羽绒服，并交代了一些注意事项。饭后我们一起参加群里组织的例行舞会活动，然后我直接从舞厅赶赴西客站，和同去的几人会合。进站时夕阳正浓，待过站上车安置好行李物品时，夜幕已完全降临。

吃饭、聊天、睡觉，直到次日中午，车窗外的风景似乎都是大同小异。沿途特有的秋景，就是成片还未收割的玉米，像是一望无际的青纱帐，沿途是依旧葱茏的树木。有些早收的地里已经种植好过冬的麦子，整齐的田垄像姜黄色的地毯。这虽然是一幅司空见惯的田园场景，但对久居都市的人来说，也是一种难得的养眼和放松，就这样一路行进着，一直到车过兰州。

前往西宁的路上，视野渐渐开阔起来。那是一望无际的戈壁滩，看上去沙化干旱。零零星星的只有一些成堆成片的低矮植物，在与大自然抗衡着，我想这可能就是传说中顽强不屈的骆驼刺了。

出了西宁不远，惊喜的欢呼声忽然响起，继而窗口被层层叠叠的游客覆盖，原来是看到了青海湖。辽远、浩渺的青海湖，在我们的注目礼下绵延着，植被也渐渐丰富。终于看到了相继出现的成群牛羊，偶尔还能看到多彩的丹霞地貌。路边经过一些稀稀拉拉的村庄和牧场，树木也逐渐茂盛起来。远处的雪山在阳光的映射下，或明或暗地在云雾里若隐若现，宛如仙境。并行于铁路不远处的公路上，能看到车辆也渐渐地多了起来。看来水的确是生命之源，有水的地方才会盎然生机。及至夕阳西下，我迟迟不忍收回视线。

我把这一幕写成了第一首散文诗《邂逅青海湖》：

当欢快的尖叫声突然惊起
我正在西行列车的卧铺上假寐
经过一个昼夜的奔波，列车穿行在苍茫戈壁
满眼顽强的骆驼刺，填补了想象的空白
过去的大半天，荒凉，把视觉疲惫
睁开慵懒的双眼，窗口被层层覆盖
长枪短炮拉开，Pose 频频变换，
惊叹连连叠起，欢声笑语一片
拥向窗口的诸人，原来是青海湖的约伴
激情过后，人群退散，我默然静坐窗前
没有了喧闹嘈杂，心，可与湖水比肩

时间已近黄昏，夕阳还在远处的雪山流连。蓝天、白云、雪山、湖水，这交相辉映的画面，在梦里，曾是我期待已久的渴盼。

湖面绵延着，植被也渐渐丰厚，远离了贫瘠的戈壁滩，湖水湛蓝，是那样亲切、温柔。长长的湖岸线，唤醒了生命，有了绿洲，就有了希望，也把生活的热情点燃。

水，是生命之源。有了水，才会有成群的牛羊游弋；有了水，才会有人欢马叫，树木参天。

看那高原之舟、雪域瑞兽——安静的白牦牛，披着五彩霞衣，温顺地眺望着远方，似在等待旅人的召唤。

蒙古包的炊烟，在黄昏的旷野袅袅攀升，天空没有雾霾的踪影。远离了昏天暗日的都市，难得久违的清幽，我忍不住隔着车窗，想呼应飘飞微雪的调情。

随着越来越多的经幡出现，令人不由自主地肃然起敬，心已飞临雪山之巅，颤抖着，想与白云携手。青海湖惊鸿一瞥的倩影，在暮云四合时，已深深镶嵌进脑际不再游走。渴盼已在延伸，不仅仅满足邂逅。恍惚间我仿佛坐成了一尊雕像，随着薄暮四起，贪婪的目光，久久，久久，不愿收回，暗暗发誓他日定专程来访，一定要轻撩起她的面纱，缓缓融入她的怀抱，尽情欢快地畅游。

傍晚经过的地方不时有雪花飘落，带来的食品因为高原反应开始涨袋，它们一个个都变成了"胖娃娃"。晚上 10 点多到达了格尔木，便下去活动一下。空气凛冽，甚是寒冷，与上车时好像已经不是一个季节。过了格尔木就算真正地进入了高原，列车上开始供氧。

我在凌晨 4 点醒来时，头痛欲裂，开始出现高原反应。等到了那曲，海拔好像是 4513 米，据说它是世界上海拔最高的客运火车站。旁边的卫生间里不断有人在呕吐，似乎女性偏多。我胃里也不舒服，还好强压着没吐，也不敢再吃东西。我坐在窗口眺望着远远近近的雪山，沿途的景色越来越美。蓝天白云下是巍峨的雪山，游走着、缥缈不定的云雾变幻莫测。还有蜿蜒的河流，像大地的闪电。

我就这样一直紧紧地盯着窗外，一是不想辜负美景，再则也是想分散高原反应带来的不适，不敢躺着，躺下随着列车的晃动，感觉会更加难受。

中午 12 点半，列车正点到达拉萨。下车时烈日当空，俨然似酷夏。接站的导游给我们每人敬献哈达，交代注意事项，然后把我们送到宾馆休息调养。

刚走进宾馆，一场暴雨便接踵而至，不大会儿又雨过天晴，一道彩虹出现在天际。

我很难受，没听从劝告，迫不及待地洗去了一路风尘，只是刻意地吹干了头发。

同去的朋友可能是路上喝酒的缘故，血压高了，血氧也低了，前来体检的医生说得很严重。他被唬得马上就要跟着人家去输液、吸氧，我暗地里拦住了他。他忐忑不安了好一会儿，差点就要订机票飞回去呢。我好歹也是个医务工作者，按照多年来的医学经验，我让他先吃了点药缓了缓，休息了一下，然后我们一起出去好好地吃了一顿饭。他虽然感觉舒服了很多，但还不放心，便又在街头随便找了两家诊所做了检查，一切都已经正常。

拉萨的海拔是3600多米，比那曲低了差不多1000米。我也吃了一片朋友特意给带的芬必得，感觉比在列车上舒服了很多。晚上我们又出去消消停停地吃了顿饭，然后才慢慢地在街头溜达。在西藏，你想风风火火肯定是不行的，如果稍微走快一点，就会感觉气喘吁吁，所以在西藏看到的，都是安闲转经的人流，这才是真正的慢节奏。

美美地睡了一觉，醒来时，感觉已满血复活。

（二）林芝

一觉醒来，天刚蒙蒙亮，6点半集合之后，出发前往林芝。

头天的阳光明媚已经不复存在，夜里下了雨，到处湿漉漉的，天空有些阴沉。上路后，心血来潮的小雨，更是人来疯似的，时不时地就会舞蹈一番，追着车窗扮鬼脸。骤感有些凉意，有的人已经穿起准备好的羽绒服。

必经之路是318国道，当时正在修路，坑坑洼洼的满地泥泞，相当一段路程颠簸得就像过山车。带团的强导非常出色，知识也很渊博，他怕我们睡觉后会缺氧，便不顾左摇右摆的颠簸，声情并茂、引经据典地为我们讲解了一路。

随着车越爬越高，旅游车开始供氧。快要翻越米拉山口时，一路淅淅沥沥的小雨，突然在转眼间摇身一变，变身为不期而至的鹅毛大雪，顷刻间就把延绵起伏的山峰给掩藏了起来，宛若给一群仙子披上了洁白的婚纱。一条几公里的长龙静静地堵卧在山口，四周旷野一片洁白，只留下高高的五彩经幡在风中摇曳起舞，把大地与苍穹相连，将藏民们虔诚的心愿，传达给上苍的神灵。能不期而遇这早到的一场大雪，我倒是喜出望外。堵车带来了停下来的闲情，能尽情享受一番这冰天雪地的欢愉，感受一天四季不一样的风景和心境，也不虚此行。

说到318国道，不得不多啰唆几句。当时正在修建的高速公路，现在应该早已贯通使用，如今组团去的游客，若想再领略这种"隔山不同天，一天有四季"的奇妙感觉，恐怕是不易了。这是一条自驾和骑行爱好者的首选路线，因为它是中国目前最长的国道，起点为上海，途经江苏、湖北、四川，终点为西藏聂拉木县樟木镇，路程极长，危险重重，而且路况最为险峻、通行难度也最大，偏偏还拥有绝、美、雄、壮的景观，所以有"心灵在天堂，身体在地狱"之称，并被2006年10月出版的《中国国家地理》杂志称为"中国人的景观大道"。

艰难地翻过海拔5013米的米拉山口这个分水岭，便踏进林芝市的工布江达县了，眼前也随之豁然开朗。

我们最先到达的景点是卡定沟天佛瀑布，景区不大却非常精致。刚经历过风雪的侵袭，转眼间看到这些四处散落着的不知名的野花，嗅着阵阵幽香，不禁有点恍惚，简直像是置身穿越剧中。但见一线瀑布飞流直下，像银河流泻；满眼奇花异草、山清水秀。淙淙溪流，依山势迂回曲折或急或缓。更有众多天然石像，每一座都被赋予了神奇的传说，让人不得不赞叹大自然的鬼斧神工，不得不钦佩人类超强的智慧和丰富的想象力！

拥有特殊热带湿润和半湿润气候的林芝，是西藏令人感觉最舒服、惬意的地方，海拔平均在 3000 米左右，最低处只有 900 米。气候适宜，植被丰富，风光秀丽如画，享有"小江南"的美誉。

而被誉为"中国绿色峰级的森林浴场"的南伊沟，更是我早已向往的，那里是我非常喜欢的呼斯楞的歌曲《鸿雁》MV 的拍摄地。当我坐在影片中出现的那块开阔地，望着经常在脑海里浮现的《鸿雁》里的画面，感受着眼前这真实的场景，真的是如入仙境。只是我们没有等到那一对对排成行的鸿雁，却被江水长、秋草黄的草原美景和音响里播放的悠扬琴声，激荡起"酒喝干，再斟满，今夜不醉不还"的豪情。虽然遗憾眼前少了醉人的美酒，却庆幸让我们拥有了比美酒更令人迷醉的景观！

这"地球上最高的绿色秘境"，既是长期生活在高原峡谷的珞巴族民俗旅游点，又是生态旅游区，保持着原始部落的风貌。曲径通幽的山道，沿途就是珞巴族的居所，珞巴族还沿袭着古老的生活方式，虽然不再是刀耕火种，却仍以农业、畜牧业和狩猎为生。沟内植被丰富、水草丰美，原始森林保存完好，是珞巴族的风水宝地。

无边无际的原始森林，静谧、安详，青苔枯木，绿茵如织，参天古树幽深翠绿。被当地人称为龙须草的松萝，有很强的抗菌和抗原虫的作用，它所含的松萝酸之抗菌作用尤为突出，有清肝、化痰、止血、解毒的功效。但它也是寄生原木的杀手，能把整棵大树变为枯枝，进而成为它们自己的天堂乐园。也只有在生态环境非常好的地方，才能看到这些像蛛网似的龙须草轻盈地在树枝上飘逸舞蹈的景象。

咆哮的南伊河，在谷间轰然鸣响，晶莹剔透的浪花在湍急处翻卷着，如千军万马，气势恢宏。林梢缥缈的云雾，若有似无地漫步，不时飘向远处的雪山，缭绕起我们的思绪，让我们仿佛也置身于唐卡里游弋了。那条长达1050米的木栈道，引领着人们穿越到天边牧场周围的原始森林深处。难得在这样满含负离子的自然森林氧吧里游走，让我们流连忘返，还差点耽误了归程。再相逢，已然只能在离开之后的梦境里了。

我一直心驰神往的世界最大峡谷雅鲁藏布江大峡谷，却毫不顾及我们的感受，在我们赶到时，因为塌方严重，让当天所有的游客集体吃了闭门羹。我们仅仅在景区门口张望了一下。离京之前，朋友曾说，大峡谷里有座神女峰，只有有缘的人才能面见她的真容，还戏言说，人品不好的人，即使在同一个时间和同一个角度也无缘得见哦。我去时一路上还有点惴惴不安，怕真神考验我的人品。出乎意料，当天去的那些大巴，原来竟然是"恶人团"哈，连门都没让进就灰溜溜地离开了，你说我们这是什么样的缘分，才能凑在一起的呀？不禁大笑。大峡谷让我们带着遗憾离开，可能是为了下次更好地相逢吧。

幸亏所经过的比日神山、南迦巴瓦峰和尼洋河，一路上美景连连，我们被那精美绝伦的山山水水所吸引，弥补了这个缺憾。沿途那不停地游走着的云雾，缭绕着河流、树木、雪山，变幻莫测，令我目不暇接，如梦如幻。一路牵扯着我的视线，令我禁不住心驰神往，无法抑制地幻想着雪山背后那仙境的世界。300多公里的尼洋河，藏语是"神女的眼泪"，风光旖旎的沿河两岸比任何景区的风光都不逊色。

我们接着去了号称"第一座西藏阁楼"的传教宫殿尼洋阁，它也是藏文化博物馆，里面罗列了西藏各族群的习俗和宗教习惯，让我们能直观地去感受藏文化的起源，去领略西藏历史的发展，并在此了解到唐卡的起源和制作工艺。

离开林芝回拉萨的路上，我们参观了藏族民俗村，听卓玛讲解当地的风土人情，品尝青稞饼、酥油茶，然后被带到工艺品店，欣赏、购买他们特有的精美银饰工艺品。

（三）圣湖

水是生命之源，人类和万物都离不开水。西藏的人们对终年不化的雪山和如珍珠般镶嵌其间的大小湖泊尊崇有加，赋予了其许多美丽的神话传说，更给世界上这片最纯净的高原净土增添了神秘色彩。

玛旁雍措、纳木措和羊卓雍措是西藏最著名的三大圣湖。"措"在藏语里就是"湖"的意思。

玛旁雍措在藏语里意为"永恒不败的碧玉湖"，是被世界上多个宗教认定的圣湖，也是亚洲乃至整个世界最负盛名的湖泊之一，可惜我们因故未能成行，只能引以为憾。

我们最先游览的湖区是措木及日，这个被誉为"冰湖"的圣湖，在藏语里的意思是"观音菩萨"或者"观音菩萨的眼睛"。因此，在措木及日流传着许多关于观音菩萨的传说和故事，它不但拥有美丽的自然风光和动植物资源，还是林芝市许多神话传说的发源地，在工布地区一直都有神佛之地的隐称。景区的景观带长约20公里。道路两边的山林布满了不同海拔段生长的垂直植物带，自下而上形成了灌木林、沙棘林、花海、竹海、冷云杉林海等，在这秋高气爽之际，连绵不断的群山满载着茂密的丛林，重峦叠嶂呈现着五彩斑斓的瑰丽，令人忍不住发出由衷的赞叹。"冰湖"的湖面不大，在我们匆忙赶到时，已是暮云四合，本来阴沉的天空，还飘起丝丝细雨，若有似无地，像那些随风飘荡的龙须草。可惜我们看到的只是朦胧的湖光山色，错过了邂逅湖水倒映蓝天白云的瑰丽画面。

在前去纳木措的路上，导游强哥极力渲染这个藏语意为"天湖"的魅力和传说。纳木措是西藏的三大圣湖之一，位列我国的第三大咸水湖，也是世界上海拔最高的咸水湖。相传这里曾是密宗本尊胜乐金刚的道场，信徒们尊其为四大威猛湖之一。每到藏历羊年，很多僧俗信徒都会不惜长途跋涉，前往纳木措转湖。

导游说每到藏历羊年的四月十五日，这一活动的盛况将达到高潮，还说纳木措的湖水清澈透明，湖面呈深蓝色，水天相融，浑然一体，到过这里的人，整个灵魂都仿佛能被纯净的湖水所洗涤，她的纯净、安详是高原的象征，她的美丽是每一个旅行者都不应该错过的风景。说得我们一路上都禁不住心驰神往，忍不住满怀虔诚的思绪去憧憬。

拉萨距离纳木措湖 200 多公里，当时有路段堵车非常严重，多亏有经验的司机师傅绕道而行，才"突出重围"。沿途的景色依然美得令人炫目，反正我出门旅游的路上是极少睡觉的，盯着窗外的眼睛总是不够看，生怕与美景失之交臂。耳朵却在仔细地聆听强导的故事，很多的民俗、传说都是书本上所没有的，一路听来，感觉是那样新奇，那么津津有味。对那些令人神往的神话传说和风土人情，我们只能因时间仓促不能了解更多而引以为憾。

终于到达景区门口，趁着导游去办理门票，我们也下来活动一下僵硬的身躯。

从景区门口到景点，居然还有几十公里。走着走着，风云突变，丽日晴空突然间就被阴霾所代替，竟然淅淅沥沥下起了小雨。强导说可能要糟糕，山区的天气就是这样，风云莫测，所谓的不可抗力，莫过于此。他让我们跟着他大声地念着六字真言"嗡嘛呢叭咪吽"，希望能得到上天的眷顾，祈求到湖边能风停雨住。

却不料事与愿违，到达湖边时，风雨不但没有半点停息的意思，反而变本加厉，鹅毛大雪裹挟而至，转眼间就风雪交加。

我们下车后哆哆嗦嗦地极目望去，只看到无边无际的湖面烟雨朦胧，灰蒙蒙的一片，倒也是湖天一色了。风雪肆虐，冻得我们一手举伞一手连手机都拿不稳，怨天尤人也无益，只能怪运气不好，不知道得罪了哪路神灵。没想到灵魂没有洗涤成，反倒被风雪给戏谑了一番，一个个不由得蔫头耷脑，哪还有半点兴致，勉强看一眼浩瀚的湖面，带着心有不甘的遗憾，快步跑回车上。强导苦笑着说，这可是他带团到纳木措上车最快的一次了。

因为雅鲁藏布江、措木及日和纳木措湖的游览不尽人意，我们未免有些意兴阑珊，认为看景不如听景，说得再热闹，也不过如此。所以去羊卓雍措的时候，我们便不再抱什么希望，无非是跟着团把流程走完罢了。

羊卓雍措，在藏语里意为"碧玉湖"，也被称为"上面的珊瑚湖"，同样为西藏的三大圣湖之一，属于低浓度咸水湖。

一大早，太阳公公就笑盈盈地"跳"出来迎接我们了。天空湛蓝得炫目，漂浮的朵朵白云比内地通透了许多，看上去碧玉般，隐现出柔和的光泽。

我们先去参观了牦牛馆和藏药、珠宝城，有不少人购买藏药、绿松石和天珠。

等我们到达羊卓雍措的山脚时，旅游车开始顺着蜿蜒曲折的盘山路，左摇右摆地攀爬。一路上时而听到有人发出的尖叫声，惊醒了进入梦乡的旅人，其实不过是连续急转弯时的甩动，我倒不以为意，相较于我在黔西南打工那几年，我在周围山区可没少转悠，与眼下的路况，似乎不分伯仲。我安然地只管眺望着远方，享受着转弯后豁然开朗时看到的不同景致。

到达目的地的时候，坐在车尾的我，还没下车就听到惊喜的欢叫声。刚下车，目之所及，让我不由得沉醉了。回来后，朋友问我："你叫了吗？"我说好像没有，因为当时我已经浑然不知所以，第一次看到如此无与伦比的绝美景色，填补了我所有关于高山出平湖的想象。那任何影视大片都只能望其项背的超凡脱俗，没有身临其境的人，绝对无法去感受由它所带来的震撼，真的只能是叹为观止，我的确无法用言语来形容。

远远俯瞰那绿松石般的湖面，静静地仰卧在群山的怀抱中，静若处子。蓝天白云似乎触手可及，如梦幻般不真实，又像飘浮着的棉花糖，让我忍不住一次次跳起来想去扯下一片来品尝。我半卧在山坡上，陶醉于那云卷云舒的安逸，仿佛置身于诗情画意的美卷。

当我怯怯地骑上牛背，羞涩的白牦牛像淑女般安静，我的胆子不由得大了起来，与之亲密温存。我手舞足蹈地随风舞动起哈达，并借取牦牛主人的兽皮帽子，扣在自己的头上雀跃欢呼，忘乎所以得如天真的孩童，尽情地感受着返璞归真的狂喜。

带着对羊卓雍措的深深眷恋，在依依不舍的目送里告别，留下我诗意的慨叹。

（四）拉萨

带着对羊卓雍措美景的意犹未尽，延续着心情的美好，晚饭后我们乘兴去观看大型实景演出《文成公主》。

当冰凉的雪花落在脸上滑入脖颈，心儿情不自禁地，随着那一声悠扬的佛号紧跟着文成公主前行。漫漫征程，她克服了多少艰难险阻，历经了多少起伏曲折，几经生死危困。在高原圣域的璀璨星空之下，一幕幕真实的场景以星空为幕，山川做景，情真意切地演绎着惊心动魄的恢宏。

那是精美的视觉盛宴，是动听的天籁梵音。原生态的藏族歌舞，伴随着成群结队鲜活的牛羊在眼前行进，无不让人随着情景交融的剧情，为不断变幻的场景动容。大唐盛世的爱情传奇，被如此最原始也最华美的舞台，演绎得气势磅礴、如幻似梦。一曲和美的汉藏史诗，随着悠远的佛号传唱，那流光溢彩的盛景，让观者无不感叹，且沉浸在深深的感动里，肃然起敬。及至谢幕时，大家仍意犹未尽，忍不住一步三回头，与谢幕后送别观众的演员们挥手互动。

"魂牵梦绕若干年，耳畔佛音频召唤。幸喜今朝朝圣地，哈达笑迎雪山欢。"就是我当时激动的写照。

当我漫步在八廓街头，朝阳的金辉，几乎想把我染透。随着转经的人流悠闲地行走着，最令我肃然起敬的，却是那三步一磕的等身长头。信徒们不惜路途迢迢，克服了一路上的艰难困苦，不管是遇到泥泞沟壑，还是风霜雨雪，他们从来都不会懈怠，更不会投机取巧，总是要把难以跨越的部分仔细丈量，到能匍匐的地方，再虔诚地把相同的长度，用等身头一个不落地补上。他们带着全家人的希冀，带着无比的虔诚前来朝圣，为今生祈福，更为祈祷来世安宁。

在大昭寺这座至高无上的圣殿门外经年累月地匍匐着众多磕长头的信徒。沿街是川流不息转经的人流和络绎不绝的游客。进入圣殿，那无数在此默默清修的僧众，更令人肃然起敬。他们在烟火弥漫的殿堂里，虔诚地守候着日夜不息的长明灯，使岁月悠长黏稠，历史沧桑厚重，让一尊尊供佛变得鲜活起来。

我伴随着传说蹒跚着，仿佛游走在迷离的世界。随人流时而倾听、时而仰望、时而膜拜，漫步前行，在一步步的挪动中，心也随之渐渐地清明。当我把鲜花和洁白的哈达，虔诚地敬献在释迦牟尼12岁等身像前默默祈祷时，真的已经不能自已，情不自禁地泪流满面……

雄伟壮观的布达拉宫，伫立在世界屋脊，是世人有目共睹的高原明珠，是全世界人民向往的圣地，也是藏式古建筑最杰出的画卷，更是篇章宏伟的史诗。它鳞次栉比，依山而建，殿宇嵯峨，气势雄伟，是一座集精美的建筑艺术与佛教艺术融为一体的博物馆。

在金碧辉煌的布达拉宫顶部，有一组异常闪亮耀眼的金顶，那是灵塔之所。每座灵塔都是用黄金建造，更由众多的珠宝镶嵌而成，触手可及便是价值连城，这些无价之宝，默默地守护着他们的圣灵在此永久安息。若非身临其境，你绝对难以想象那种震撼，更难以感受那种庄严肃穆的厚重。这群精美绝伦的建筑精华，囊括了多少精湛的技艺。这座浩瀚如海的艺术博物馆，佛像、壁画不计其数，栩栩如生。

沿着悠长的狭道穿梭其间，所有人都会抑制不住内心的敬仰与赞叹，感慨世上这绝无仅有的瑰宝，书写着历史的记忆，铭刻了千百年来的沧桑。这座观光朝圣的殿堂，举世瞩目，万众景仰，每天都在接纳络绎不绝的游客，更是善男信女们向往的天堂。那些五体投地的朝圣者，用无上的虔诚匍匐在地，只为得到今生加持和祈福来世的佛光。

都说西藏是荡涤灵魂的圣地，我也时常审视自己，虽非大善，灵魂也还不至于肮脏到需要去洗涤。西藏是传说中的天堂，去西藏，圆了我多年的梦。在西藏聆听美妙的梵音圣曲，更能体会空灵的意境，完成对生命的领悟和对生活的解读。作为一个过客，只有身临其境，才能感受她那无与伦比的魅力，那是任何镜头和笔触都难以描摹的俊美！

终于实现了一直渴望能去触摸的，这离天最近的地方，我感受到了这里的圣洁。在这里，可以暂时放空思想，需要的人，或许也能救赎自己。

挥挥手，离开魂牵梦绕若干年的圣地，带着终得朝圣了却夙愿的欣喜，也带着未曾尽兴的遗憾。每当我轻轻地抚拨那小小的转经筒，耳畔仿佛就传来遥远佛国风铃的清音，不觉手拈菩提珠串，伴随诵经的梵音，"嗡嘛呢叭咪吽"便不绝于耳。

扎西德勒！

金戈铁马入梦来

2018 年的国庆节假期，我应闺密梅姐之邀，携爱人至邯郸与诸文友欢聚。她家高朋满座，我们盘桓数日，把酒言欢。更有从天津赶来的闫保国大哥夫妇以及他们勤学好问的孙儿，与我们一起畅游周边的名胜古迹。徜徉在这座有 3100 多年建城史的国家历史文化名城，听着博古通今的闫大哥讲解历史，一起重温经典，受益匪浅。

席间听当地文友谈到殷墟，却是原来并不曾听说或是没有留意过的，心想，现在的景点真是多如牛毛，既然没去过，反正安阳距邯郸不远，去看看也未尝不可。几乎没做攻略，一行人便驾车前往。

漫不经心地进入仿甲骨文"门"字的写法而建造的红色大门，眼前一片空旷。那是好大的一片开阔地，远处有一些树木，掩隐着几所低矮的平房，不由得暗自思忖，心里有种上当的感觉。

看见有排队的人群，得知是联票上包含的"殷墟遗址博物馆"，便随意加入其中。跟随着蠕动的人流，缓缓地穿过一条不起眼的植物藤架，进入一条下沉路。

沿着长长的刻有年代标识的"时间隧道"，不由得让我眼前一亮。我们从清朝回溯，在回旋辗转间，不经意已经穿越过三千年的历史风云，历经各朝各代，最后漫步到底层，止步时才惊觉，已经一脚踏进了位于地下深层的"殷朝"。

当"主题水院"的一泓清水出现在人们的视野里，这时的参观者才恍然大悟，真正地走进了"殷墟博物馆"的殿堂。原来，这座博物馆为了保持建筑与殷墟遗址周围地貌的协调，匠心独具，采取了让建筑主体刻意下沉的设计。

步入殷墟博物馆展厅的大门，之前所有的漫不经心，于瞬间土崩瓦解。当一件件精美的青铜器映入眼帘，我不禁在脑海深处费力搜寻，那些曾经在古代文学里出现过的礼器鼎、斛、簋、瓠、爵，以及各种各样名称各异的饮酒器具，而今正散发着丝丝幽光——呈现在人们眼前，仿佛穿越了三千年的光阴，在白驹过隙间与我们相逢。还有许许多多叫不上名字的器具：乐器、兵器、工具、生活用具、装饰品、艺术品，等等，更是琳琅满目、应有尽有。这些技艺高超的器具，代表了中国青铜时代发展的巅峰，更有精美的海贝和玉器，映射出当时贸易的繁荣和手工业的发达。

众所周知的后母戊鼎，作为商周时期青铜文化的代表作，是迄今世界上出土最大、最重的青铜礼器。其鼎身雷纹为地，四周浮雕铸有精巧的盘龙纹和饕餮纹，反映了中国青铜铸造的高超工艺和艺术审美造诣，享有"镇国之宝"的美誉，当之无愧。

当铜戈、青铜箭头、青铜矛，还有被这些青铜利器刺穿的头颅骨或胸椎骨，静静地呈现在眼前时，那种直观的残酷，可任由你展开想象的翅膀，去追溯、去描摹当时战争激烈的场景。我好似也跟着穿过岁月的风沙，亲历硝烟四起的战场，挥剑跃马驰骋疆场，展开金戈铁马的厮杀。

再看那些散发着浓浓烟火气息的生活用具，诸如铜镜、漏、勺、箸等，无不令人倍感亲切，俨然走出了战争的阴影。而那些极具艺术化的装饰品，像"人面具、人头面具、铜牛、铜虎、铜铃等，形制丰富多样，纹饰繁缛神秘，反映了那时的先民特有的宗教情感和审美观念，达到中国青铜时代发展的巅峰，在中国古代文明史上占有重要地位"。

从第20代商王盘庚迁都至殷，到公元前1046年帝辛亡国，商代又经历了8代12位国王273年的统治。馆内殷墟的建筑遗存，展示出商代各时期的政治、经济、文化、军事中心的兴衰，再现了三千年前洹河流域的自然景观，以及商灭亡后，逐渐沦为废墟的历史桥段。

作为现代汉字当之无愧的鼻祖，闻名于世的甲骨文，在漫长的汉字发展历史上，具有极其重要的地位。一片片魔幻般放映的甲骨，闪烁着奇异的光泽，讲述着历史的风云变幻，也演绎着古老而神秘的中华民族几千年来的人文文化和历史文化。

仿照甲骨文而制作的奇石、指路牌，遍布在道旁、岔口。仔细观察，殷墟的大门和一些展厅的大门，也都是依照甲骨文的造型而建。一座甲骨碑林展示出甲骨文化的博大精深，一道道甲骨文长廊，让甲骨文化随科普走进我们的现实生活，更让人们在休闲和娱乐中，引起浓厚的学习甲骨文知识的兴趣，乐此不疲。

参观殷墟，无论是宫殿宗庙遗址、王陵遗址，还是保存完好的、在中国历史上有据可查的第一位女性军事统帅妇好墓，最令我震惊、愤怒，因恻隐而记忆犹新的，莫过于那些以人祭、人殉、车马殉葬、兽祭等为代表的殷墟丧葬习俗，这些突出表现了殷墟时期以等级制度为核心的礼制，体现了当时的丧葬习俗，也代表了中国古代早期王陵建设的最高水平，并为以后中国的历代王朝所效仿，逐渐形成中国独具特色的陵寝制度。

其中最具代表意义的"车马坑陈列馆"，淋漓尽致地体现了奴隶社会残酷的杀殉制度。曾经彪悍的骏马，被活活地夹紧头颅固定，它们至今仍然圆睁着不甘的双眼，目中充满愤怒与绝望；精美坚固的马车，不再风驰电掣、叱咤风云，在原地被时间定格；更有那些鲜活的生命，或许他们刚刚远离了鼓角争鸣的战场，有的甚至还没来得及与亲人团圆和话别，就这样被泥土封印。

两个遗址内的每一处墓葬，都昭示着墓主显赫的地位。而随葬的一具具森森白骨，却在无声地控诉着奴隶社会残酷的封建礼制，似在为不平等的社会阶层悲泣；似在为没有尊严的悲剧人生呐喊。

走出遗址园区，沿着洹河徐徐而行，但见两岸柳绿花红，居民安居乐业，海晏河清。仿佛那一道门槛，隔绝了两个世界，隔开了金戈铁马，远去了鼓角争鸣，把杀戮和血腥，留在了历史的天空。

这道门，犹如远古今生的分水岭，更是把一切过往，刻录进历史的卷宗，永远封存。

茶魂

我不是个会品茶的人，更不懂茶的优劣。

在我虚度的半个世纪光阴里，茶对于我来说，不过是待客之道，是解疾良药，是相互沟通的桥梁。

在儿时的家里，并没有喝茶的习惯，可能是和贫瘠年代的生活环境有关。清淡的饮食，尚且难以饱腹，又怎会有多余的油脂被茶汤白白消耗。家中的茶罐，倒是常年备有茶叶的，我却不知道茶叶的来龙去脉和存放了多久，所以在我的印象里，一直以为茶叶的存放是不受时间限制的。只有当家里来客时，母亲才会捏出一小撮儿，放进印着"为人民服务"的大搪瓷缸子里，但等炉火上的茶壶烧开，便用热气腾腾的开水冲沏，满屋茶香。当然，那时能享受到这种待遇的，必定也是贵客，而非经常来往的邻里。

工作以后，物质条件虽有改善，可是我依旧没有喝茶的兴趣。或因儿时浅尝过的几口茶里，都带有略微的苦涩，不曾品出茶的精髓所误吧。及至后来读到一些品茗的华章，不禁心有所感，被深厚的茶文化深深触动，油然发出人生如茶的感慨。其实心底明白，自己不过是被别人的思想一时左右，并没有真正领悟到茶的妙趣。

二十多年前，我所在的工厂濒临破产，父母也被疾病所迫，不得已放下平生的要强，无奈投奔千里之外的我们。生活条件差尚能克服，而面对弥留之际的父亲，那种无以言表的痛苦，令我忧心如焚却无能为力。那是可以压垮一切的精神重负，令我身心俱疲，焦灼之际，不是口腔频生溃疡，就是身体各处痈疖不断，此起彼伏，心情极度压抑、沮丧。

后来听从朋友劝告，我开始尝试以茶排毒，选择的是那种极苦的苦丁茶，有时甚至还和黄连交替饮用，让沁心的苦，渗入骨髓，麻木我的味蕾和神经。随着身体的逐步好转，也让我有生以来能静心品尝所谓茶的滋味。渐渐地，茶成为我的日常所需，让我在浮躁中慢慢沉淀，从而能更冷静地面对现实。我从开始的苦涩牛饮，到慢慢地品味出苦中透出的甘甜，再到淡而无味，仿佛这才真正地理解了"人生如茶"的真谛。

看着冲沸时玻璃杯中翻飞的叶片，体会着它们如我一般的煎熬，不禁感同身受，然后看着它们陷入沉寂。有时也对入口的几片细嚼，苦中泛甜，甜里透苦，与我刚刚步入的而立之年何其相像。我在揪心里强颜欢笑，掩藏起即将生离死别的痛苦。在人生这一场修行中，我们既要享受亲情的甜蜜，也要面对无法阻止的别离，所以唯有珍视那难得相伴的时光，便是对彼此心灵的一丝慰藉。

先后驾鹤而去的父母，最终融入故乡的根脉，我却为了生计开始远走他乡，牵念起无边的乡愁。只是从此我又不再喝茶，不想让沁心的苦，成为如影随形的反刍。

直到去云南大理旅游，喝完白族的"三道茶"，我开始反省走过的半生，更深地体味人生与茶的种种关联，似有所悟。慢慢地，开始接纳一些茶品，没有选择和鉴别，更多的时候，是在一些场所或者聚会中他人赠送的。我也尝试将茶当作礼品馈赠朋友，才发现周围爱茶的人，早已比比皆是。但我独处的时候，依然没有喝茶的习惯。

刚进入辛丑年（2021年），元月是北方最寒冷的季节，我在正负都是 18° 的温差里，从北京再次走进云南，在普洱，邂逅了茶树龄在百年以上的古茶园，刹那间，我被古茶树间一朵盛开的小小茶花惊艳。山谷空灵，夜雨初歇，空气湿润的茶园，令人心旷神怡，远山缥缈着云雾，如梦似幻。我突然就像置身梦境，好像是前来赶赴一场前世的约会。氤氲的茶香，似要唤醒我对茶所有的知觉。

看着茶艺师优雅地布着茶道，边聆听她讲解普洱茶的前世今生。静心品茗，突然就与一贯被我忽略的茶品有了亲近之感。不觉愧疚于此前对茶的疏离，以至于在父母收藏的茶罐里，没能读出茶与人生的真谛，不禁脸红自己半生以来对茶的陋见。

昆明是父亲曾经战斗、生活过多年的地方，我也是父母在这块红色土地上的结晶。或许在冥冥之中，我曾是被他们呵护孕育过的一株茶树，幻化为一缕茶魂，在跟随他们离开故园后，诞生于千里之外，从而迷失了本性。当我历经百转千回，尝尽上苍赋予我的种种磨难，终于阴错阳差地，在既定的时空里回归，犹如醍醐灌顶，完成"三道茶"里的轮回。

恋恋不舍地离开"大象的王国、孔雀的故乡"的七彩云南，带着与大象亲密接触的余温和孔雀放飞的壮观、惊艳，当然更不能忘记带上几枚陈年的七子饼，仿佛那已是牵魂的伴侣。

被我日日捏下一小撮儿的茶饼，像一轮瘦下去的月亮，化为琥珀色的茶汤。我在深深浅浅的变幻里品味，也探寻一些不为人知的烟尘过往。然后在逐渐澄澈清明的金色里，参悟折射的佛光。

梅园借雪次第开

明城墙遗址公园，位于北京崇文门外大街的崇文门路口至城东南（建国门南大街）角楼一线。满园馨香的梅花，开在一场迟到的瑞雪之后。

古城的蜡梅，大多是开在室内的。即使有"寒夜客来茶当酒，竹炉汤沸火初红。寻常一样窗前月，才有梅花便不同"的雅兴，也总感缺少了踏雪寻梅的清幽与诗意。北方的梅花盛季，往往是在惊蛰之后，伴随着摇曳的柳丝和撕开尘埃封印的绿芽，与初露端倪的桃李，一起为古城添彩。或许在一个不经意的转角，便会被"遥知不是雪，为有暗香来"所惊艳，美翻邂逅者的视觉和嗅觉。

明城墙遗址，是原北京内城仅存城垣的一段，也是北京城的标志之一。随着每年春分前后近千株梅花竞相怒放，寻春的游人，便会嗅着其流泻出来的缕缕诱人梅香，呼朋唤友邀约前往，踏春赏梅。

沿着曲折迂回的小径，穿行于梅林掩映间。更有古装汉服的妙龄少男少女，盛妆出镜，宛如穿越进影片《三生三世十里桃花》的场景，想把三生三世的春光占尽。近几年，随着人们生活水平的提高，对美的追求自然也是水涨船高，摄影师队伍更是不断壮大。尤其是成群结队的中老年人，为了弥补往日忙碌时错过花期的遗憾，更是想留住逝去的华年，他们已经成为探春、赏花、分享各路美景的主流。

特别是一些退休的老者，闲暇之余，不再朝九晚五地为温饱奔波，遂捡拾起年轻时心有余而力不足的爱好，长枪短炮，随着技艺的增长，更是花样不断翻新。虽然他们的摄影技术参差不齐，但对青春的留恋和对美的追求却大同小异，取景框的魅力，激活了渐衰的细胞，让他们枯木逢春。季节与景物交替变幻，美人与美景相映成趣。

登上被政府部门按照"修旧如旧"的原则修葺过的明城墙，远眺京华，更是心旷神怡。城墙下，正有一列火车经过，不由就令人生出物是人非的感慨。沿着残缺的城墙漫步，不能不被残垣的苍凉之美惊叹。一株倾斜的身躯被保护支撑起的老树，遒劲的树干上正抽枝展叶，"老树明墙"诉说着历史的厚重与沧桑；几簇新梅娇艳欲滴，与老墙、游人同入画框，为古朴写意出新的篇章。

高耸的角楼，像睿智的时光老人，坐观古城580多年的变迁，笑看岁月更迭。历经改朝换代，尽沐战争风云，断壁残垣，刻录下多少悲欢；累累伤痕，诉说着几多艰辛。庆幸而今赶上了好的时代，让旧貌换上新颜，古楼谱出新韵。

一阵笑语惊落一地梅红，飘飘衣袂，恍如隔世的梅园幻梦。当古朴与现代交相辉映，老树新梅谱新曲，男女老少皆沐春风。新时代的人们，已经抛开了传统生活方式的羁绊，大步走到户外，去享受季节的馈赠。轻抚掩映的柳丝，徜徉在花海陶醉，古楼似也因这花红柳绿焕发出精神，与人们一起，奏响春之圆舞曲醉人的华章。

同是牛年的春雪，跨越近千年的时空，想来就是为了与"雪入春分省见稀，半开桃李不胜威"的苏轼遥相呼应吧。今年的春梅，绽放在一场令人惊喜的春雪之后，仿佛是一场古城庆典。春梅与桃李争妍，虽然缺少了凛冽寒风中蜡梅的孤傲，却以慈悲之心堆积起浓烈，为古楼残垣共增一抹亮色。

风雨圆明园

来京五年，闲暇之余，我喜欢闲逛名胜古迹，爱听本地人闲侃逸闻趣事，尤其对风土人情的人文现象和文化景观，更是情有独钟。但一直没有成行的，却是被誉为"一切造园艺术的典范"，有着"万园之园"之称的圆明园。

不是对废墟不感兴趣，也不是对这"中华第一名园"视而不见，而是自从在童年时的教科书上，得知了这段屈辱的历史，我就一直被那巨大的阴影笼罩着，特别是后来看了电影《火烧圆明园》，更令我愤怒、压抑，为侵略者令人发指的暴行震怒，为清政府的无能感到耻辱，为民众的懦弱和冷漠而悲哀，为它支离破碎的躯体，惨遭一次次的蹂躏而心悸。

接到朋友邀约，终于下决心去面对这段令人痛心的历史，也是想给这压了我几十年的沉重包袱松绑。那个周六，可巧是9月15日全民国防教育日，圆明园对全民免费开放，让我深感意义非常。

出门时阴云密布，细雨霏霏，仿如我压抑的心情。及至入园后，景象豁然开朗，不觉令人眼前一亮——并非我想象中的沮丧。

沿着鹅卵石或青石板铺就的蜿蜒路径，道路两侧的景色尽收眼底，一路上亭台楼榭与湖光山色交相辉映，凸显园林之美，回廊上游人如织。内院更似迷宫，我们游走其间，须得仔细观看导游提示，才不至于重复和迷茫。

　　沿湖所过之处，残留的荷花虽然已过盛期，田田荷叶尚且比肩碧绿，游船画舫畅游其间，犹如复古再现。

　　穿过"雷峰夕照"等一系列的湖岸建筑群，不远处，已隐约望见了西洋楼的轮廓，那是记忆深处早已刻骨铭心的画卷。

　　当我站在这座断壁残垣的废墟前，沉重的思绪令我泫然。我轻轻地抚摸着岁月的沧桑，仿佛怕触痛了被蹂躏的肌肤，怕惊扰了这些曾经如惊弓之鸟、现在好不容易可以安稳沉睡的灵魂。这些曾经傲然挺立、极富生命色彩的精华，如同聚在一起的时光老人，它们在明媚的阳光下追忆着昨日的辉煌，也倾诉着屡经浩劫的无奈，和直至终被彻底毁灭的伤感。

　　我仿佛看见，那三日不灭的大火，肆虐蹂躏艺术精品的狂欢；似听到这些珍宝被毁灭时的挣扎、呼号，更多的是任人宰割的悲惨。我耳边仿佛传来近300名太监、宫女、工匠葬身火海时的哀号，这飞来横祸，让他们在转眼之间命赴黄泉。投福海自尽的圆明园总管大臣文丰，我想象不出他的愤怒、无奈和悲壮，却能感同身受那种玉石俱焚的怆然。

　　我不懂这西洋楼石刻的艺术价值，却明白这些断壁残垣所肩负的历史使命；我不了解圆明园内宛若迷宫一般的山形水系，却看到了国泰民安下，怡然安逸的游人；我没有走遍灿若繁星一般的建筑群，却在遥望中抚今追昔；我更无法探知，那些被埋藏于地下的丰富文物，在历尽劫波中的累累伤痕，却能感知它们的控诉，无言却惊魂。

　　当我转身离开西洋楼遗址时，忍不住回头再看一眼那百年沧桑的幕景。那一堆堆的汉白玉，犹如森森白骨，向人们呼喊着"落后就要挨打"，只有崛起，才不会有被毁灭的屈辱和悲惨的命运！那精美的构图，展示着残缺的完美，倔强直立的残躯，像中华民族不屈的脊梁，激励着国人雪耻的觉醒。

异乡过年

第一次在异乡过年是在 2008 年。在别人回家团圆的期盼里，我和两位昔日的同事姐妹，却毅然踏上了南下的列车，辗转奔波 2300 多公里，到达贵州兴义时，已是出发时的第三天早上，那天是农历腊月十六。因为生计，我们不得不走出北方的热土，远离家园，融入黔西南的烟雨。

阴冷潮湿的环境、半懂不懂的方言、临近年关离家的无奈，在充满背离传统的纠结中，难掩满怀失落的惆怅。

幸好有姐妹相伴，再加上单位对员工的生活安排也非常周到细致，我们很快便适应了新的环境，更为过年回家造成空缺的岗位，撑起了一片天空，短短几天，便在沟通中顺利地完成了对接，并与各科室配合默契。尤其让人感到欣慰的是，在这些留守人员中，百分之九十以上都是外地人，我们在和谐中相处，很快打成一片。

这是一个越来越大的外出讨生活的群体，最早是以退休的老年人和刚毕业没有单位接收的学生居多。后来随着像我们这样的因为国企破产，或者是单位经济效益不好，而自谋生路的中青年骨干的加入，架起了承上启下的桥梁，弥补了隔代衔接的短板。

这样一个庞大的社会群体，谁能没有自己的酸楚与无奈？难能可贵的是，大家都没有过多地去怨天尤人。我们在远离家园的无奈生活中，彼此鼓励支撑，更在惺惺相惜里，积攒下更多的人脉和四海之内皆兄弟的情谊，也为以后的发展，带来了更多的机遇。

转眼便到了大年夜，俗话说"有钱没钱回家过年"，不多的几个本地人，在还没离开的管理层人员敬酒发红包后，和我们拜了早年，喜滋滋地回家团圆去了。领导们发了红包敬完酒，也匆匆忙忙地上车，奔向遥远的回家旅途。最后留下的，就是我们这些惺惺惜惺惺的异乡客了，大家在嘘寒问暖中互相了解，开怀畅饮。

酒是好酒，贵州不缺酒，更不缺好酒。菜也是好菜，鸡、鸭、鱼、肉随便整。"我有一壶酒，足以慰风尘。"随着酒过三巡，菜过五味，不觉间就打开了各自的话匣子，气氛逐渐热闹起来，聊起了各自本地的习俗。我们品味着天南地北的传统文化差异，时不时也会触动心弦。随着那些来自远方的问候，有些人借着酒劲，难免就触动起乡愁，一丝淡淡的伤感，渐渐地蔓延开来，有人的眼角已泛起点点泪光，更有几个对酒当歌者，在笑闹声里不拘小节，唱起跑调的歌谣。

没有家人一起观看的春晚，再热闹的画面，也无法温暖屋内的阴冷。孤寂的心也不由得跟着打起寒战，只好早早地蜷缩进被窝，感受着电热毯的一隅温情。

黔西南的街头是热闹的，氤氲着流溢的体温。川流不息的人流与平时并无明显区别，只有除夕那天从下午起，石板路铺就的街巷，人会比往常少些。街道比以往打扫得更加干净，有一些店铺已经关门，在门口燃起清香。看来，所有的中国人，对年夜饭都是比较看重的。守岁，让黔西南州的除夕夜，迎来难得的静谧，不再喧嚣。

大年初一早上，食堂里热气腾腾，北方的饺子、南方的汤圆，都热热闹闹地端上了桌，照顾着天南地北的口味。街上又恢复了往日的喧嚣，熙熙攘攘的人们，成群结队地涌上街头。与当时北方传统春节最大的不同，就是街头所有的店铺依旧开门迎客。水果摊和小吃摊比平时更加红火，那里的人们，似乎特别喜欢在街上吃一碗热乎乎的米粉，或是各种烤得香滋滋的糍粑。而在我眼里，最具特色的莫过于兴义的臭豆腐，那是烤在挑担者的瓷盆炭火网架上的，发着诱人的焦香。那特有的风味，在别的地方几乎没有看到过，让我这个抵触臭豆腐和辣椒的人，每次也忍不住馋涎欲滴，用牙签扎起一块，滚上调好的辣椒面蘸料，在慢慢咀嚼中品味，欲罢不能，直到心满意足。

夜市依然一如既往，逢年过节时，满街的歌厅必定是家家爆满。一群群的少男少女们，游荡在街头嬉戏打闹，而贵州特有的开放式火车座的歌厅大厅里，则是不分男女老少，都欢聚一堂，人们痛快淋漓地高歌欢唱，尽兴舞蹈。这些热情的贵州人，每当有人唱到精彩处，都会喝一个满堂彩，认识的不认识的，也会端着酒杯上前去敬酒。酒和歌是这个城市的特色，不分男女老少，都少不了斗酒唱歌。

正月是热闹的，能歌善舞的布依族人，聚集在公园广场吹拉弹唱、载歌载舞，散发着浓郁的少数民族气息。夜幕降临，由远及近的锣鼓点欢快地传来，是舞龙灯、舞狮子的队伍在走街串巷，他们更是会舞进单位大院或者是高门大户的人家送福，顺便讨个利市。

喜庆热闹的气氛，自然也会引发我的感慨，遥想起故乡民间耍社火的传统。更让我念念不忘的则是初中那年的踩高跷，我们扮起工农商学兵，跟着当地村里组织的舞龙、跑旱船、舞狮子和表演武术的社火队，与各村的社火队聚集，在县城的大街小巷轮番上阵，人多时，就自然地会合形成长长的游行表演队伍。人们听到锣鼓点，便会忙不迭地扔下手里的活计，大声招呼着家人和邻里跑到户外，真可以说是万人空巷。熙熙攘攘地拥挤在一起的人们，把表演的街道围得水泄不通，大人们只好把小孩子高高举起，或者干脆让小孩骑坐在脖子或肩头上看热闹。表演完一场的队伍，有时被意犹未尽的人群堵得寸步难行，不得已，只好让跑旱船或者是舞龙灯的开道。随着急促的锣鼓点敲起，但见旱船乘风破浪地摇摆起来，龙灯更是上下翻飞、左冲右突，在人们惊慌失措的笑闹声中，冲出一条通道，前往下一个宽阔的地点。那是值得留恋和回味的春节，裹挟着浓浓的年味，走过我的童年和少年。

忽然有一阵对歌声传来，打破了我的遐思。异乡的春节没有冰天雪地，到处弥漫着温暖和安逸，也不乏花香。街头挑担里的鲜花，与热情洋溢的笑脸合二为一，让我忘却了独在异乡为客的悲凉。

大年初一那天，我陪同事上完晚班后，招呼着楼上的几位同事，一起去旁边的夜市同嗨。

举杯处，醉里何管身是客，且认他乡作故乡吧。

水墨金州，抹不去的记忆

第一次在蓝色港湾看到"三个贵州人"时，忍不住就触动了心底的柔软。那个让我离开经年仍然魂牵梦绕的水墨金州，即使现在远隔千里，也一直是我难以忘怀的牵绊。

然而，当让我垂涎三尺的"酸汤鱼"上桌时，那曾经念念不忘萦绕在舌尖的味道，却在这看似相同，却又大相径庭的汤盆里似是而非。就像兴义大街小巷遍布的"烤鱼"， 在我回到北方后，刻意品尝过无数家，却实在难以吻合记忆中的味道。

当年迫于生计，我随同事背井离乡，于 2008 年 1 月 23 日上午，在迢迢千里之外的蒙蒙细雨中，踏上了黔西南这片神奇的土地，工作生活了四个春秋。

到的那天是腊月十六，大寒的第三天，在北方，这正是一年中最为寒冷的季节。然而，汇入丝丝细雨里，除了潮湿、泥泞，倒并没有感觉到多寒冷，反而进屋后的阴冷潮湿，更是令人难耐，有时简直坐立难安。

刚到的那几天，每天下班进门首先要做的，就是赶紧打开电褥子，只有被窝才能给游子些许温存。否则，那蚀骨的湿冷，真的让我们这些北方人难以忍受，远不如在大街上溜达更让人舒心。

安置在街心花园旁边的宿舍，一迈出楼下狭小的天井，就是不宽的街面，非常热闹。尤其是在夜幕降临之后，华灯初上，兴义的夜晚便呈现出一片暖色。

对我们来说，南方的夜生活是新奇而陌生的，特别是在这数九隆冬。我在北方，早就连户外活动都减免了，每天早早地吃过晚饭，不是窝在沙发上看电视，就是缩进被窝里看书了。

而兴义的夜生活则刚刚开始，四通八达的街心花园，水果美食琳琅满目，摩肩接踵的人流，男女老少比比皆是，仿佛全兴义的人一到晚上就从四面八方赶来会聚于此了。徜徉在人海中，听着半懂不懂的方言俚语，品尝着五花八门的小吃，我们尽情地感受着南北方不同的人文文化背景，品味着南北方生活差异带来的奇异。

很快我们便和当地的朋友融为一体。闲暇之余，无论是去遛弯、跳舞，还是 K 歌、游玩，都无不悠闲自在，慢慢地淡化了离家的惆怅。在这北方万木萧条的时节，能游历四季如春的胜景，简直让我喜出望外。渐渐地，我越来越喜爱这种恬淡，越来越享受这难得的安逸。

结束了有生以来第一个名副其实的暖冬，一切在适应中变得有些慵懒，连游子的乡愁也渐渐地遣散了。

春节过后，细雨霏霏的阴沉天气，便逐渐开始放晴，难得的丽日晴空，给月余不见天日的兴义人，带来全身心的舒爽。猝不及防间，气温一下子就飙升到了 28 度，我们尚且没看见兴义的春天，就突然被甩进了夏季。

本地人的生活原本就比较闲散，这一下，更是满世界的拥挤。年轻人在这还是正月的时节，竟然迫不及待地穿起了夏装，背心凉鞋满目皆是。然而，没过几天，一场倒春寒，俨然像后娘的脚，一下子又把我们踹回到 10 度左右的春寒里。那里的气候就是这样的反复无常，遇下雨就冷，一晴天便热，有时候一天便可经历四季。

随着真正的春暖花开，我感觉兴义当时最好的休闲去处，莫过于花团锦簇、四季皆景的贵州醇风景区。

我们第一次去时，下车的瞬间，就被惊艳到。和煦的春风里，遍地鲜花盛开，我们开心得像一群误入仙境的孩子。及至错过了末班车还流连忘返，只好徒步数公里踏着明月而归，一路上还忍不住沉醉其中不能自拔，回味着意犹未尽的时刻。

那里有一片梅园，曾经是我的最爱，不知道现在是否安在。每年的腊月，我都会去上几次，兴义很少下雪，遗憾的是缺少了踏雪寻梅的雅韵。"俏也不争春，只把春来报"的寒梅，以自己高洁的品格，赢得了世人由衷的赞叹，我更敬佩她从不与春争辉，只留清气满乾坤的气度。

梅花谢后，春天就不远了。当迎春花怒放时，桃花紧跟着就暖暖地露出了笑靥，用含苞欲放的娇容，摇曳着喜迎八方游客。以往 2 月 27 日的"桃花节"，大多地方都已是"桃之夭夭"了。如果偶尔赶上倒春寒，可能就会有苞无花，要推迟些时日。记得有一年暖冬，却又早了许多，待我赶去，时盛期已过，叶出其间，便看不到灼灼其华的盛景了。

接下来便是樱花绽放。高高大大的樱花树，也是我从来没有见过的。各色大朵大朵的樱花争奇斗艳，引得人们无不仰视着，流连忘返。当妖娆的碧桃、遍地的野花五彩纷呈时，放眼望去，整个景区就变成了花山花海。我们或坐或躺卧在向阳的半山坡上，阳光明媚，碧草依依，更有花红柳绿让人赏心悦目。无端地，我竟然羡慕嫉妒起本地人来。我们一边享受着微风拂面的惬意，一边悠然自得地斜倚在轻荡的秋千架上。高大的林木间，正洒下丝丝缕缕的柔光，看上去宛如阳光的流苏，伴着和煦的微风拂过周身，那是何等的惬意，情不自禁处，便忘了飘零的客身，把金州当作桃花源了。

相较于贵州醇风景区的恬静和安然，万峰林所带来的震撼，就更是大气磅礴，直击心灵的华章。

特别是夕阳笼罩下的万峰林，既有千军万马的雄浑气势，又像一排排的巨人比肩而立，更有那在每个峰头的间隙，倾泻下来的晚霞余晖变幻莫测的光束美轮美奂。及至炊烟四起，薄雾轻笼，峰林环抱着村庄，蜿蜒的河流，点缀着星罗棋布的稻田，宛如一幅泼墨写意的画卷，如梦似幻，不禁令人销魂。

及至金乌西坠玉兔东升，幢幢山影，在绵延中不断变幻。盘山路便在有如水月光的夜晚，似一条银链，无限地延伸开去。峰回路转处，往往就是树影婆娑、花香满径。若是停车徜徉在优美绝伦的花前月下，简直妙如仙境。

峰林下是著名的神秘八卦田，你若看到，一定会不由得感叹造物主的神奇，更会叹为观止这大自然的鬼斧神工。青黄相间的田野，真如运转的八卦，在四季更替里不断变幻着彩锦。不同的时节，周围就会有油菜花或者蚕豆花点缀其中，从高处看去星罗棋布，行走其间，则感到神清气爽，宛若在画中穿行。

沿着清澈蜿蜒的河流漫步，满目的青翠欲滴与倒影浑然一体，恍惚间竟然犹如庄周梦蝶，分不清是在岸上走还是在水中行。很多我们北方养在花盆里精心侍弄的植物，如龟背竹、滴水观音，在这里却随处可见。它们任凭雨打风吹，舒展着筋骨，在大自然的恩泽里欣欣向荣。

尤其是那些在别处罕见的格外粗壮挺拔的翠竹，一丛丛伫立着，犹如铜墙铁壁般的军人，每次看到它们，都令我肃然起敬。一座座馒头般的山峰下，曲径通幽，交错着蜿蜒的石板路。在芭蕉树掩映处，幽静地散落着静谧安详的人家。

兴义更有一道地球上美丽的裂痕——马岭河峡谷，我每次去都忍不住为路边那些姹紫嫣红、繁花似锦的三角梅驻足。绚丽灿烂的三角梅，在兴义的大街小巷随处可见，就连街角屋顶也不乏它浓郁热烈的倩影，红的似火，粉的如霞，紫的高贵，白的典雅，形形色色，令人眼花缭乱，及至有一次在北京的街头偶遇，邂逅的欣喜，亲切感油然而生。更有目不暇接的奇石，遍布在去峡谷的路旁，令人不得不再次感叹造物主的神奇。峡谷景区内，更是众多鬼斧神工的自然风景，还有那从天而降的瀑布，一切浑然天成。

兴义的周边，有著名的黄果树瀑布、安龙招堤的荷花、万峰湖的暮霭和贞丰的双乳峰……一路走过黔西南的山山水水，领略过盘山路的惊险，也留恋过映山红的美景。当我这北燕回归后，每每再看到与贵州有关的字眼，就不能不打开记忆里有关兴义的闸门。

离开贵州很久了，婉转优雅的"八音坐唱"似还在耳畔缭绕，舌尖上尚且流连着米酒的馨香、果酒的甘醇，各种粑粑的糯香和丝娃娃的清爽，不时也会在梦里咀嚼，特有的米粉、烙锅，那香气更是若有似无，暗暗地牵扯着我的神经，就像是有人在不经意间，轻轻地撩拨我的神魂。

难忘的黔西南，犹如我坐禅的圣地，既让我在静心修行中感悟人生，又留给我一生的眷恋。豪爽、好客、能歌善舞的兴义人，与那些来自天南地北的同事，一起在流转的时光里，成为我此生无法割舍的挂牵和永远的思念。

不是用盘江鱼做成的酸汤鱼，自然吃不出兴义的味道和感觉。其实我也明知这是自欺欺人，只不过是想在有关"贵州"的地方，去追忆一些过往罢了。怀念一个地方，自然少不了对一方水土的美食和风土人情的眷恋。兴义，给了我一生中最恬静的岁月，让我把尘世的喧嚣沉淀，让游离的灵魂返璞归真。

听说兴义近几年已被打造成了重点旅游城市。朋友发来的宣传片，显示着日新月异的变化，到处都是花团锦簇。曾经狭窄的道路不见了踪影，拓宽的道路周边，看上去是变得越来越美了，只是和别的城市开始同化，已不似我记忆中独特的风景。

　　我还是更留恋它曾经的古朴与厚重。我怀念沿河的那一排排有着低矮房屋的小吃街，怀念逼仄小巷里懒散的民风，也怀念那些挑着担子的布依族山民，他们的纯朴，曾经就像挑在箩筐里的山货，没有雕琢的痕迹，保留着原始的纯真。

　　那些留存于记忆中的美好，常常像电影一样在脑海回放，令人禁不住就会徜徉其中。我总是会忍不住一遍遍地，去重温那些人和那些事，重温过往，也追忆那些抹不去的风土人情。

猫猫的行李箱

步入 2019 年时，我所在的公司，在经过几年的艰难运作后，终于开始全面启动。

Bob 和猫猫已经飞了不少地区，做好了前期与各机构的接洽工作，从元月 3 日起，我正式加入，开始前往各地进行实操打版培训。

仅仅一个月的时间，我们变身为一群名副其实的空中飞人。我跟着他们四处奔走，三飞厦门，两入重庆，其间还不断穿插于贵阳、南京、上海、杭州、泉州、苏州、郑州。我们每天拉着几个行李箱奔波在机场、宾馆、机构和车站，我难免有时也会晕头转向地出现断片。早出晚归的疲惫，彻底打乱了我几十年间按部就班的生活规律，我只能机械地跟着他们，恍惚间，有时还得想想今天这是到了哪里。

猫猫的行李箱在几个月的奔波中，边角上已经被磕瘪了一块，后来又经过这个月高频率的忙碌，在辗转中不断加剧磨蹭，竟然破成了一个小洞。以至于后来托运行李时，工作人员填单时就会专门注明破损的地方，让她签字。

我的工作性质旱涝不均，忙起来是昏天暗地，闲下来就无所事事。他们几个则是马不停蹄，每次和我一起忙完后，还要奔走在各个机构之间谈合作事宜。而我则会利用他们办事的间隙，歇下来喘口气，以逸待劳，或者独自去附近游玩当地的风景。他们几个年轻人，就这样每天披星戴月地早出晚归，有时候忙得错过饭点。

有一次，他们和我在厦门，忙碌了一整天，工作完毕后已是月华如水。但 Bob 和猫猫次日一大早却又必须从厦门飞去南京，我则要在下午赶往重庆。他俩上午在南京谈完事，急忙赶动车到达杭州，与杭州的客户完美接洽后，夜里竟然还赶飞机到重庆与我会合。一天能在四个城市间游走，真是多亏了现代化交通工具的便利，当然更离不开对时间的合理安排与控制。这要放在过去，简直是匪夷所思的神速，让我不由得为祖国自豪，更由衷地为越来越便捷的交通运输点赞。

我们这个小团队，有成绩大家一起分享，有分歧大家一起讨论、交流，也有争吵，然后逐步达成一致。只是我们几个的辈分，看上去似乎有点混乱，我，年过半百，与他们几个的父母差不了多少。不是我装嫩哈，只是十几年来，一直在这些年轻人的世界里混，已经习惯了各个年龄段的人，都随着前面的人叫我张姐，我自己当然也就乐得忘却了年纪。

经常出去的两个小美女，都是和我女儿不相上下的"90后"，唯一的男孩 Bob 是"80后"，也是我们的领导，而美女们却习惯地叫他"bao 叔叔"。我们只要是在忙里偷闲地吃饭，或者在往返机场的路上，难得的闲暇时刻，就热闹得仿佛搅成了一锅沸粥。美女们总是不失时机，喜欢拿调皮而又不失憨厚的 bao 叔叔打岔。而馋猫一样的美女猫猫，真的如猫一样有着敏锐的嗅觉，她对美食的青睐，简直令我大跌眼镜。

猫猫还极度自恋，总是嗲嗲的，喜欢扮小可爱，撒娇从不分人，有时尽让我起鸡皮疙瘩。不过，她这点小伎俩，在我这儿一般不好使，姜可是老的辣哦。她是一个有着强烈事业心的女孩，当然，按我的理解，准确来说应该叫野心，因为那是我钦佩、羡慕却做不到的。她柔弱的外表下，却是冰雪聪明，业

务能力超强，可以说是所向披靡。

而比她小几岁的美女 Ada，是典型的北京大妞儿。美丽、高挑、时尚，既聪慧善良，又少年老成、善解人意，一起外出时，对我总是照顾有加。她理性并且机智诙谐，在大家斗嘴的时候，关键时刻她不失幽默，且温柔地轻轻补上一刀。她笑着说猫猫是："会哭的孩子有糖吃。"我感觉真是一语中的，实在没有比这个比喻更贴切的了。猫猫自己也不否认，反而很享受的样子，继而变本加厉，更是将其发挥到极致。我们倒也乐得打秋风，星星跟着月亮走吧。

最好笑的时候，就是我们一起吃饭或是偶尔出去小逛一下。猫猫是个话痨，总是能不喘气似的说话或者打电话，像机器人一样在不停地运转。她一口一个 bao 叔叔地叫着，还会不时嗲嗲地撒着小娇，而他们斗嘴时，往往又会齐声喊"张姐"，让我来评判，令附近的人不禁诧异、侧目，百思不得其解。特别是我们每次从机场到宾馆的途中，都跟放风似的，尤其是在出租车里聊起来，那才叫一个热火朝天。估计司机听得却是一头雾水，可能绞尽脑汁也搞不懂这帮人究竟是什么关系，一脸的蒙。

就这样，我们在辛苦的辗转中，不断地收获着希望和快乐。一个月的时间，就在蓝天白云和星光月影的交相辉映中悄然逝去。我们也不断领略着寒冬腊月里，身处天南地北不同的风情，这一路的辛劳与欢声笑语相伴，累并快乐着。

年前的最后一站是郑州。当我们从上海飞到郑州落地后，终于都长舒了一口气。想着第二天郑州的工作安排比较轻松，我们可以连夜赶回北京结束行程，都不禁喜形于色。

我们几个先拿到了行李箱，只有猫猫的行李箱，在转动的传送带上看不见踪影。看着行李机一圈圈转着，眼看所剩寥寥无几，她还笑着说："跑了这么久，箱子都磕坏了。在网上已经订好了新的，估计回到北京行李箱也该到了，就可以提着新行李箱，回老家过年喽。"

终于，当姗姗来迟的行李箱，被吐到传送带上出现在我们的视野时，所有人都不约而同地张大了嘴巴，大家互相看看，忍不住爆发出大笑，继而笑做一团。

只见那个本来只坏了一个指肚般小洞的行李箱，四个轮子现在只剩下了两个，另外有两个非常夸张的大大的黑洞，与我们顽皮地对视着，真正像是大眼瞪小眼。我们禁不住爆发出一阵又一阵的大笑，眼泪都被笑出来了，笑声消解了一路的疲惫，然后琢磨着该怎么对付它。

旁边的工作人员看到这里，也着实忍俊不禁，过来提示我们，说可以去做破损申报。南航的服务真心不错，他们二话不说，直接就给换了新的。这一下可把猫猫的笑眼，乐得眯成了一条缝，像极了真正的猫眼。我们也顾不上为这完成了使命而"光荣牺牲"的有功之臣默哀了，打趣着美得屁颠屁颠的猫猫，赶往市里预订好的宾馆。

躺下时已经是半夜了，兴奋之余，这臭丫头愣是睡不着觉。还跟我喋喋不休地聊了一宿的理想和人生。唉，害得我这都过去一个多月了，愣是没能缓过神儿来。

吉林掠影

突然接到去吉林出差的通知，脑海里便马上便闪现出"松花江""雾凇"。

"美丽的松花江，波连波向前方，川流不息流淌，夜夜进梦乡……"除了著名的抗战歌曲《松花江上》，有关松花江耳熟能详的歌曲，就是《年轮》里的这首插曲，和《浪花里飞出欢乐的歌》这两首了。

在我的记忆里，最初关于东北的印象，是父亲在解放战争时，戎马生涯曾经战斗过的地方。后来他从东北南下到昆明，直到转业回地方后，我也随即出生。母亲和那些军转的家属们，平时来往比较多，其中有一位阿姨，就是东北人，叔叔还是我们老乡，来往就更加密切。常常听她们讲述一些故事，我虽然似懂非懂，却伴随着我的童年成长。阿姨的生活习惯也与我们不同，她爱吃高粱米，锅里经常留有高粱米的汤粥，像南方的水泡饭，她还喜欢用馒头或者窝头蘸着白糖、猪油吃，我尝了几口，再也不问津，感觉有点腻。

她们也曾无数次勾画过东北那个"也有兔子也有狼，就是缺少大姑娘"的不毛之地——北大荒的模样。待我长大后，更是知道了东北还有许多可歌可泣的抗战故事，也有更多美丽的风景，哈尔滨著名的冰雕、绵延的东北屋脊长白山、小天池……而关于吉林，我只知道是东北的一部分，所以，能想到的也就只有雾凇和松花江了。

因为工作时间的安排，我和同事一大早就携风带雨地赶到首都机场，先飞抵长春。出机场时，看到对面就是龙嘉高铁站，我们又马不停蹄地转车赶往吉林。

与摩肩接踵的北京和其他城市相比，我们一进站就感觉很意外，以为走错了地方。这里简直可以说是门可罗雀，还没有我家那个小城市候车的人多呢。偌大的车厢里只有数人，简直如入无人之境。反正也寥寥无几，我便刻意挑了个临窗视野好的位置，惬意地借此舒展开在飞机上僵硬的腰肢，随后被启动的列车带进了神往已久的东北大地。

金秋十月，在东北体现出的已是浓浓的秋意。放眼望去，由远及近的山坡上，一丛丛的林木，红、黄、青、绿、褐各色间杂，像一幅幅浓墨重彩的油画，层林尽染处，无不彰显着秋天的豪放。

早已收割完的稻田里，堆砌着成捆的稻草，远远望去，像散卧着的一群雄狮或者长毛狗，形态各异。仔细观察，一个个的还真像是在那儿半蹲或站立着，还有的似乎是在卧地酣睡，憨态可掬，好玩极了。半山坡上的玉米地里，堆放着一些掰下来的，还没来得及运走的金灿灿的玉米，星罗棋布地，就像是镶嵌在硕大锦缎上的珠玉。

玉米秸秆有的被焚烧了，留有黑色的灰烬，有的刚被割倒，一行一行整齐地摆放着，更多的依旧站立着，青纱帐变成了黄纱帐，像一队队栉风沐雨列队士兵。

我喜欢欣赏云层下的原野，可以不用眯着眼睛去躲避刺目的反光。绵延的远山层林尽染；一闪而过的一排排金黄的树叶在阳光洒下的时候，发出炫目的光泽。成片枯黄的玉米地、一堆堆干枯的稻草。偶尔有蜿蜒的河流，在广袤的原野上像一道闪电划过，还有风力发电的风车，坦然地沐浴着四季风的洗礼，慢条斯理地转动着。

走出吉林站，刚上出租车，我就迫不及待地打探松花江的消息。开车的女司机说："一会儿就要经过吉林大桥了，桥下面就是松花江。你们现在来还有点早，不会看到雾凇。"我未免有些失望。"不过，这里的夜景还是很美的。你们要去的地方，离江不远，晚上没事的话，可以沿江走走。"司机补充的话，不禁让我又充满了期待。

吉林市，素有"四面青山三面水，一城山色半城江"的美誉。也是比较老的工业城市，我们经过的地方和别的城市日新月异的变化相比，看得出发展得不是很快，但是显得恬淡、安静。途经吉林大桥的时候，但见两岸高楼林立，较之沿途，多了一些现代化气息。宽阔的松花江缓缓流淌着，只是江水有些浑浊，司机说那是因为前些日子发过大水的缘故。

吉林大桥始建于 1938 年，位于吉林市吉林大街中段，北侧为江城广场，南侧为世纪广场，地处吉林市主城中心区域。

所幸，我们出差的目的地，就在大桥附近。

忙碌完工作，早已是暮云四合、华灯初上，我俩赶忙出去，在附近随便吃了点晚饭，借以驱散骤来东北后所感觉到的秋冬寒凉的跨度。

顺路去找松花江看夜景，沿途的行人不多。路人都会不厌其烦地仔细告知怎么走，让我们在这异乡寒冷的街头，突然就感觉到满满的温馨。穿过世纪广场，刚跑过马路对面，江面的情景蓦然就跳跃在眼前，给了我们一个意外的惊喜，简直是诗情画意的视觉盛宴。

吉林大桥已不像白日看上去显得那么沧桑，被灯光打扮得流光溢彩。松花江岸那些白天看似不算起眼的楼群，在夜晚霓虹灯的装扮下，仿佛也都被赋予了灵性，尤其是它们呈现在水中的倒影，犹如聊斋的梦幻。

江中有壮观的彩色喷泉，伴随着舒缓的音乐，妖娆地变幻莫测，随流水波动，宛如仙境，一会儿如行云流水，一会儿似彩蝶飞舞，一会儿婉转，一会儿又高亢激昂。风吹过，若有似无的喷泉雨雾便随风飘舞着从高空洒落，我们开心得像孩子般奔跑躲闪着，却还是在劫难逃，湿身也在所难免。

江边有几个像圆桌面似的小亭子，地下的射灯发出柔和的光，我刚走过去，一阵硕大的雨雾从天而降，瞬间"圆桌伞面"的周围便下起了暴雨，我赶紧踮起脚尖像蝙蝠一样紧贴立柱，等待着"潇潇雨歇"。庆幸走进了这"桌面"似的伞亭，否则可就真的难逃落汤鸡的命运了。如果是在夏天，这绝对可以当作开心的插曲，然而，这已经是东北的深秋了。远处，若有似无的雨雾，依旧随风舞蹈着，打湿了步道，淋笑了路人。在这乍冷的天气里团缩的散步者，难得像嬉戏的顽童般欢愉，留下一阵欢声笑语，人也舒展了许多，平添了几分笑料。

早上一觉醒来，窗外又是凄风苦雨，莫非是想挽留我这游走的脚步，不要匆忙地离去吗？

身不由己地来去匆匆，惊鸿一瞥般风雨兼程。挥挥手，告别吉林，我们恋恋不舍地踏上归程，赶回去，拥抱京城的金秋。

江南之恋

与"南湖文学"平台结缘，始于 2017 年的 8 月 11 日。

那是我在无意中浏览的时候，发现一个征文征稿的网页，其中有个栏目是随笔散文。因为我闲暇时喜欢写一些随感，不禁心有所动。接着便发现了南湖文学举办的第一届"万家灯火·平凡的故事"有奖征文大赛的消息，那关于婉约江南的动人描述，一下子就拨动了我的心弦，更有"真情温暖你我，文学点亮人生。南湖文学，这里有最优美的文字，尘封的故事足以引发你我精神的共鸣。南湖文学，这里有最动听的声音，悠扬的旋律足以慰藉疲惫孤独的心灵"几句话，深深地触动了我的心弦。不假思索，我便找出与一个网友大哥的友情故事《永远的"世外桃源"》，发到了"南湖文学"的邮箱，并因此结识了主编青峰。

得知除了征文之外也可以自由投稿，我感到非常开心，就把自己过去发在 QQ 空间里的几篇习作，重新整理后投递了过去。没想到随后就发表了，而且是首次一推两篇《谁是谁的风筝》和《"享受"孤独》，给了我意外的惊喜。更有乔牧风老师的精彩点评，让我倍感知音难遇，如沐春风。

接着，青峰把我拉进了南湖文学的作者群，在此结识到了更多的文友，尤其以军旅作家吴顺荣老师为首，他们从此成为我的良师益友。在这里，我开始窥探江南，品味着南湖文友的文章，心灵总是不由自主地随着文字游走，仿佛文中的情景在眼前一一展现；芦竹、桥埠头、乌篷船……还有好吃的新塍粽子和月饼。

　　江南的一草一木、一山一水，无不闪耀着灵动的光辉，深深地吸引着我这个喜山乐水的北方闲云野鹤，艳羡地克制着迫不及待能亲历的冲动。征文虽未入围，却由此得到了与平台师友们互相学习的机会，并因此与南湖文学结下不解之缘，这委实是我的幸运。南湖文学群良好的学习氛围，激发起我重燃因生活的烦琐，而搁置已久的写作信心，更成为我这个北方人近距离了解烟雨江南的窗口。

　　从一篇篇精彩的文章中，我感知着越来越多与江南有关的事物，慢慢地撩起江南水乡神秘的面纱。而与文友们的谈论，也不禁让我深感惭愧，原来竟有那么多耳熟能详的杰出人物和作品，竟然都是出自江南，可见自己文学历史知识的浅薄和知识面的狭窄。

　　不久后，当我作为"南湖文学"的作者，接到青峰关于嘉兴文学院组织的去"嵊州—四明山采风"活动的邀请时，喜出望外，甚至有点不敢相信这是真的。因为我虽然接连发表过几篇小文，可满打满算，我加入这个集体的时间还不到两个月，的确有点受宠若惊，有种找到了文学家园的感觉。我忙不迭地把工作做了调整，请假安排行程。这个与南湖的契约，实在令我心驰神往，有点按捺不住地渴盼着早日南行。

　　为了能多看看江南的美景，我刻意在下午5点集合的基础上，把到达的时间安排在清晨。

　　晚点的列车，在前来接我的小鱼老师的等候中，徐徐进站。刚打开车门，我不禁就被馥郁的香气所吸引，极目找寻，原来是久违了的桂花正在散发着幽幽清香。看着车站内吐着芬芳的几棵桂树，心想这份见面礼，着实厚重得让我欣喜。

　　与小鱼老师顺利会合，她说青峰上午有课，安排她带我先去转转，接着问我想去哪里。既来嘉兴，当然首先要去拜谒南湖喽！没有南湖，就没有南湖文学，没有南湖文学，也就没有我的南湖之约了，可以说南湖是我们的媒介。当然，拜谢媒人只是托词，最重要的，是发自内心地，出于对这个早期革命圣地的敬仰。

比起"南湖文学"，当然我要更熟悉南湖一些。因为我从小就知道南湖的红船，它因在这里召开了中国共产党第一次全国代表大会，而备受世人瞩目，因此奠定了诞生社会主义中华人民共和国的基础，是点亮中国希望的明灯。

缓缓地沿着湖堤漫步，湖水轻轻地拍打着湖岸，翻卷着清波微浪，一切看似那么的恬淡安宁，却又不由得令人心潮起伏。南湖，作为我国近代史上最重要的革命纪念地，每天迎来送往着无数游人。静静地停泊在烟雨楼前水面上的"红船"，更是不厌其烦地向人们诉说着历史，历经九十余载岁月的峥嵘，安详地演绎那一幕幕的波澜壮阔，展现厚重与沧桑，令观者无不动容，闻者更是肃然起敬。

柳丝轻抚，湿润的空气像春天一样清新。林荫道两旁，到处都有浓郁的桂花在飘香，恍惚间，让我又忆起黔西南的秋冬。湖边有很多的香樟树，高低错落，卵球形的香樟果，是我第一次近距离接触。还有很多叫不上名字的树种，林林总总得让我目不暇接，有的甚至连小鱼老师也叫不上来名字。在我看来，江南简直就像是一座植物大观园。

赶到青峰安排午饭的地方，已有几个文友在等候。中午的时间比较仓促，他们下午都还有重要的工作。这时，急匆匆赶来的邓雅英老师，痛快地答应下午由她陪我。这是一个热情大方、美丽暖心的妹妹，更难得我们年龄相近，还是同行，真的给了我又一个惊喜。她的吴侬细语如涓涓流水，她的温柔体贴和善解人意，更令我感动。

　　我们先去了新塍名胜小蓬莱公园。步入"小蓬莱"，但见小桥流水、亭台楼阁，婉约江南，浑然天成。徜徉在这典型的江南水乡园林，耳目一新的同时，我仿佛也少了几分刚强，多了一丝柔韧。旁边是古刹能仁寺，晨钟暮鼓，伴着袅袅青烟，悠扬静心。几株参天古木，与古建筑相得益彰。更有千年的银杏树，风拂过，摇摆着叶片，蓬勃茁壮的枝丫，作为时代变迁的见证者，似在轻松地笑谈过往。看那亭台楼阁、曲水回栏，无不昭示着婉约江南的风韵，随着不忍挪动的步履，被摄影框一一定格。

　　踏进仿古牌楼"新塍古镇"，千年古镇的风貌，在瞬间便把惊叹刻满了我的双眼。我们踏上天竺桥远眺，两街夹一河的美景映入眼帘，像是我梦中的场景。而铺陈开来的两岸民居，"依水造势，鳞次栉比，布局规整精练，人家枕河，小桥流水"。果真是民风淳朴，风物闲美，看上去是如此安闲恬淡。

　　我们行走在青石板蜿蜒的街巷，或幽深，或敞亮，或古朴简洁，或画栋雕梁。在悠长的深巷里，眼前不由得就浮现出打着油纸伞的剪影。我们在斑驳的雕花门窗前思绪缥缈。我们钻进一处布满青苔的古老院落，邂逅了一口清澈见底的水井，按捺不住的童心，让我们放桶打水，盛满笑语盈盈。路遇一家高寿热情的耄耋老人，他们热情的笑脸上洋溢着富足，匣子里正飘出仙乐，似让人恨不得抛开所有羁绊，忘却俗世烦忧，尽享这难得的返璞归真。多少新奇与怀旧，无不牵动着我们的神经。

　　青苔古院，雕花门窗，古井幽凉，壁附青藤。我们行走在其间，看不到几个行人，犹如误入远古的村落，静谧安详。若非现代化的电线、电器无处避让，让这浑厚的历史印痕，被鲜明的时代特征演绎，若不是偶尔从开着或关着的门窗里，飘出电视机或收音机咿咿呀呀越剧的唱腔，简直像梦游似的，仿佛在旧时光里穿梭。

天竺桥与问松桥之间，沿河岸的开阔地，是一排整齐的建筑物，带着古朴与现代交错的美感。问松桥像慈祥的时光老人，似在娓娓地叙说过往，讲它曾经见证过的，关于这千年古镇的兴衰昌盛。高高的石阶，斑驳的木板门，掩隐着幽静的院落。每一扇门、每一扇窗，都见证着古镇的兴衰和起落，写满了历史的沧桑。

徽商巨贾吴润昭曾经的私院，历经百年风云，几经世事沧桑。其中轴线处，经当地政府修葺，保存完好的精雕细琢的搁梁浮雕，每一件精美的构件，都显示出能工巧匠杰出的技艺，也彰显着晚清时代的典雅繁华。四周高大厚实、坚固的防火墙上，爬满了幽静的青藤，为"青砖黛瓦马头墙，回廊挂落花格窗"这方宅院的风貌，增添了寂静神秘的色彩。而今它作为"嘉兴地方党史陈列馆"，免费对外开放，迎接着四面八方的来客，馆内陈列着新民族主义革命时期，中国共产党在嘉兴的重要活动画卷，还有嘉兴地方组织领导人民的革命斗争历史，记录着早期中国共产党的红色足迹，接纳前来者瞻仰。

新塍早期的"人民电影院"，是一座与周围环境迥异的安装宽敞玻璃大门的楼房。斑驳的水泥墙面，屋顶中央镶嵌着一颗红五星，刻录着年代的印痕。两部巨幅的电影海报《庐山恋》《戴手铐的旅客》，可是 20 世纪 80 年代最火的潮流，曾经掀起过浪漫风暴的巨浪。

现代化的楼房和院落，在过渡中无缝衔接，自然美观，舒适流畅。

小桥流水，黛瓦白墙，每一处街巷，都是如梦似幻的水墨丹青，每一株植物，又仿若精致的盆景。情不自禁地掬起一捧河埠头的清水，感受水乡人家曾经的日常。远处轻轻地划过来一叶乌篷船，摇碎了我迷醉的凝望。

满街的美食更招人垂涎，直叫人恨眼大肚小，不能遍尝。吾啦馄饨、梅菜饼，慰藉着味蕾的馋虫，而新塍月饼的美妙，更是刷新了我对月饼甜腻的印象。原来蔬菜，也可以做成点心的模样。

和大家一起先去拜谒王羲之故居，感怀一代宗师的胸襟，故居到处生长着长青的翠竹和松柏。桂花树沿着石阶排列开，微风吹过，落英缤纷，寂静的山坡弥漫着鸟语花香。这是一个幽静的所在，层峦叠翠，人杰地灵。书圣正是在这样的天然氧吧里，寄情于山水，墨然江南，方有了不远处华堂古村的前世今生，书写出历史的骄傲。

平溪江的木桥，好似分水岭，把华堂古村与繁杂的现代气息隔分开来。在桥上驻足，江水倒映着黛瓦白墙，如一幅鲜活的水墨画卷沿江展开。小桥流水，烟雨蒙蒙，偶尔闪现的乌篷船，悠然而过，划碎了一江秋色，宛如时光倒流，形成梦里水乡最销魂的幕景。村口石雕"书圣"的牌楼，雄伟壮观。条条碎石路，延伸着通幽的曲径。一道道青砖灰瓦白墙，恍如隔世。转角处那古老的台门默然地开合，院落里雕花镂空的门窗依旧古朴自然。随机择一户人家，沿木梯拾级而上，阁楼里古老的雕花木床，静静地让时光回眸。村中那高高的戏台空寂着，在雨中俯瞰着这片开阔地，我却仿佛看到人头攒动，有美人抛出的绣球。

在嵊州越剧博物馆，我们了解到越剧的起源，更是目睹了我从小就在心中念念不忘的"黛玉"的花锄、绣裙和很多知名的越剧演员用过的实物。让我痴迷了四十年的"红楼梦"，终于寻到了花魂的芳踪。看到筱丹桂含恨离世的生平，循着越剧发展的脉络，在广泛流传的背后，我们感受着老一辈越剧人，默默付出的艰辛。

这次采风，是时任嘉兴文学院院长的一级作家但及老师，与南湖文学联手组织的盛会，为本地文友提供了宝贵的学习沟通机会，我作为外地作者，能破格被邀请加入，深感荣幸。

文友们撒下一路的欢声笑语，尤其是把酒言欢的情景，至今仍然历历在目。但及老师的平易近人，让我得以近距离地接触，并在这个著作等身的作家身上，感受到他所拥有的品性：立身敦厚，不居于浅薄；存心朴实，不居于虚华。

四明山水，是红色基地，赤水映丹霞，竹绿柿更红。古朴的村落，掩映在茂密的森林中，这是一个人杰地灵的所在，也是寿者云集的仙境。风雨四明山之行，让我们热情高涨。开心的同时，由衷感激一路上对我呵护的郦明荣老师。更难忘在瓢泼大雨中，大家激情地诵读着吴顺荣老师的《冒雨进》，把此次活动推向了高潮。大家长吴顺荣老师与青峰老师，因故未能与我们一起出行，成为此次活动最大的遗憾。

归途中，文友们一路上述说着月河的美妙，勾起我蠢蠢而动的欲望。待大家各自散去后，我独自留在宾馆中，窗外如注的雨幕，仿佛在嘲讽着我剩余的热情，又撩拨着我的思绪，令我坐卧不宁。凄冷的雨夜，更似要阻止我的行程。我却毅然下楼，义无反顾地擎伞而去，任凭风雨穿梭在周身。待靠近月河，有点鹿撞般的惶惶然，好像是去赴一个迫不及待的约定。

一块块青石铺就的石条路，带我随着轻飘诱人的糯米香，走进古老的街区。璀璨的繁华，映衬着古朴；古老的牌匾，镌刻着岁月的印痕。我流连在五芳斋粽子博物馆，听讲解员为我一个人仔细地解读它的前世今生，进一步了解到老字号的品牌文化和传统技艺，并对它的独特魅力肃然起敬。月河街头还有很多百年传承的精品美食，那斑驳的门板、条凳，无不透露着昨日的辉煌，并融入新的面貌，笑迎着八方游人。赏心悦目的街景，任历史变迁，厚重得像这化不开的雨雾，却又历久弥新。人们在这里品尝的，不仅是名吃，更是江南的美景、历史和诗韵。

第二天早晨醒来，正在纠结什么时间离开，就接到吴顺荣老师邀请我共进午餐的信息，真让我喜出望外。此行还真为没有能见到这个温厚的长者而遗憾呢，鹏鹏专程过来接我，弥补了差点失之交臂的缺憾。承蒙吴老师的抬爱，当我们到达他的办公室时，吴老师刚刚在赠予我的五本书上完成了钤印签名，一丝不苟，墨迹未干。看着我仰慕的作家如此平易近人，不由心生满满的温暖与感动。

席间他得知我还没有到过乌镇，便问鹏鹏是否有空。没想到他就这么随口一问，便填补了我在江南的又一项空白。感恩吴老师和鹏鹏，让我得以去乌镇览胜。烟雨诗画的乌镇，是江南的缩影和经典。漫步在幽幽雨巷，一袭素衣、一把纸伞，便可尽享小桥流水的悠然。店铺里还摆放着江南的旧物，雕花窗口飘荡出越剧的婉转。更喜亲临茅盾的故居，流连在他曾经居住过的卧室、书房，极力想多沾染一些一代文豪的气息。

江南的文友热情豪爽，江南的风物，无处不是仙境。江南风光的美，没有亲身经历，你就永远无法感知她的魅力，尤其是那柔情的吴侬细语，更如悦耳的诗音。

站台上，我深深地再嗅一次桂花的芬芳，随着车轮的滚动，把满城的馥郁，深深地装进记忆的行囊。远离了来时的惊喜，带着难舍的惆怅，心怀满满的感动，载着氤氲的心香，我亦步亦趋，带着对江南深深的眷恋，不舍地离去。

江南归来的雨伞，还带着水乡的温润，残留的滴滴水珠，就像点点花絮，让我牵念不已。远去的江南，定格在十月金秋，徘徊在梦里的眷恋，却久久萦绕，始终不肯散去。我把湿润融进梦呓，不知道以后的雨季，是否会多了一份相思。

玻璃台的桃花往事

相较于以往清明前后才能见到的花红柳绿，不知是受天气影响，还是人工智能的结晶，植物在不断地创造着自然界的奇迹，今年的春天，来得尤为性急。

往年较早吐蕊的，莫过于相伴着含笑的迎春花、优雅宁静地傲立于枝头的玉兰。那一朵朵白色、粉色或者紫色的花朵，袅袅娜娜，艳而不妖，触目可及地绽放在大街小巷。而今年的春天，桃花、杏花媚笑着占了先机，于阳春三月粉墨登场。

感受着四周田野或绿化带里怒放的桃李芬芳，不由得让我念起平谷，眼前便浮现出漫山遍野的"桃之夭夭"。

初识平谷，是在前几年。早就听说平谷的春天如霞似锦，难以想象二十多万亩的桃花竞相开放的盛景，该是多么壮观，我们便相约了几个好友于周末闲暇，前去踏青赏花。

说是去看桃花，其实不过是在蛰伏了一冬之后，难得借机把大家召集在一起，出去放放风而已。一路上，返青的田野尽收眼底，我们呼吸着早春的气息，偶尔路边驻足，采撷几朵小花，恣意着柳丝的抚弄，感慨着桃花的妩媚，尽享着春风的惬意。

提前联系好的玻璃台村农家小院，坐落在半山腰上，我们上午到达时还不到 10 点。停好车，回眸远眺，被群山环抱着的村落不大，显得静谧安详。

"看，长城！"随着同伴的惊呼，我们发现对面山上蜿蜒的长城静静地顺着山脊起伏，绵延不断地伸向了望不到的远方。询问当地老乡得知，它竟然是残存的明长城山口古隘遗址。这可给了我们始料不及的惊喜，一个个不顾早起赶路的疲惫，蠢蠢欲动，看看离午饭时间尚早，我们便不假思索地直奔对面而去。

这个看起来并不陡峭的山坡，在你追我赶的欢声笑语下不断地退缩。我们也不过是新奇，只想上去看看而已，一边调侃着，一路观看景色，没想到走着走着，翻越过的小山包，竟然是一个连着一个地绵延不断，而且越来越高、越来越险峻。这可是始料不及的，像请君入瓮，我们好像被温水煮青蛙的把戏给愚弄了，不小心就演变为了过河的卒子。

野长城的美，就在于它残缺的壮观。那种直面断壁残垣所带来的身心视觉的震撼，近似于义勇军进行曲响起时，令人肃然起敬的激魂荡魄。

开始攀爬时，新鲜劲儿还在，说说笑笑地，时不时踩在看似险要的地方摆姿势耍酷。及至翻过几段，到达一道看着不算高，却近乎直立的峭壁前时，路，却像是突然断裂了。我们时而小心翼翼地跨越，时而变成壁虎攀爬，更有的地方只能手脚并用，一不留神还会有摔落的危险。

几个女伴的笑声渐渐地变成了惊呼，再后来更有人嚷嚷着要打退堂鼓，其中一人竟然一屁股坐到地上，像孩子般耍赖，死活不肯再走。可回头望去，凶险的来路，已是无从下脚，都说上山容易下山难，我们终于有了真真切切的感受。既然退路无着，只能被男士们连哄带吓唬的，拉着拽着赶鸭子上架。

当时是 4 月，山上的小草逐渐茂盛，但也有部分树木才刚刚复苏，长城边上零星地开着桃花、李花，还有不知名的野花。极目之处，更多的是光秃秃的山体。天近午时，我们面对着前面不可预知的长城险道，头顶似火的骄阳，再加上我们是心血来潮，连水都没带，那种饥渴难耐、欲哭无泪的煎熬，让缺乏户外活动经验的我们，在懊悔之余顿感陷入绝境。

忽然，后面连续赶上来几拨装备齐全的驴友，看似轻松地超越我们，很快不见了踪影。驴友的出现，仿佛给我们注入了希望和活力，于是我们也捡根干枝充当登山杖，相携照应着，感受着彼此关爱的温情。此时，我们除了咬紧牙关小心翼翼地攀爬，别无他选。

好不容易又挨过一个垭口，突然发现有一条小岔道，似乎可以通向村子，我们简直像是一群溺水者，终于寻到了救命的稻草，迫不及待地跳跃下去，而后像被饿狼追赶着似的一路狂奔。当我们在地里迂回穿梭时，我发现坡旁道边，居然有新冒出来的山小蒜和野韭菜，惊喜间已把刚才的惊魂抛到了脑后，满心欢喜地采了一大把，浓浓的山野气息扑面而来，恍若闪回儿时，重拾到久违采摘的野趣。

终于返回了住处，我们已然顾不上谦让和矜持，一个个拼命般灌水，或者猛灌冰啤以解燥渴——这两杯解渴的冰啤，可着实让我胃疼了两年。等各自狼吞虎咽地使劲塞上几口早已在桌上恭候着我们的丰盛午餐，压下馋虫时，才开始找回累蒙后沉寂了半晌的话语。

大家在推杯换盏间，调侃嬉戏着刚才的狼狈，又感激着互相在关键时刻一臂之力的相助。这份亲密与欢欣，让刚才那一场惊魂落幕，也让自惭形秽的绝望感遁于无形。相扶相携的温情，在酒杯间传递，朋友间的情谊，在一饮而尽里延伸，感恩彼此相识相知的缘分。带着意犹未尽的酒足饭饱，大家醉眼迷离地踉踉跄跄进各自的房间，爬上床，倒头去赴周公的约会。

美美的午觉醒来，惬意地伸个带着酒嗝的懒腰，转瞬间，天已接近黄昏。

院子里，一嗓子喊开来，一群人再次聚拢了出去。此时，斜照的夕阳，正辉映着最后的绚烂，给山色披上一层神秘的色彩，不多时便躲进了山的背后，只给天际留一道明色，使我们宛如跌进一幅留白的墨卷。清新的空气，与午时如盛夏的炽热大相径庭，习习凉风抚过面颊，骨子里散发出慵懒的舒爽。安然的山村归于静谧，远远近近先后亮起了如萤的灯盏。纯朴的农家乐主人准备的晚餐依旧丰盛，我们坐下来推杯换盏。

夜晚的山村，渐渐有了动静，各农家乐里陆续传出卡拉OK的欢腾，我们最喜欢的娱乐节目也随之拉开序幕。铆足劲儿地唱歌跳舞，焕发起精神闪亮登场，这一群满血复活的老小孩，疯狂起来一如孩童般顽皮开心。连主人和另外的几个散客，也被我们的激情所感染，经不住诱惑，与我们频频互动，酒喝干再斟满，今夜肯定是不醉不还！

第二天一大早传来一阵敲门声，同伴喊我们去爬背后山上的"一线天"。

"一线天"是一条狭长的悬崖断裂缝，险峻的地势最窄处只能容一人侧身拾级而上，两侧的石壁如刀砍斧削，蔚为壮观。虽然也是爬山，但是，相较于昨天攀爬的野长城，这个简直就是"小儿科"了。

俯瞰早晨的村庄，安静得像是油画里的幻象。因为大多数都是新规划的农家乐院子，难免就缺少了天然古朴的韵味。看不到在山村记忆中缭绕的袅袅炊烟，似也难闻鸡鸣狗叫，心里就不免有些空落，总感觉缺少了些许味道。

挥别玻璃台时，我们选择了被车友们称为"北京的秋名山"的"滇缅公路"回城。九曲十八弯的道路险峻刺激，沿途的风景在峰回路转间让人忍不住惊叹。一路被青山绿水环绕，路上还邂逅了两个水库，当然也是忍不住要驻足嬉戏一番了。

从此之后，年年春天去平谷看桃花，似乎就成了我们的保留节目。

赏花、赏景、吃煎饼，观山、戏柳、舞春风，我们年年去，其实，桃花无非还是那些桃花，只不过"年年岁岁花相似，岁岁年年人不同"。对我而言，不同的岂止是人，即使是相同的人同游，除了那一份友情和欢愉，更重要的，其实就是彼此珍惜的心境。

桃花，作为春天的纽带，把我们维系在一起，牵出一年的暖意。桃花，也充当了春天的道具，让我们理直气壮地借桃花之名，去享受呼朋唤友的乐趣。"人面不知何处去，桃花依旧笑春风"。每次人面桃花相映红的，或许已经不是"去年今日此门中"的旧人，虽然满眼都是桃花般绚烂的笑脸，却也难免生出物是人非的怅惘。

去年的桃花依然如故，我却仅仅只是走马观花。每每忆起渐渐离散的旧人，难免会升起惆怅之情，似乎也懈怠了再次呼朋唤友的豪情。

今年的春风，已经捎来了桃花的音讯，不知今年与桃花的相约，会拉开怎样的序曲。不知是否还能重拾往日的咏叹，续写另一部春语。

韩国之旅

2013 年 8 月 7 日，那天立秋。我参加了赴韩国的旅游团，并由此填补了人生的两大空白：第一次办理护照走出国门和乘坐飞机。

出发前，刚刚接到故乡传来故友火化的噩耗，心情异常沉重。朋友刚跨进知天命的门槛，虽然儿女双全，但是都还没有成家，家中尚有老母在堂，戛然而止的人生，还没来得及享受生活，突然间就这样驾鹤西去，仿佛是为我们已经踏入人生之秋的这一代人，敲响了"去日无多"的警钟。

下午 5 点起飞的航班，航程不过两小时。我们在上午 11 点，就坐上旅游团的大巴车从家里出发了，差不多下午 3 点才到达天津机场。办理完登机手续，听领队交代好注意事项，我们怀着有点新奇与激动的心情，期待着新旅途的惊喜。

然而，航班却一再延误，漫长无聊的等待，闲看着窗外起起落落的飞机，新奇慢慢平复下来，不禁又牵乱了刚平静一会儿的心绪。故乡的往昔，曾布满我青春的印迹，一幕幕不由自主地在这特殊时刻闪现，犹如电影般回放，一时间不觉五味杂陈，完全冲淡了旅行的喜悦。

终于在深夜 2 点才开始飞行。起飞时看着灯火通明的天津机场渐行渐远，在不断攀升中，俯瞰着地面绚丽夺目的璀璨，犹如置身梦幻，不由得就转移了注意力，又充满了对未知世界的好奇。因天气原因导致气流不稳，一路上都是晃晃悠悠的，体验感颇为不佳。利用稍微平稳期间的空隙，有经验的空乘人员，让我们抓紧时间用了餐点。

两小时的航程，就在我一眼不眨地欣赏夜空时，不知不觉地过去。看着机翼下的大地，在漆黑与偶然的一片城市灯火交织，终于领悟到什么叫星罗棋布。那天没有月亮，没能体会九天揽月的意境，却看到满天繁星。我没有一点睡意，宛如我第一次进城的那个夜晚。

顺利地降落在韩国的务安机场。因为时差，办完出关手续到达旅店时，已是早上 8 点多，我们沐浴着韩国的阳光，置身于异国他乡。在一顿饱餐后，调整了行程安排，我们上午先睡觉休息。

午餐是在汗流浃背中进行的，周围环绕的，都是说着母语的同胞，用餐环境与国内的团餐环境相似。然后开始进入真正的韩国之旅。导游自称是山东籍的第二代华侨，比我小一岁。她熟练地讲解着历史典故，介绍着各年代的事件，口才极好，我不由得为她渊博的知识和记忆力点赞。

第一站便是购物场所。我们去的是韩国有代表性的时尚购物街东大门市场，解散时说好集合时间，让游客自由活动。我们径直先上到八楼，在那里观光，鸟瞰首尔的市容。拥挤的车流，似乎是这个世界上所有都市的特征。首尔的街道，看上去狭窄弯曲，遍布的丘陵山道，走着看着都令人心悸。我当时刚拿到驾照，心想如果在那儿练坡起的话，应该进步很快吧。建筑似乎也没看出有什么特色，可能和中国同是亚洲国家有关。行人看上去 85% 以上都像是中国人，偶尔能听到几句韩语。服务员大多都说中文，人民币在那里可以通用。听说那里的服务员大部分都是我国朝鲜族人，是劳务输出过来的，专门接待国内的旅行团。

唯一能看出区别的应该是皮肤。韩国人皮肤比较白皙。不愧是美容化妆品业发达的国家，女人好像都是要化妆的，无论老少，看上去都有着精致的妆容。他们的精神状态看起来整体也非常好，穿着得体，干净利落。

韩国的旅游景点其实并不多，甚至可以说是屈指可数，而且面积也都不大。我们去了韩国故宫（景福宫）、光化门广场、清溪川、南山公园（首尔塔，南山韩屋村），以及韩国总统官邸青瓦台外景。这是首尔周围的景区，似乎没有留下太深的印象。等到我们到达仁川，才惊喜地发现，原来那是一个被西海环绕的岛屿。除了景福宫参观时长约有 90 分钟，其余的平均不会超过 1 小时。与国内相比，最大的好处，就是拍照时不用怕被人挡着，每处玩的时间都比较充足，不像国内到处是人满为患。有的地方甚至只有我们一个团队，而且很多景点都是免费的开放式广场公园，即使收费也很便宜。

到了晚上，沿着海岸线度假的人比比皆是，他们在业余时间自驾到海边，搭帐篷、烧烤、垂钓……看上去非常休闲，难得的是，那么多人散落开来，居然听不到嘈杂声。

韩国所有的垃圾都被要求分类投放，我在汗蒸时不明就里，错投过一次，茫然中被几个阿姨瞪着眼睛训斥了好半天，她们逼着我重新投放，仿佛我犯下了不可饶恕的罪过，直到选择正确为止。众目睽睽之下，我当时的窘态可想而知。这件事让我不禁感慨万千，如果世界上每个人生来就有如此自律的环境，或许地球的负担，就不用担忧了吧。

除了繁华地带，一般的街道几乎看不见小吃店，想买食物只能去为数不多的便利店。团里的孩子看到海边有烧烤，一溜烟呼叫着狂奔过去，以为和国内景区似的有烧烤摊，估计是连日来清淡的食物不能满足他们的馋虫。没想到烧烤都是度假的人家自带的，大家在吃喝完后，所有的垃圾仍旧需要带回去处理。在这里，即使你再有钱，也只有看着眼馋的份儿。等早上我们再去海边玩时，看不到一点杂乱的痕迹。

仁川大桥全长 21.38 公里，其中海上部分 12.3 公里。坐在大巴车上沿着跨海大桥观光，周围一览无余，视野十分开阔，让我感到前所未有的惬意，终于一扫几天来的沉郁。到达仁川登陆纪念馆，再到素有不夜城之说的月尾岛，战争烟云已成历史，美丽的港口游人如织，千帆竞渡，海鸟翩翩翱翔，一派歌舞升平。

旅程的最后一站是三八线，我们沿着几十公里的自由之路前往。路边全线拉着铁丝网，网外的汉江几乎看不见船只，每间隔不远就有一座岗楼，有站岗的士兵。

韩国可玩的地方实在屈指可数，购物自然成为旅游团必不可少的项目，几乎占到一半以上。像我这样的工薪阶层，当然只能是开阔一下眼界，以欣赏为主。那些奢侈品对我来说的确是奢侈品，没达到享用的地步，我在当时能走出国门旅游，感觉就已经是相当奢侈了。令人欣慰的是，虽然导游满怀的不乐意，可能是看在同胞的分上，并没有像别的旅行团回来时说的那样，听到难听的话，至少没有因此陷入僵局。

韩国境内四天的旅程可能是时间太宽松了，大家强烈要求增加去济州岛的行程，却没有被获准。转来绕去的，感觉每天看到的标志性建筑物，总是在周围不远的地方，就像在一个圆圈上转磨。想想也是的，就那么大点的地方，整个国家的直线距离也不过五小时的车程，从安排上看，就知道实在是没什么可玩的。除了购物占去行程的一半时间，还有另外两个项目占去了半天时间：一个是体验"汗蒸木"，一个是看舞台剧表演。汗蒸木就是韩剧里说的"三温暖"，的确很舒服，像中国的工夫茶，是消磨时间，休闲聊天的好去处。

最精彩的倒是舞台剧。我已经很多年没有走进影剧院了，别说看戏剧，就连儿时最痴迷看的电影，也好像是很久远的事情了。那场演出很有激情，演员们卖力的表演也很到位，互动性极强，有可观价值。只是感觉，占用大白天的时间看演出实在是有些浪费，估计是真的没有什么地方可去了。

韩国菜的特点讲究"五味五色"，酸甜苦辣咸，五味俱全，看上去却比较简单清淡。一天三顿的餐桌上，顿顿不能缺少的就是泡菜，就像贵州人的餐桌上不能少了辣椒。团餐除了白菜、萝卜和肉，很少看见绿叶菜。除了早餐是自助餐，几天里的中餐和晚餐倒是少有重样。虽然简单，但是处处体现着韩国特色，以火锅和各种汤泡饭为主。每顿餐桌上的泡菜是管够随便吃的，一般四样：泡菜、萝卜、腌豆或者海白菜，而主菜若是火锅，有白菜、猪肉、粉丝之类。还有饺子火锅，饺子、白菜和肉，可以随便加。只是天气本来就热，而锅子又烫，"水深火热"的，让人一顿饭下来，吃得汗流浃背。

其间安排了一顿韩式烤肉，给我们吃的是猪肉，可以随便取。好不容易看见了裹肉的青菜，每桌却只给一盘。看来，他们的青菜的确是比肉更缺乏。各种汤泡饭吃着还是很可口，类似于我们的砂锅，一人一份。有牛肉汤、排骨汤，还吃了特色的人参鸡，一人一整只带汤的童子鸡，鸡肚子里包有糯米和一支人参，量很大，剩下的不少。这些肉汤多是清炖的，口感很好，一般都是先吃肉，然后再把米饭泡进去吃，所以叫泡饭。拌饭则是把米饭和萝卜、海苔、豆芽什么的搅拌在一起的饭，拌上他们特色的韩式辣椒酱，非常好吃。这可能也是现在国内流行韩国料理的缘故吧。

所有的菜几乎全是清炖的，看不到油腻，清淡爽口，只是不太解馋，看来韩国人皮肤好绝对是和饮食有关。比起国内的旅行团来，这团餐实在算是少有地可口。韩国的水果还是有点贵，看到一份西瓜，就是切装在冰激凌杯里的那么一点，要2000韩元，当时折合人民币差不多12元。卖樱桃的10000韩元一份，在韩国吃一份朝鲜冷面需要7000韩元，最实惠的食品，应当是肯德基和麦当劳。

住处总体感觉还不错，整洁舒适。最惨的是回来的那天，11号晚上本来是9点的飞机，与出发时一样被延误，我们在仁川大型国际枢纽机场候机，一直待到凌晨快4点时，才被协调安排到近处的一家汗蒸木去暂时休息，一直到12号下午2点才起飞。我一般出门在外，对住处倒是不太挑剔，能洗澡睡觉就可以。这次出行，来去都赶上了飞机延误，使本来一共六天的行程，因为延误愣是多耽搁了一天，而且两个晚上几乎都没休息，真是煎熬得够呛。回国时又赶上秋老虎猖狂，持续了一段桑拿天，很久让我都没缓过劲来。

总之，说起来也算是一趟休闲之旅吧。最起码了解了一些韩国国情，品尝了特色韩国料理。对了，还可以穿着免费的韩服照相，随意搭配随便照，反正时间充足。这点我感觉就比国内的要好，想要让传统文化走向世界，这样做既是展示，更是一种无偿的宣传。我们还参观、参与了泡菜的制作工艺，虽然这也是促销手段的一部分，但是能让大家乐在其中，在消费中得到快乐，又何乐而不为呢。虽然航班的延误有点不尽如人意，但导游能陪伴我们一起煎熬并走到最后，想想也是够辛苦挺不容易的，就不能再说什么了。

　　人到中年多事之秋，有限的生命，总是徘徊在明天和意外之间。我们生活的意义，越来越需要在不断地发掘中增长乐趣。旅行是能给人带来放松的最好方式，更能在不同的环境和知识面里学习、探索与思考。趁着我们还健康，余生一定要多出去走走看看。取长补短，就是进步的阶梯。

歌诗达邮轮

以旅游为目的的现代邮轮，作为海上漂浮的度假村，有一个时期曾经风靡全球。而人口众多的中国，自然也不例外，越来越多的人，开始体验这种旅游休闲形式。当然，像我这样爱玩的人，肯定也不甘落后，在 2017 年 9 月，跟着也去凑了一回热闹。

邮轮更像是一所流动型的豪华大酒店。船上的娱乐设施及奢华服务，被视为旅程中不可缺少的重要部分。船上的娱乐设施应有尽有，吃喝玩乐随心所欲，唱歌跳舞可以极尽狂欢。还有温泉泳池。走进这个相对封闭的空间，只要你不购买网络，就可以完全避开外界红尘的纷纷扰扰，让手机彻底休假，从而达到完全的放松。享受着高大上的殿堂级音乐，可以与世界各地的男女老少共舞，静看日出月落、鸟翔鱼跃，恍如隔世。这种观光结合休闲度假的旅程，激情与"慢生活"节奏并存，既像世外桃源，又如穿越在电影《泰坦尼克号》的场景中。这，或许就是邮轮游的魅力所在吧。

六天五晚天津至长崎的航程，在极尽悠闲与新奇愉快中度过。我们每天除了大快朵颐，就是尽情游玩。我们在最高的甲板上，看游轮尾翼犁开的海面，看船舷被海浪前赴后继地簇拥。我们迎风舞动起五颜六色的裙摆和纱巾，把"中国大妈"的特色演绎得淋漓尽致。我们奔跑着，任海风吹拂，追逐着夕阳的步履。总有看不够的大海，总有拍不绝的美景。不同楼层此起彼伏的互动游戏，每天吸引着游客，气氛热烈而令人开心。游泳温泉池里老少皆宜，K 歌大厅总是人满为患，欢愉声与鼓励并举。我们更乐意伴着多国籍演员的现场演唱翩翩起舞，大家玩得非常尽兴。船上还能欣赏到高水平的意大利歌剧现场演出，各个舞台的节目都是精彩纷呈，令人目不暇接。

此行于我最惬意的，莫过于可以时时处处在目之所及的地方看海。不管是在甲板上还是在房间里，抑或是在餐厅，都有着明亮的落地窗。我们住在一楼的海景房，轩窗宽大而明亮，我可以不分昼夜，只要闲暇就坐到宽大的窗台上去。面朝大海的心是宁静的，近距离地观看着浪花翻涌，看白色的浪花推开墨黑色的海水，然后交织在一起，再慢慢消融。这条不宽的墨黑色海水就像一条隔离带，衔接着不远处一望无际的深蓝。

因为出行的那几天并非丽日晴空，所以一直没有欣赏到在海南或者内陆海看到的那种湛蓝，而是多云状态下灰蒙蒙的一片，倒也是水天一色，不知道是天空影响了大海，还是大海渲染了天际。巨轮虽然不会为小小的浪花所动，但风浪大时，也忍不住就像醉酒的汉子，左摇右摆一番，让楼层高的房客，在享受着高瞻远瞩的优越时，加送了一把过山车的晕眩。

当邮轮远离海岸线，有时候在很长很长的距离内，都看不到周边的一点参照物。偶尔有一群飞鱼掠过，给凝神者带来突如其来的惊喜，大家便蜂拥而至，等待下一波鱼群飞出海面的剪影。随着海岸线的接近，大大小小的船只就会多起来，让我们这"汪洋中的一条船"，暂时摆脱了孤独的境遇。

其中有两次在日本上岸的机会，实在谈不上去景点游玩，只能是车览，主要是购物。

车览的景色倒也不错，我们在依山傍海的高速公路上飞驰，换一种心情，也让一直看着无边无际大海的眼睛，看看绿色的山川。长崎的地势多为丘陵地貌，一边靠海，一边靠山，起伏不平。绵延不断的山谷植被丰厚，一丛丛翠竹高大挺拔，还有一些可能是杉木吧，为了争取阳光，个个争先恐后地使劲往上蹿，树干是光溜溜直立的，像旗杆似的一大片。隔不远就是另一个山坳，有很多青黄相间的稻田，仿佛油画一般。星罗棋布的山舍一直排列到山顶，犹如独特的别墅群，形成一道亮丽的风景线。

返船离港前，尚未起程，大家都在甲板上远观长崎的市容。突然狂风大作，打破了几天来的风平浪静，霎时间阴云密布，电闪雷鸣，汹涌的波涛，终于露出了隐藏的狰狞，东倒西歪的人群渐渐撤离，纷纷躲进了船舱里。

我没有退缩。好不容易能迎接一场海上真正的暴风雨的洗礼，多么难得哦，也许正是我此生一直以来所期冀的，否则，怎么能对得起"海燕"这个名字。我要领略高尔基笔下海燕的神韵。我笑傲狂风，任凭电闪雷鸣，"兀自岿然不动"。岂料，一阵淫威过后，所谓的暴风雨竟然无疾而终，无非是吹乱了我的头发，洒下了几滴浊泪，然后像投降后无奈的喟叹，灰溜溜地悄然而去。伴随着欢快的汽笛长鸣声，邮轮缓缓地驶离了这个昏暗的港口。

此行最大的遗憾，莫过于我的寻月不得。为了体会海上生明月的意境，我不惜连续三个晚上苦苦守候。第一天有繁星满天，以为一定可以看到月亮，阿琪姐带着指南针陪着我，我们从船头转到船尾，等啊，盼啊，转啊，这邮轮好像是在原地打转，害得我们不停地找北。一直到 9 点半也没有半点动静，只好无奈地离去。次日说起，同行的一位大哥说，10 点左右他们上去看到了月亮，我这个懊悔！晚上我执意又去等，一直到 10 点多，天阴沉沉的，估计是没戏了，又不得不失望而返。第三天，我发誓一定要看到，为了不影响别人，我独自悄悄地到甲板上等候。

那夜的风很大，海面黑漆漆的，那里有看不见底的深渊。经过了几天航行的人们，面对这样的天气，对夜幕下的大海已失去了好奇心，散落进各楼层的娱乐场地狂欢。甲板上一个人都没有，我静静地眺望着四周，仔细地分辨着远处的亮光，看是船灯还是月亮。我不停地紧紧环视着四周的海平面，生怕会把月亮错过。一直等到 10 点半，还是不见月亮的踪影，倒是同行的连平哥、林林哥和芳芳姐上来了。他们没有在平时玩的地方看到我，就知道我一定是在甲板上，眼看风大浪急的，怕我发生意外，就一起来找我。我的这点愿望，最终也未能如愿以偿。

比起守候月亮来，看日出和日落就容易得多。

有一天我们去拉斐尔西餐厅用餐的时候，正是黄昏，透过船尾的落地窗，对面正是金乌西坠，一抹晚霞把海平面映得五光十色，非常壮观。

至于日出，只要勤快些就不会被辜负。我们出发那天是下午起航的，次日一早 5 点多我就醒了。爬起来从窗口看外面，除了海浪拍船的微响和船灯辉映下的浪花飞溅，四周一片寂静。远处更是黑漆漆一片，我便继续躺下，反正也睡不着，就盯着舷窗，看着天色一点点泛亮。6 点过后，我拥着被子坐卧在宽敞的窗台上，静静地享受着这一刻的宁静。从来没有如此安恬地，在大海的怀抱里游弋。

6 点半左右，海平面上灰蒙蒙的云层逐渐明朗，霞光穿透云层一道道地显现出来。与看到过的经典海上日出画面不同，没有在期待中看到海平面冒出绚丽的金色弧线。天色与海水交相辉映，太阳是被厚厚的云层簇拥着离开海面的，终于在"左冲右突"一番后，露出了庐山真面目。天空有耀眼的鱼肚白，海面是深沉的褐色，当太阳失真地镶嵌进几缕霞彩里，在波光粼粼的海水映衬下，简直就像是一幅静谧的油画。

时隐时现不多时，阳光终于挣脱了云层的羁绊，褐色的海水遍布流光溢彩，于刹那间，满眼就被温暖的太阳色注满。在这静谧的清晨，我享受着海上日出的惬意，抛却浮生忧烦，满足着久违的舒畅。

船舷外，白色的浪花欢快地翻卷着，巨轮在平稳地乘风破浪。

太阳越升越高，柔和的光线打在脸上，又使整个房间充溢着金辉，让我感受到前所未有的安详。

情系家山

丁亥岁友日於东科维轩署

第三辑　阅读与思考

邂逅《旧物时光》

每个人都有根植于内心的善良、执着、好恶与悲悯。

《旧物时光》带着钤印签名，静静地铺陈在眼前，随手翻动的每一页，都散发着久违的墨香。而比墨香更令人陶醉的，则是那些被作者野水穿越时空、一件件携来的旧物，让很多消逝已久的画面，在记忆里慢慢复活。这些厚重的文字，散发着泥土的芬芳，令我沉湎，情不自禁地一头扎进这浓浓的人间烟火。

远去的村庄，书写着自然情怀，循着环境变迁的前世今生，缓缓地讲述着远远近近的人和事。"生活，就是问题叠着问题，对我们而言，什么时候，即使吃着粗茶淡饭，只要灾难不来敲门，就是幸福。"朴实而经典的语言，诠释着生活的真谛。岂止是对于村庄而言，这完全就是对所有底层劳动人民，最真切生活的领悟。

精神家园的老屋，从繁华到沉寂，像一位时光老人在娓娓诉说着曾经的悲喜。那时而热闹，更多的时候，却是荒凉而落寞的公坟，惹得我不禁两眼酸涩，触动到我的神经。我是一个在娘胎里就注定漂泊的人，从出生起，就被打上了外乡人的烙印。我娘在我家的最后八年，总算结束了"串房檐"的哀叹，我最后一次为她穿上备好的新装，抱回到殡仪馆的架子上，终于把父母送回了魂牵梦绕的故土，回归于牵念了一生的根脉。

顺着野水老师的旧物，一件件抚摸过来，仿佛也在梳理着我的脉络，像那纺车上一圈圈缠绕的线，在年轮里寻找失落的家园。我儿时的故乡，只有奶奶和叔叔相依为命。奶奶和叔叔相继过世后，故乡，就只有坍塌的老屋和山坡上那几座坟茔，牵着游子漂泊的丝线，成为午夜梦回时的念想。

作为一叶没有根基的浮萍，我是多么渴望能拥有属于自己的沃土，哪怕只是一块能系住风筝线绳的石头。每到清明节的前夕，母亲总会走进我的酣梦。我却只能借那一缕袅袅升腾的青烟，伴着飞舞的纸钱，慰藉着异乡的思念。

每一件旧物，都像是缓缓转动的碾子，研磨着半个世纪的沧桑，又仿如马灯辐射出的光影，温暖着心房的坑坑洼洼。

今年清明回乡祭祖，我再也寻不到河边水灵灵的萝卜，听不见村头小溪里水流的声响。那些小河边的欢笑俚语，那些洗好晾晒的衣物，已成为黑白的幻象，定格在某个摄影师老照片的框中。专门去看故乡的老井，虽然已经不见儿时的清澈，至少它还安在，还有和记忆里相像的鱼儿，在安然地游动。

野水老师笔下的碓窝，让我似闻到母亲用碓臼捣黄豆的节奏，还有将豆沫倒在小米粥里熬开后，满屋弥散开的清香。

早已不用的手绢，作为曾经的信物、戏台上的道具、生活用品的一部分，从古至今，都是带着体温、情感、喜怒哀乐，更是带着离人的泪痕，陪伴在人类生活的左右，刻录着各个历史时期的印迹。而今的手绢，除了婴幼儿需要，更多的几乎都被"一次性"所替代，正在逐渐淡出人们的视线。

对手绢最深刻的记忆，是高中毕业时，我把一朵一朵的紫菊花，精心地刺绣在粉白色的手绢边角，分送给即将别离的同窗好友。手绢就像曾经厚重的情感，难敌现实的利剑，在薄情的今天越来越淡。即使纸巾上浸透悲伤的泪水，恐怕也会被随手抛远。

一想起叮当叮当的铁匠铺，曾经燃着红红的炉火，闪着耀眼白光的铁皮，耳边仿佛就传来大珠小珠落玉盘的脆鸣。而那承载着生命过程的土炕，在我儿时的周末，曾经是我排兵布阵"枪战"的乐园，更是小伙伴们在贫瘠的生活间隙，可以暂时忘忧的天堂。

与我的家乡相隔 600 多公里的渭北，我不知道为什么会有那么多契合的旧物。或许，能在无意中邂逅野水老师的文字，让我荡漾起心灵的共鸣，就是我与《旧物时光》的缘分吧。那些令人馋涎欲滴的吃食儿：饸饹、抿节、玉米糁子、山韭菜，都是我们曾经的家常便饭。更有那个和我们家乡的"炒面"极为相似的"烤面"，所不同的，只是我家乡是用粗糠面与玉米、豆类，或者加上黑枣、晒干的柿子块一起碾压成的，吃起来甜腻得有点噎人。

贫瘠的童年，那些对爆米花的奢望，那一片肉、一碗面，的确都是一年的念想。无街可骂的翠英（野水写的《旧物时光》里乡村人物的代表形象）和翠英们，代表着如今乡村的落寞与寂寥。空旷的街巷，家家闭户，再也看不见袅袅升腾的炊烟，再也无处聆听呼儿唤女的天籁。听不到牛儿暮归的踢踏，更难以再闻到，一家炝锅后，半街飘散的馨香。饭点时的街巷寂静无声，曾经聚集的热闹，不可能再重现。而我脑际，却时常恍惚，会回放儿时端着百家饭，蹒跚半个村落的景象。

父辈用犁、耧、锄、耙，开垦着心灵的田园，在欢喜、汗水和叹息里播种希冀，用磨弯的镰刀，收获全家人的温饱。那些承载了生活、生命的物件，早已结束了它们的使命，带着它们此世的悲欢，随父辈化为一缕青烟，如凤凰涅槃。

合上书页，那些旧物如画卷般，整齐排列着，像博物馆里的收藏，在我的脑海里循环。

　　"人市"里农民工的生存环境和人生的悲欢，折射着大部分农民工的现状，悲悯着夹缝里求生存的艰难。我与那些离开故土的人，同样像是被迫失去根基的树，在城市里苟活。

　　我更像是一只不合时宜的混迹于写字楼里的老虾米，以不尴不尬的年纪，拖着半残之躯，趔趄地追着公交，挤着可以让弯曲的脊柱直立的地铁，行走在迷失的城市。在高楼大厦间，我尽力倒腾着不容懈怠的步履，游走在不是靠怜悯就可以生存的城市，苟延残喘。

　　读野水老师的文字，在字里行间浸透着落寞、无奈和悲悯的情绪里共鸣，更有挥之不去的深情，让人感受到知足常乐的豁达。一如他笔下的那一匹孤狼：睿智、顽强、坚韧、沧桑，游走在城市与乡村之间，桀骜不驯地和命运做着坚强的抗争。他有时更像是那只孤傲的苍鹰，暴戾母亲的"熬鹰"，没有驯服他，乡村的熔炉没有融化他。他屡次像悬崖上的雏鹰，被"母鹰"扔下命运的深渊，历经无数磨难，伤痕累累，却终于倔强地翱翔于蓝天。

　　徜徉在这深沉平实的文字里，不见一丝华丽，仿佛平心静气地，在古朴的光阴里，与时光对语，拉些闲话家常。跟着野水老师的笔触，一页页如数家珍，又像远去村庄上空飘浮的炊烟，温暖而耐人回味。掩卷深思，仿佛我也幻化为那头历经沧桑的老牛，在咀嚼着点点滴滴的过往里，不断地反刍。

　　野水老师说："如果我们都有一颗感恩的心，我们的路就会越走越宽。"我深以为然。感恩相遇，感恩《旧物时光》！感恩野水老师为迷惘的灵魂指点迷津，也让我在陌生喧嚣的都市，寻找到失落已久的家园，并开垦出一块小小的，心灵的芳草地。

用文字，折射人性之光

《爱上烟火遇见暖》是河北作家王继颖的散文集，从盛夏的 8 月到深秋的重阳，一直静静地陪在我的枕边。我不时地潜进这些充满温情的文字里徜徉，感受着人间烟火的暖意。

王老师选用76篇文章精心编分为六辑，连缀起生活的点滴，汇聚成一条温暖的河流，篇篇有爱、章章扬善、句句含情，吟唱出一曲曲凡人大爱的暖歌。

常言道：文如其人。每个作者的文字，都是映射出自己生活的剪影。生活中从来不缺少美，缺少的，是善于发现的慧眼。王老师继承发扬了母亲根植的善根，把天下儿女当成自己未曾谋面的儿女，善行天下，爱洒天涯，谱写出人间至诚的华章。

本文集以情为主线，把亲情、友情、爱情、人情、师生情、才情这些散落的真情揉串在一起，又用善良和慈悲加以打磨，闪现出温润如玉的光泽。

天下的父母都是一样的。在这本书第一辑"长相亲：你的行踪，我的旅程"的字里行间，王老师在看似家长里短的琐碎里，真情演绎女儿、儿媳、妻子、母亲这多重角色，通过良好的家风传承，体现出几代人的责任义务和担当，充分诠释了家的含义。文中一个个饱满鲜活的人物形象，为我驱散了客居异乡的孤独，让我感受着传统亲情的温暖，也像重温了曾经生活中的自己和街坊四邻。在人与人逐渐冷漠疏离的现实社会，这些小文让人不由得心生敬意，如沐春风，感受到满满的正能量，涌起久违的温馨。

对王老师的言行从小耳濡目染的女儿，也堪称上行下效的典范。相信阳光的苗苗为抱怨的司机师傅递过去的热餐，会温暖所有的读者，给落寞的人生，注入一抹希望的亮彩。王老师把孩子的行踪当成自己的旅程，也牵连着孩子的味蕾，让"每颗想家的心都有一本飘香的菜谱"。拳拳父母心，就像风筝的绞盘，一丝一扣总关情。既藏不住对女儿的牵挂和关怀，又不忘理智地告诫："天下儿女，不管行踪何处，都逆着父母之爱的河流，请你们试着理解一下父母的牵挂"。

亲情，在烟火里延续；友情，继续雕刻岁月的年轮；爱情，有时仅仅来自一杯茶的抚慰，便足以融化冬夜的严寒霜雪；人情，则是盛开的善良之花，爬满人生篱笆的风景；师生情，承上启下，连接过去与未来，传递爱的星火；才情，更像璀璨的星空，激励着一代又一代的追梦人。

教人向善，须得自己拥有慈悲。所谓真善美，总是体现在一些小的细节当中，赠人玫瑰手留余香。《一歉千金》中的老教授说："传承一种勇于悔过敢于负责的态度，与教人诚信同等难能可贵。都知一诺千金，也须知一谦千金。"而我们在生活中更要有"落座须怀虔诚心"，珍惜每一次落座的机会，以虔敬之心，成为"用细微小节，书写一个文明有礼的大气之人"！

当所有的情愫，有了慈悲的底色，内心的善良，便散发出暖人的氤氲。

心存善良，满眼春光；根植善举，处处花红。"不失尊严，活出滋味"让我相信，每个人都可以做行走在人间的天使。这篇文章，希望能让更多的"乞讨者"明白，与其瘫软你的膝盖骨，不如通过劳动的双手去改变现状！只有不失尊严，才能还原人生的色彩，活出有滋有味的活色生香。

谁不曾有过栀子花开的青春？多少朦胧的躁动，在"月见草花开的夏天"萌生出的那份美好，让刻印在"发黄信纸上依然清晰的字句，一夕重温，恍如隔世，又咫尺暖心"。

愿每个人都能心存良善，像王老师一样折射出人性的光辉。愿更多的人，能化为"光阴的巨蚌，聚沙苦育出一颗颗耀眼的珍珠"。

人生之路，虽短犹长。我们在看别处风光的同时，也难免会成为别人眼里的风景。前行的路，有阳光照耀，也会有荆棘坎坷，更不乏电闪雷鸣。只要我们"目标明确，如登泰山向日行，步步踩实积极攀登的过程，就是一道无悔的风景"！

滴露凝善

感恩，是这两年间让人泪目的词汇，而我更是难掩发自内心的感慨。

记得有一年的 8 月，得到王继颖老师赠我的新书《爱上烟火遇见暖》，久违的书香，散发着烟火温馨 e，陪我不断感悟人间的温暖，今春再得佳作《感恩最小的露珠》。

在这本书的字里行间，依旧散发着属于王老师所特有的，浓浓的人性的光辉。每一篇文字，都像顶着无数颗晶莹的露珠，在看似平常的琐碎里，折射着纯真美好，让爱与善熠熠生辉。

开篇《云南的云》，描绘了西南联大大师的群像。其中有一节写朱自清批改作业："批改的字迹，一处一处，温和质朴中流溢着大师的气度。"不禁让我联想起王老师对我这个初学写作者的态度。每次发过去请她过目赐教的文章，她总是会在百忙之中抽空应答，并不厌其烦地指出不当之处，与我商讨。

王老师爱花，在季季花开里，都会用善于发现的眼睛，去体味生活的美好，即使身处逆境，也坚信只要"给我一道岩缝扎根，还你一片生机明媚的春意"。

无论是亲友还是陌生人，王老师更是"以善为源，真诚绽放"，只要得知别人有所需，总是会不遗余力地施以援手。很多文友都和我一样，得到过王老师的无私帮助，她说能帮尽量帮，希望看到我们能在文学的道路上，走得更稳、更远。而对一些弱势群体，她更是悲悯有加，不时倾力扶助。对于亲情的陪伴和追忆，她更是津津乐道，不惜笔墨，让爱与温情缓缓流淌。"情愫暗涌的心灵，是芬芳荡漾的河。牵记与感动、悲悯与担忧、流连与感恩……情愫种种，朵朵如花。"

《渐失语境的乡音》，则引起我深深的共鸣。我经常悲叹漂泊的步履，再也寻不回家乡话的灶台，而今终被王老师佐证："乡音，渐渐失去熟悉的语境，再难找回瞬间被激活的密码。"它直击游子的心灵。面对乡愁的失落，她也曾无奈、焦灼，并不断学会与自己和解，然后坦然从容："从乡村土路出发的村里人，也顺着各自的心意，走过柳暗花明，走向豁然开朗。"

怀旧的情绪总是令人伤感的，就像"寒冷的藤蔓生得太长，春天的脚步，被缠绊得蹒跚"。而温情则是在"心间养一眼暖泉"，因为"爱是一把最美的伞。有爱为伞，心就不会被淋湿"，如果"每一次的不期而遇都是一朵浪花，凝结为心间的露珠"，那么我们不妨"守住发芽的梦想，留住生命价值最丰硕的希望"，让"世界远离雾霾，铺天盖地都是希望的春天"。

王老师不仅读万卷书，更会不时地走出家门，展开行万里路的视野。当人在旅途，沿着台阶"慢慢走上去，仿佛乘扁舟进入历史长河""下天梯时，几步一回望，像在回首身后的历史"。这些在行走中感悟的哲理，迸发着思想的火花，体现着不同时期的人生价值观，为我们带来对生活的沉思和感悟。

作为一名教育工作者，王老师即使遭遇到世间的冷漠，也不忘在《寒天记暖》里扩散温情，传递满满的正能量。而《我们传承什么样的坦然》，却让一贯阳光乐观的王老师，真正地陷入深深的担忧，忍不住发出作为师者的良心与责任的拷问。不能否认的是，如今社会的冷漠，让我们不得不面对窃贼的"坦然"瞠目结舌，作为有良知的人们，不禁为"需要传承给孩子们什么样的坦然"而忧心如焚。面对冷漠的现实，我不由莫名地想起了鲁迅先生的《药》。

生活的本真，往往隐藏在繁华背后，就像一株不起眼的"人情草"。小小的马齿苋，既可果腹，救灾民于倒悬，富足时也可满足怀旧的口欲，还是清热解毒的良药，所以才能"穿越历史的长路繁茂至今，在杂草中能被我和众人一眼识得"。

只有心存慈悲，才会《感恩最小的露珠》，任"尘事雨滴""散落在平凡人间，润泽明净"。才能把"春意是一颗婆娑的心""化为希望的暖阳，照亮自己，温暖尘世"。

崔修建在这本书的总序中说："尘世间俯拾皆是的种种美好，都是生命不可或缺的弥足珍贵的馈赠。"阅读锦心绣笔的文字，我仿佛重回语文课堂，聆听恩师教诲，不由心生感恩。

感恩相遇文字的美好，尽享语言魅力，在倾听灵魂的絮语中，让心与心靠近。"遇病苦贫困而生慈悲，为助他人求助而知感恩。感恩的叶子，结出一颗颗富贵的心。"我希望所有的善良如雨润万物，浸肺入心，更祈愿、感恩叶子上的每一滴露珠，都能凝聚更多的真善美，为人世折射温情。

感性与理性

在人世间生存，最难绕开的，恐怕就是爱恨情仇。即使有些看似可以摒弃利欲的超凡脱俗，包裹着的，其实不过是被理智制约的凡心。

重读《荆棘鸟》，时隔三十五年，再一次被真情感染。走过世事沧桑，我以为自己早已脱胎换骨，不会再为曾经的剧情所动，然而重温人性与理性的经典，还是不由得被深深地打动，忍不住回首过往的悲欢。

初读这本书时，正值青春，被一段恋情所困扰，徘徊在坚持与放弃之间。

我心中的"拉尔夫"，在我少女时代的眼里，一如初出场时的拉尔夫那般完美，就连虚伪，也是那样地恰到好处。"人生若只如初见"，足以撑起我对爱情的全部定义，引起我对未来生活的美好遐想。然而随着时间的推移和了解，我越来越清楚，一切不过是我的臆想，只不过看透时用情已深。

人性的弱点无处不在，人世间的诱惑，有时可能真的让人无法把控，那是属于青春独有的旋律，只是夹杂了些许杂音。以至于到现在，我还不能确信，我的爱情究竟是被什么击败的。我一直以为无关利益，只是与另外两个女人有关。然而，现实总是无情地击碎自己的梦，多少纯情的背后，在多年后被证实的，恰恰是我认为无关功利的利益！这是多么绝妙的讽刺啊！

青春的爱恋，延续着无法摆脱的纠结，是经典的"少年维特之烦恼"。没有经历过的人，可能永远无法理解"辗转反侧"的真正含义。当你眼睁睁地盯着黑暗中的某处，听着座钟半点响一下，或者数着整点报时的清脆声，跟着秒针咔嚓咔嚓地一步步走完每一个漫长的暗夜，然后像行尸走肉般飘出家门，木讷地开始新的一天，好像这个世界与自己的关联，只是为了生存。

有人说太阳每天都是新的，在失恋人的眼里，看到的却是无尽的茫然。当我看到拉尔夫和梅吉的第一次分离，便明白悲剧的伏笔已经埋下。待到掩卷时，仿佛足以惊醒我所有的知觉。他们的悲剧，坚定了我当时还在犹豫的理智。面对极度自私的人，你只有毅然忍痛选择放手，才能避免更多理不清的纠缠，所以我一直为自己的快刀斩乱麻而庆幸，没有重蹈拉尔夫与梅吉的覆辙。

人都是感情动物。我可以左右自己的脚步停留在悬崖边，及时地阻止更大悲剧的发生，可我却无法遏制自己的情感，那种深入骨髓的痛，咬噬着我的神经，多半生都与之为伍，有时竟会痛到不能呼吸。我可以像梅吉一样选择逃离熟悉的环境，却又总是情不自禁地潜入她的精神世界，完成与梅吉的合体。甚至在臆想中，我把自己变成了梅吉，却总也没能演绎出属于自己的合理的剧情。

相信每个少女的心中都曾经有过一个"拉尔夫"，即使是以悲剧收场，那也是青春独有的梦。

鸟儿胸前带着棘刺，它遵循着一个不可改变的法则。它被不知其名的东西刺穿身体，被驱赶着，歌唱着死去。在那荆棘刺进的一瞬间，它没有意识到死之将临。它只是唱着、唱着，直到生命耗尽，再也唱不出一个音符。但是，当我们把棘刺扎进胸膛时，我们是知道的。我们是明明白白的。然而，我们却依然要这样做。我们依然把棘刺扎进胸膛。

——考琳·麦卡洛

　　屡次重温这段经典，都会被触动心弦，不由喟叹红尘中的我们。生活的本意，似乎就是痛并快乐着，谁又不是在背负着棘刺前行？当我在二十多年后，为讨生活远赴千里之外，耳边蓦然传来一声迟到的歉音，仿佛所有的积怨，在刹那间化为云淡风轻。

　　打开锈迹斑斑的心锁，放任积蓄半生的血泪奔涌，心中隐忍多年的棘刺，终将被岁月消融。

阅读，与形式无关

我出生于 20 世纪 60 年代中期。父亲是转业军人，也是我阅读的启蒙老师。

至今想来，我家与当时大部分家庭最大的区别是，不管如何搬迁，仍旧一如既往地不被丢弃的是母亲的缝纫机。母亲不使用时，缝纫机盖好的面板上面，铺陈着的，是厚厚的、整齐的新旧报纸和书刊，这里相当于父亲的写字台，也是父亲下班回家后最常待的地方。一生坚持读书看报写笔记的父亲，是亲友邻里眼中别样的风景。而那张"写字台"，也顺理成章地成为我最早的教育启蒙基地。

在那个时代，同龄人一定都有过追随放映员脚步的经历。我们像跟屁虫似的，黏着哥哥姐姐们，辗转在县城的电影院或者一些大的工厂、单位和乡村，百看不厌地追逐着那几部可以把台词倒背如流的电影。而平素的游戏，则以模仿电影情节为主，倒是把无所事事的童年，折腾得生动有趣。长大后，我拥有了属于自己的连环画，慢慢积累起的小人书和各类书刊，令我小小的灵魂仿佛找到了皈依之所。在父亲和哥哥们的影响下，我总是欢快地在知识的海洋游弋。

当我拥有了第一部《新华字典》，所有有字的读物，便成为我猎获的目标。我一头扎进《林海雪原》《儿女英雄传》，在《苦菜花》《钢铁是怎样炼成的》《在人间》等小说里，半生不熟地嚼着那些，在我那个年纪还难以领会的苦难，增长着英雄气概，也铸就了英雄情结。1976 年秋，我已经坐进初中的教室，吃力地去衔接知识的断层。所喜，课外读物给我带来最大的收益，就是每当写起作文时，都可以毫不费力地一挥而就，而且大部分还会被老师当作范文，在课堂上诵读。

高中毕业后，我参加工作被分配到远离县城的乡下。寒冬腊月，滴水成冰，白天喧闹的医院，在夜晚寂静无声。空旷的院子里，路灯或月光下，只有几棵黑枣树，在寒风里摇曳着宽大的树冠，像巨大的怪兽张牙舞爪。偶尔急促的脚步声纷至沓来，一定是来急诊了，院里便会响起几声呼叫，片刻，各个岗位便各就各位。待处理完毕，重归寂静，间或传出几声门响，一般都是去上院角那个厕所的。

我开始时住在单位后排二楼的楼梯边上，所有上下楼梯的声音，都会不时传入耳际。后窗下面是被雨水冲塌而破败的院墙，目之所及不远处，是村里的一片坟葬场，时不时会出现新添的坟丘，摆放着稀少或稠密的花圈。田间小路上散落着一些铜钱形的圆纸片，中间有方孔，这些纸钱据说是用于打点小鬼给死者开路的，是通向墓地沿途的买路钱。伴随着一片哭声，一个生命便完成了自己的历史使命，尘归尘土归土。夜里偶尔也会听到几声断断续续的啜泣声，若有似无。而最惊心的，则是在寂静里，蓦然传来既像哭又似笑的猫头鹰的长吼，或是尖锐的嘶鸣，令人毛骨悚然。

晚饭后，我总是早早地蜷缩进被窝，台灯温暖的光晕下，我徜徉在文字的海洋，熬过那些月落乌啼的漫漫长夜。置身于书海，就像被打开了天眼，孤寂便在不同的读本里遁形。书中不同时代、不同人种、不同境遇的各色人等，仿佛施展出无法抗拒的魔力，牵扯住我的神经，吸引着我情不自禁地深陷其中。

2005 年，我开始接触电脑，犹如刘姥姥走进了大观园。当时除了电脑，手机网络还不曾普及，我在等待企业破产的岗位上按部就班，而在工作间隙依旧读书，书不离身的习惯，一直保持着。国企破产，我外出自谋生路。旅途中、异乡的蜗居里，唯有书刊不离不弃，忠实地陪伴在我的左右，排遣着无边的乡愁和落寞。

当我 2008 年远走贵州时，带着新买的第一部智能手机，便捷的网络让天涯变为咫尺，既成为联结远方亲朋好友的纽带，又打开了通向身外世界的闸门，延展了阅读空间。方便的阅读方式，渐渐地替代了携书的不便，二者交替，在固定场所浏览或者出门时阅读，做到了无缝衔接。

随着智能产品不断地更新换代，功能越来越全面，我的工作性质也发生了变化。最近几年，纸质书刊几乎已经退出了我的行囊，一切被手机与电脑所取代。与大多数的中国人一样，我也变成了自甘被手机"绑架"的一员。

2017 年，我开始接触一些文学团体，欣喜之余，试着续接起中断许久的写作梦，拉回渐行渐远的记忆。两年来，我把对生活的感悟，一股脑儿地以小说、散文、纪实文学的形式呈现出来。更多的是随手记录的一些随感、游记，以及长长短短的诗行，借以抒发自己的所思所悟，并刊发于一些纸媒或网络平台。与更多的文友互动，既增加了读与写的乐趣，更是结交了许多的良师益友，受益匪浅。

几十年来，阅读已经成为我生活中不可或缺的重要部分，而不离左右的手机，更为阅读带来了便捷。我对知识和读品的来源，很少刻意去挑剔，只要有益，什么样的读物我都会涉猎，做不到精，却可以以此拓宽自己的知识面和思路。我在别人的思想里，汲取精华，取长补短，丰富了单调的生活，也令心态日趋平和。

有所感悟时，便会打开便签记录一二，然后整理成文。有的老师讲，让我们少看"快餐"读本，多读经典。我觉得每个人的知识面、兴趣点和切入点不同，所以阅读其实不必刻意局限于某个领域，自身所处的环境与心境更重要。

近几年我漂在北京，每天消耗在路上的时间差不多有五小时，有声读物的普及，对视力已经退化的中老年人和很多在路上时间较长的上班族来说，无疑是一件幸事。虽然不如坐翻书本看得那么仔细和便于思考记录，也不如阅读电子书那么随意，但是我们可以在拥挤狭小的空间里，拓展自己的思维和眼界。

闭上眼睛聆听，也是一种惬意的享受，既可以让疲惫的身心得以舒缓，也不会白白浪费掉那么多宝贵的时间。我开始时总是选择一些短小精悍的经典类读物，很多精彩的片段，也可以反反复复去听。现在更多的时候，是听世界名著，让过去难以理解，或者当时看不下去的一些书籍，在演播者声情并茂的演绎里慢慢品味。不懂或者有疑问的地方，在坐下来的时候，在网上查完资料后再仔细欣赏，网络的世界，何其便捷神奇！

名著的魅力更多的是与时代相关联，是国家命运的风向标，把握着时代的脉搏。而网络平台的文章则是更接地气，是普通百姓生活的真实写照。我们在不同的阅读作品里体味，汲取名著的精华，又能感受柴米油盐的琐碎温暖。我的写作也力求能在提升品位的同时，不忘脚踏实地贴近生活，尽量做到雅俗共赏。

任世界风云变幻，随时代日新月异，阅读的形式在变，阅读的习惯却如静水流深，早已渗入我的四肢百骸，闻喧享静。

第四辑　人生百味

画里人生

我不懂画。在此之前，我所看到过的绘画作品，不过都是基于视觉的观感，很难得其精髓，甚至于连皮毛都不曾碰触。

机缘巧合，在北京宋庄画家村，我有幸迈进了河北衡水画家焦维轩先生的画室。

迎面映入眼帘的，是布满字画的墙壁。地上随意堆放或丢弃着一些画稿和临摹的字帖。墙角有一个存放画具与画稿的柜架。空旷的房间里，最醒目的，莫过于屋中那一张硕大的沾染斑斑墨迹的画案。案上铺陈着笔墨纸砚。一方卡纸上，呈现着一幅刚勾勒了几笔的画作轮廓。简陋的环境和我对艺术殿堂的想象形成了落差。倒是扑面而来的浓郁墨香，突然激起我对画家这个职业的好奇之心，忍不住想探究一下这位中国美协会员的创作日常。

生平第一次坐下来，近距离地静心观赏画家作画。只见他一手执笔，一手夹着香烟，时不时地会猛然吸上一口，再思忖片刻。继而眉头一挑，笔尖轻移，寥寥数笔，便勾勒出犹如音符般抑扬顿挫的线条，又似斧劈般错落有致。仿佛高楼大厦的工地，随着脚手架一层层搭建而起。

渐渐地看出这是山的轮廓。主峰高耸，周围有低矮的山峦，远近大小各不相同。浓墨的笔，在清水里蘸一下，再顺着盆壁刮上几刮，看似随心所欲，然后便在已经搭出山势的骨架上，大肆涂抹起来。在我看来，"涂鸦"大概就是这么来的吧，他说这叫"皴"。不一会呈现出的悬崖峭壁，直立中已透出刚毅，仿佛中华民族挺立的背脊，傲视着起伏的群峰。

再次蘸墨，接着被水稀释。看着画家如调皮的学生拿着黑板擦，在这些"脚手架"上摩擦，瞬间，看上去画面变得一团模糊。画家继而收笔，喝茶，远观。大概过了一刻钟左右，只见刚才黝黑皴裂的画面，重现出淡墨色清晰的山体，像被魔法棒点过。看他不经意的样子，又拿起另一支笔，蘸了一些黄黄绿绿的颜料，覆盖在已经明朗的山体上。山的形状便具象化了，在威武雄壮中，透出些柔和。

高远处是淡墨的山，抑或是云。近处开始添加植被，让远山近水更加明朗。那些高大的树木，或矮小的灌木，仿佛都是依着山势而自然生长出来的。两山之间，夹着一条白链，自山后奔流而至，化为"疑似银河落九天"的奇观。

正在这生机勃勃的当口，画家又开始点染，好似给刚才的亮色又罩上了一层轻纱，一丝沧桑感便跃然纸上，瞬间让已经明快的画面，不觉又凝重起来，犹如一个人在逐渐逐渐地增长着阅历。

等到再次把灌木与山体的颜色一层层叠加，厚重感又逐渐加深，层次愈显分明。感觉画家此时已不仅仅是在作画，更像是在刻画自己的个性。只见他在山崖边轻点数笔，高低错落的植物便衔接了多余的空白，画面感整体合一。

一张白纸，便在这一笔笔勾点皴擦里，变成一幅佳作，犹如一个人在成长中一步步成熟。

一个真正的画家，灵感突至，脑海里必定已形成画的框架。然后像庖丁解牛的倒带，运用娴熟的笔法和老到的技巧，在肢解中搭建起还原的骨架。然后揉入生活的血肉，为其覆盖上细腻坚韧的肤质。最重要的，当然必须与灵魂相契合，进而达到"你中有我，我中有你"的境界，才能做到妙笔生花。如果一个人只想教条似的去复制或者临摹，那么，再完美的画面，恐怕也只能算是一幅静态的写生，所谓的画家，也不过是画匠罢了，难以呈现艺术的空灵。

当画家把灵感融入山，山便有了人的情感，呈现出欢愉或厚重。那柔中带刚，刚中掺柔，体现出人生的悲喜；灵性融入水，水便多了一份气定神闲的柔情。画家的性格，左右着画面的张力与灵魂，让山有山的气势，水有水的意韵。

画家指着几幅临摹清代画家任伯年的写意花鸟说：这些小品看似简单，不临摹就很难得其精髓。经典之所以能成为经典，功夫都渗透在每一笔的洗练中。简洁的画面，寥寥数笔，只有仔细地揣摩，反复临摹，你才会发现，整幅构图居然没有一个点是废笔，真正是多一笔则乱、少一点则寡。这才是画家与画匠的区别，也是评判一个画家功底的基本要素。

墙上的几幅梦里水乡，恬淡自然，令人愉悦。一幅简笔的小品，或许就是灵光一闪，三笔两下便勾勒出神韵，宛如一首简约的田园小诗，自然清新，显示出画家内心的婉约，体现了向往返璞归真的闲情逸致。

画家说，他正在构思一幅内容丰富的巨画，铺垫的过程可能比较漫长，需要长时间的构图，精确如一部电影剧本的分解场景，更像一部鸿篇巨制的小说。先得有骨架，然后勾勒线状、网状、交叉，再以结构顺序平行铺进，最后一层层地增加血肉，以达到层次分明。不同的是，小说可以反复修改，而画作一旦落笔，便很少有回头路可走，除非完全颠覆，从头再来。当所有的内涵呈现出来时，更得适当地放上一放，远观近赏，不时还要做细节的微调。最后披上的外衣，更需精心细作，画龙点睛，以达到视觉的完美。

当12岁的少年拿起画笔随手涂抹时，世界在他贫瘠的眼里，呈现出的已是色彩斑斓。艺术是源于生活而高于生活的哲学，当他把生活中的点点滴滴融入笔墨，胸中沟壑的磅礴气势，已主宰了画家的美学观，逐渐形成了自己的画格。人生之路的跌宕起伏，更冲击着灵感的生成与变幻，使之在大开大合的构图上，用墨浑厚华滋，兼工带写，在情景交融中，以宿墨淡彩的沉淀，诠释对生活的理解与升华。

画家三年前在自己经商事业的巅峰，急流勇退，毅然赴京进修，潜心艺术深造。他仅仅用了三年的时间，便取得了不错的成绩，画作多次入选中国美协主办的画展。在第二届"泾上丹青"全国中国画作品展上，他以《赋曲塬上》取得了最高奖。

"学古而不泥古，笔墨当随时代。"有了这样通达的艺术观，画家在追求艺术本真的同时，更是孜孜不倦地追求完美，多次深入黄土高原和太行山腹地采风写生。在写生的过程中，力求让作品面向大众贴近民生，既古朴厚重，又不失清新素雅，可谓雅俗共赏，极具艺术感染力。

源于对生活的热爱，所以更要精益求精。画家在参加2014年巴黎东西方国际艺术展时，《瑞雪漫太行》在法国卢浮宫展出并被收藏。继而更有一系列画作诸如《赋曲塬上》《太行雄风》《乡恋》《秋到高原》等画作被多家美术馆收藏。

丰富多彩的画卷，铺陈着浓得化不开的乡愁，体现出画家对生活深深的眷恋。一幅幅散发着浓重生活气息的作品，更兼具笔墨趣味与思想性，气势磅礴的构图开合有度、催人奋进，为人们展现出积极向上的生活态度。

初步完成的画作被固定在画墙上，他让我站在稍远处观看墨色的变化。在品茶、闲聊的间隙，画家还会不时地起身，去做一些修补，直到拧紧的眉心彻底放松，露出满意的笑容。

焦维轩先生的画作《延河情宝塔颂》，跟随"中国国际书画艺术研究会"为庆祝建党百年举办的《奋斗颂》书画精品航天搭载活动，乘坐"神舟十二号"载人飞船，伴随三名宇航员遨游天际。这幅画作参加活动返回来后，紧接着又参加了"问道塬上·焦维轩太行、黄土系列作品展暨学术研讨会"，研讨会取得了圆满成功。

这次作品展暨学术研讨会的顺利进行，是业界著名大咖云集的盛典，整个过程充溢着浓浓的学术氛围，为慕名前来的艺术爱好者提供了欣赏学习的机会，是难得的艺术盛宴。让艺术回归自然。焦维轩的画作在厚重的同时，又极具亲和力，这是阅尽繁华后的沉淀，是返璞归真的升华。

正如展览前言所述，这批作品，是围绕着"乡土"这一主题展开的。这不仅是画家对这片土地的一种客观描述，也是民族自豪感的由衷体现，更是对建党百年的庄严献礼，是向民族文化复兴的致敬。

工笔描风情，泼墨抒豪迈。人生如画，画映人生。画里春秋，展现安宁、崎岖与壮丽；画外人生，不乏纠结、拼搏与奋进。在克服重重困难并取得一定的成绩之后，画家仍不忘时时充电，早已又为自己定下新的挑战目标，攀登于书法的阶梯，毅然向艺术巅峰进军。他现在正在力求书与画齐头并进的完美，孜孜以求更高、更广阔的艺术星空。

有一种爱，叫"只要有你！"

"除了生死，都是小事。"这句话在今天所带给我的震撼，引发我深深的感触与思考。

我一个姐姐生命垂危，深度昏迷地躺在重症监护室里。失去知觉前，她还和姐夫经常念叨着身边的人和事，这其中也有我。

那个周六，我在姐夫告知的约定探视时间里赶到医院。浑身插满管子的姐姐，被身旁的各种仪器围着，无声无息地躺在那里。走到近前，当我看到她形容枯槁、浑身遍布青紫时，曾经自以为早已淡然生死，经常以冷血自诩的我，眼泪竟然情不自禁地夺眶而出……我紧紧地握着她的手，哽咽着喊着她，告诉她要坚强，一定要挺过去！我似乎能感觉到她还是存有意识的，只是无能为力。我看到她的眼球在眼皮下的转动，像是极力地想要睁开沉重的眼帘，然而，我最终看到的，只是她眼角溢出的一滴泪水……

憔悴不堪的姐夫满脸倦容，从看见我，就开始反复地跟我絮叨："她要是走了，我可咋办？真的受不了呀！"他们相濡以沫37年，姐姐平素性情乖张，甚至有点促狭刻薄，而姐夫待人接物却非常热情周到，他的人品众所周知，是所有人眼里的模范丈夫，里里外外都是一把手。他对姐姐那叫一个百依百顺，连我有时候也笑他们，说这样无原则地迁就，都把姐姐给惯坏了。特别是最近这十几年，随着姐姐频繁地进出医院，他们几乎一直是奔波在家和医院之间。姐夫的爱，就是无原则的迁就和任劳任怨无悔的付出，他是完美丈夫的楷模，令所有人由衷地敬佩。

若是换了别人，这么屡次三番地折腾，而且是经常没事就往医院跑，估计早就被放弃了。可姐夫就那么陪着她，说半夜去医院，他总是二话不说爬起来就走。

而今的姐姐，是真的病入膏肓了，小脑出血、肺部感染、血小板减少、腹水、积液……医生的意思已经很明确，说现在的情况，他们已经尽力了，再这么坚持下去，也不过是迟一天早一天的事而已。北京大医院的病床，没有不紧张的，医院让他们回地方去治疗，姐夫坚决不同意，说地方条件差，他还是想等着姐姐能再次醒过来。

没有普通病床，只好一直住在重症监护室里，每天的费用数以万计。尤其是这次，姐姐昏迷七天来，他们爷儿俩更是衣不解带、头发蓬乱、胡须如草。就这么满身疲惫、寸步不离地蜷缩在守候区的长椅上，提心吊胆地随时听候着呼叫器里传来的叫号声。被叫到的病人家属，不是需要交费，就是人已经不行了。他说需要多少钱都不要紧，只要她能醒过来就好！姐夫一直在祈祷着，他说感觉到她这次一定还能再挺过来的，她的生命力是那么旺盛，求生欲望又是那么强烈，这么多年来，经过多少次病危，不是都挺过来了吗？现在也不求别的，只希望她能醒过来，只要活着就好！

平心而论，我从医三十多年，见惯了生老病死，看淡了悲欢离合。尤其是近几年，在我颠沛流离十余年后，身边更是接二连三地传来朋友的噩耗，让我对现实生活和人情世故，更是感触颇深，所以不再单纯地感性，而是更趋于理性客观。我经常对朋友说生命不能复制，趁我们还健康地活着，好好地享受吧。

不过，活着还是要活得有尊严、有质量，可不能浑浑噩噩的。最可怕的就是变成行尸走肉，那将是生不如死。我总是说生命的意义不在于活了多长时间，而是在于生活的质量。而如今，十几年没怎么交往的姐夫，依旧执着地延续着他对人生的态度，没等来明天却等来了意外，这似乎也颠覆了我的人生信条。不由得让我反省：究竟人生和生活的意义应该是什么？

我们两家的交往已有二十余年，我们的媒介，是我的远房堂姐。而这个生病的姐姐，则是我堂姐夫的表姐，我们唤作萍姐。其实算起来，就是八竿子打不着的拐弯亲戚，偶然通过我堂姐互相认识了。萍姐非常喜欢和我们交谈，她说我们善解人意，都是明白人，而平时不管遇到什么事情，肯定是先过来找我们，渐渐地，交往便密切起来。因为萍姐的性格使然，他们基本上没有什么太过亲密的朋友，无论是工作生活，还是前尘旧事，倒是什么都愿意过来与我们交流，从不设防。我们两家又都是外地人，平时也没有什么亲戚可走，所以也乐得有个地方走动，从此逢年过节的，更是当亲友来往。

两家的老人都在世时，孩子也都还小，周末经常互相串门，来往比较密切。她儿子特别佩服我爱人，别人的话却从来不听，每到周末，他就会催促他父母去我家。

萍姐非常喜欢和我们交谈，萍姐的母亲去世那天，正好是一个周日。我们一大早被电话从睡梦中惊醒，爬起来就直奔医院。进了病房，只有他们一家三口围坐在老人的遗体旁边，一个个呆若木鸡，不知所措。我进门一看就急了，连忙把寿衣从床底下拖出来，那是事先我帮忙给老人准备好的。大家七手八脚地给换好，庆幸老人的身子还没有僵硬。我又把一些丧葬用品，按照我那时经常去别人家帮忙时见到的样子布置妥当，刚打理好，殡仪馆的车就到了。没有灵堂祭品，没有送葬的人群，甚至没有停留，就直接拉去火葬场火化了。他们说，这是老人的遗愿。

在老太太去世以后没多久，萍姐就病了。一晃这都快二十年了，那会她也不过刚刚四十来岁，就开始折腾，本来脾性就不好，只说是更年期综合征，这一更可就不得了，一直到今年她60岁离世，似乎也没更完。那时的姐夫还在外地上班，就剩下她和儿子在家，她这一闹更年期，偏偏儿子又到了青春期，俩人便不断摩擦，经常闹点小别扭，无奈之下，姐夫只好放弃了外地优厚的待遇，不得已回来守着这个家。

他们依旧会来我家。反正每次过来，我都是连劝带"骂"的，说上半天，她也发泄完了，心里就痛快了，回去便能安生几天。有一次半夜，外面下着大雪，她打电话过来说她难受，姐夫出差不在家，儿子插着门在自己屋里，不管她。她说她要死了，让我赶紧过去。我劝了半天也不行，只好把我女儿托付给已经睡下的母亲，起身冒着大雪，骑着车子赶过去陪她。那时，我爱人因为生活拮据，工厂已处于破产状态，外出打工去了。

这种状况一直持续到几年后我母亲去世，我也外出打工。等我十年前远去贵州，山高路远，每年往返也就那么几天探亲假，有时候回去都来不及见面。她心里还是不断地会犯纠结，也会打长途电话给我，磨磨叨叨地说上半天，然后听我笑骂上几句，便舒坦了，从而安生一段时间。

近来十年，我们一家都谋生在外，偶尔回去也是来去匆匆，来往几乎中断。萍姐依旧是大病小病不断，他们的儿子也在外地工作了，基本上都是姐夫一个人忙里忙外，奔波在家和北京的各大医院之间。生命力极强的姐姐，曾先后几次死里逃生，受尽病痛的折磨。她凭借着顽强的生命力和姐夫的悉心照料，一次次闯过了鬼门关。

当萍姐终于无力回天，我赶回去送她最后一程。临进火化炉时，得知她生前最想要的那件蒙古袍还没到。那天我在最后一次看望她时，建议赶紧准备后事，备好她生前交代过的东西，以了却她的心愿。他们说她清醒时说过，死的时候一定要穿蒙古袍，可还没来得及选样，她就昏迷了，再也没有醒来。

都到这一刻了，我才得知衣服还在途中，他们已经打算放弃了。我却不甘心，赶紧让他们联系快递公司，那边说已经到了，正在派送。时不我待，我让他们先别着急火化，一定要等着给她穿上。然后我和爱人马上开车去取，偏偏我们和派送员翻了好几遍，怎么也找不到，派送员也急得满头大汗，说肯定是刚放进去的。火葬场那边在催，说不行就算了。但好在最后再翻时，发现衣服就在最下面安静地躺着。

或许冥冥之中，是姐姐舍不得离开她挚爱的丈夫和儿子，想和家人再多待一会儿，所以"制造"了这么一个"插曲"吧。我终于在他们准备放弃时赶到，在姐姐进炉前，把衣服盖在了姐姐的身上。历尽病痛折磨的萍姐，总算是安心地走了。我仰望着那缕青烟，心里终于有所安慰。

只有当死神站在门口，你才能深切地体会到什么是真正的无能为力。那种无奈、无助的感觉，是始料不及的揪心，是空洞的绝望。面对这样的场景，我们还有什么理由怨天尤人？至少在我们看上去还算健康的今天，尽量地去主宰自己的命运吧。

　　在姐夫身上，我看到了他对生命的另一种诠释，那就是：我，只要你活着！你的存在，就是我生活的全部意义！你可以不健康，可以无理取闹，但是，我需要你活着！

　　人生似乎就是这样，没有定义；没有对错；没有是非。存在的，就是合理的。

电扇，关了吗？

阿岚转过墙角的时候，一阵风迎面吹来，吹起飘逸的长发，她顿感步出闷热蜗居的舒爽。随之而来的一丝疑虑，却紧接着划过脑海："电扇，关了吗？"

抬腕看了下表，正是每天赶早高峰快车的固定时间。如果折返高层的出租屋查看，显然已来不及。不安的阴影开始扩散，头脑陷入纠结的阿岚，脚步并没作停顿。行走间，不由得又想到合租房大门。门锁已坏了很久，房客也换了几批，房东早就答应了，却一直未修理，继而又担心起最后走的人会不会把门关严，是不是会有人知道房门没锁而进去。

如果误了末班的快车，就意味着可能会迟到，那可是要扣真金白银的。阿岚是个仔细的人，每个月的房租、水电和生活费，基本上都是固定的数目。虽然一人吃饱全家不饿，但是需要打给母亲的生活费和自己另外积攒的一点钱，却必须雷打不动。打给母亲的钱，是为了帮弟弟还一部分买房的贷款。自己留存的一点，则是给自己未来生活的储蓄。如果一不小心失去了饭碗，等待自己的，将是一个阶段内的坐吃山空。合租房的几个屋子如走马灯似的，这半年已经换过了几拨。有几个年轻人，去年刚毕业的，前些日子失业，连房租也付不起，不知道去了哪里。

电扇即使运转一天，电费也不会有多少。比起主卧的空调，实在不算什么，让他多交点电费是应该的，他还不乐意，说阿

岚每天早晚都用电饭锅做饭呢。但阿岚只是简单地煮点东西吃，而他们也要烧水、玩电脑，且一个通宵一个通宵地玩！

阿岚也知道困扰自己的强迫症越来越严重了。外面的东西，贵还可以忍受，最怕的就是不卫生，仿佛那些病毒无处不在。令阿岚感到不安的，是因为最近的天气实在太热了，下班一进门就得打开电扇，夜里根本没法停下来。而现在担心的，则是已经转了一夜的电扇，连轴转下去，是不是会烧坏电机？如果坏了，又得买新的，就需要额外开支。权衡利弊，跟扣工资和全勤奖比起来，电风扇似乎就显得有点微不足道了，工资，可千万扣不得。

犹豫间车已经到了，阿岚习惯地往上提了提口罩，用戴好出门专用手套的手握着手机上车刷卡。还好车上人不多，难得有座位。阿岚挑了一个看上去显得干净利索的小伙子旁边的空座位准备坐。她从包的侧兜里，捏着边角掏出来一块整齐叠放在塑料袋里的方巾，仔细沿着边沿打开，在座位上铺好，才坐下来。比起平时站一个多小时的车程，坐下来的阿岚，感觉时间过得比平时快了许多。一般情况下阿岚都是站着的，还要时刻提防周围的人触碰自己。在阿岚眼里，任何人都可能是细菌或者病毒的携带者。更多的时候，即使有座位却没有顺眼的邻座，阿岚也不会去坐，宁可站着看窗外的风景。母亲和弟弟远在老家，自从去年阿岚过了 30 岁生日，母亲便把所有精力放在了孙子身上，也不再对她唠叨，似乎阿岚成家与否，已显得不再重要。

毕业留京的阿岚，几乎没有什么朋友，偶尔的偶尔，也会与留京的同学小聚。同事不过是工作交往，所以她很少去刷朋友圈或者聊天。遇到可以落座的机会，便难得有闲地浏览一下手机网页，也看看八卦新闻。平时空闲的时候，阿岚大都是在追剧，特别喜欢宫廷剧，尤其是《甄嬛传》，看了无数遍。在别人的世界里，植入自己的悲欢。

快下车时，突然翻到的一条消息，让阿岚如遭雷击，脑子嗡的一声，接下来便是一片空白。以至于下车时连方巾都差点忘了收，更没有像往常那样提前有条不紊地叠好。阿岚不知道是怎么走进公司的，甚至连写字楼的守门人追着她刷"健康宝"时拉了她一下，阿岚都没像过去那么嫌恶。

同事陆续进来时，阿岚下意识地又往上提了提口罩，比以往更严实地夹了夹鼻子。瞥见随意放在一边的手套，才惊觉自己竟然没有去洗手，也忘了给手机常规消毒。还像往常一样，依然纠结了一下到底打卡了没有。

阿岚在恐惧中惴惴不安地设想着可能的结局。懊悔着自己不该再次放纵，打破了去年独自一人生日时发下的不再与这个男人交往的誓言。阿岚之所以赴约，也是借机想找个解压的豁口。迫于环境的压力，今年写字楼里的公司，很多都在裁员，有一些公司早已人去屋空，空旷的楼道，很多顶灯都没有开，弥漫着令人压抑的气氛，弄得人心惶惶。因为疫情，阿岚过年没有回家。虽然他早已不再关心阿岚的状况，至少约会时，还能耐心地倾听阿岚积蓄已久的宣泄，给孤独的阿岚片刻温存。

明知道他有家室，给不了自己未来，阿岚却没能抵御来自成熟男人的魅惑。他是阿岚的大学老师，比早逝的父亲小不了几岁。在斯文和善的假面下，呈现着不为人知的一面。他有着令人羡慕的优越生活，妻子举止优雅，孩子优秀。阿岚总是不由自主地沦陷在困惑里。既然感觉到男人靠不住，那结婚又有什么意义？何必要给自己背上枷锁。若不是他曾对孤僻自立的阿岚灌注过父兄般的温情，并在阿岚走向社会时曾施以援手，阿岚怎么也不会对老师的索取沦陷。明知这不过是成年人的游戏，阿岚和身边的很多人一样，只能对现实妥协。

阿岚不是修女，也曾试着交往过几个奔着结婚去相处的对象。当激情过后，生活还原出本来面目，工作的压力、失业的困顿、没有责任心的散漫，让阿岚对男人越来越失望，渐渐地熄灭了对家庭的憧憬。再看看身边有些成家带小孩的同事，尤其是北漂，每天重复着一地鸡毛的琐碎，不时地抱怨着生活的烦恼，更让阿岚对未来感到茫然。一次次的失望，终于让阿岚彻底放弃了结婚的念头。

他和阿岚平时并不联系。虽然相距不远，虽然阿岚有时也会想他，虽然他只有在需要时才"想"阿岚。在这个陌生的城市里，毕竟他曾给过阿岚微薄的温情，也明白阿岚绝不会去打破维持平静的默契，有时甚至一年半载都没有音讯。前几天的约会，是因为北京降低了疫情风险等级，终于放松了出入京政策。一年多没有动静的他，前几天携夫人外出旅游，返回时夫人因约了闺密要多玩几天，所以先放他回来。而心血来潮想起阿岚的他，旅游的最后一站，就是大连。

阿岚第一次主动给他留言，问他大连现在是什么情况，然后在忐忑不安中等待回音。高度紧张的情绪，让头重脚轻的阿岚，感觉手脚发软，像要瘫痪了似的。隔一会儿她便会忍不住到楼下大门口去，为的是在体温测量器那里测一下体温。接着又开始纠结，想着自己万一已感染了还这么来回折腾，为可能会传染上更多的人而内疚。几次泛起要去医院检测核酸的冲动。

阿岚就这样心绪不宁，半天也没等到回复，偏偏从来不打的电话号码，被翻过 N 遍也不见踪迹，想是换手机时漏存了。做报表时禁不住连连出错，这种少有的状况，让一贯沉着冷静的阿岚，烦乱到了崩溃的边缘。阿岚不停地喝水，想以此来压制嗓子干痒得要咳嗽的欲望。她干脆把工作先放下，忍不住又去翻看有关疫情的种种。

看到网上有人说自测最简单的方法是憋气30秒，观察肺部是否异常。阿岚便不住地憋气，肺部倒没什么感觉，却把剑突下憋得生疼，头也感觉更加晕沉，浑身都觉得越来越热，便又禁不住上来下去地去测体温。

偏偏临时又接到去分公司对账的通知，而且马上就得走，第二天才能回来。赶在这个节骨眼上，一想到路上又要接触更多的人就格外犯怵，更何况家里的电扇也不知道是开着还是关着，阿岚实在不想出门。

阿岚原本就不愿意去人多的地方，疫情一来，更是厌恶接触陌生人，只怕碰上不干净的东西。本来每天进门就必须先洗涮的，没想到这疫情一来，她除了洗澡换衣，还得时时刻刻惦记着消毒，皮肤让酒精刺激的都快脱皮了。而在今天这种情况下出去，阿岚更怕的是万一要是发病，那得有多少人跟着遭殃啊。现在大数据的追踪是那么令人恐怖，一旦追查到那天的行踪和传染源，岂不是得身败名裂？这似乎是比死还要严重的问题，阿岚不由得打了个寒战。

可不去工作显然是不行的。阿岚只好更严实地包裹起自己，有中暑的感觉。一次次发出的信息依然如石沉大海，不由得又为他担心起来。莫非他已发病被隔离了？他在发烧吗？他会死吗？同学、同事和他的家人若知道了他们的事情会怎样想？是幸灾乐祸地诅咒还是怜悯呢？阿岚又想到母亲，突然责备起自己的自私。为了省钱，除了过年，平时阿岚几乎都不肯回去。阿岚突然就有了想把自己所有的积蓄都打给母亲的冲动，万一自己走了，也好让母亲短时期内的生活不至于拮据。一夜被噩梦惊扰着，就在这样的惊惧和臆想中，眼睁睁地透过窗帘的缝隙看着天色渐渐放亮，及至站在窗前时，马路上已是车水马龙。

好不容易处理完工作，挨到回家的路上时，不禁又想到家里的房客。平时总是嫌人家邋遢，公用的区域又没办法避免，想不合租就得多花不止一倍的钱，想想只是个睡觉的地方，没必要那么奢侈，将将就就地这么多年也就过来了，真是委屈了自己。这几个房客不知道都是干啥的，隔壁的女孩好像是跑销售的，只要在家总是不停地打电话，吵得人心烦。一个是外卖小哥，每天都把车推上来在厅间充电，多危险哦，要不要举报他呢？主卧的那个，更是神龙见首不见尾。这样的人每天都在到处乱跑乱窜，回来也不注意，真不让人省心。阿岚曾不止一次地提醒他们注意防护，弄得他们几个看见阿岚在家，就蹑手蹑脚地躲着走。他们不再像刚住进来时那样，有稀罕的东西拿出来与她一起分享，因为在阿岚眼里，他们看到了纠结和嫌恶。

阿岚突然想到自己的现状，不由得幽幽地叹了口气，现在的自己，还有什么资格再去抱怨别人？想起了过去时他们的热情，不由得又对合租的几个人心生歉疚，若是因为自己这次的不检点，让别人放弃生计而被迫隔离，对他们来说似乎有点太不公平。

阿岚就这么胡思乱想的时候，已经下车走到了楼前头，忍不住抬头看了一眼顶层蜗居的窗口，胃里不禁一阵搅动。这才想起自己已经两天没吃什么东西了，喉头像塞了一团棉花。

就在此时，阿岚的手机响了，没有显示姓名，阿岚以为是推销电话，直接挂掉了。电话固执地再次响起，阿岚摁了接听。他的声音急切地传来，连声道着歉，说是这几天不停地被多个部门询问，并已做了核酸检测，刚得知结果，一切正常，让阿岚放心。

阿岚说："你怎么不回微信呢？"

他说平时在家习惯了关闭微信的提示，赶上这两天忙活更是没注意看，实在是不好意思。他又笑着说："若是有事，早就会有人通知你了。这大数据，谁能躲得过？"

阿岚说："没事就好。"

他说："我想你了……"

阿岚顿了顿，把电话挂掉了。

转过了楼角，一阵风迎面扑来。阿岚堵了两天的喉头，似乎一下子被风给捋顺了，头脑也渐渐清晰。想起屋里的电扇，阿岚不觉加快脚步走进了小区。

好好活着

写下这个题目的时候，心里的感受真的是五味杂陈，迟迟不知该如何提笔，搁置了很久。眼前时常浮现出的，是兰儿告诉我，关于她从鬼门关溜达回来，睁开眼睛的情形。

认识兰儿，是在一次群活动的郊游。当我们已经陶醉在油菜花馥郁的芬芳里"搔首弄姿"时，迟到的兰儿，大声嚷嚷着匆忙赶来，为摄影师只顾拍美女而忽略了她在 QQ 群里的呼喊，没有及时引导她找到队伍而喋喋不休。而后兰儿还故作娇柔，一脸嗔责地捶打摄影师老头儿哥。

兰儿是她的网名，她的真名叫何珺。我与她是在玩群时结识的。那时的她有点自卑，刚走出自己原有的圈子，接触到外面的世界，还带着几分不太懂人情世故的茫然。我们开始的沟通主要来自网络，她聪明好学，大家在网上聊得很开心。

这次是第一次在线下见到她。出于对她的好奇，我在一旁留心观察着她的一举一动。

只见她一头秀发，浓眉大眼，身材高挑，刚才还一脸委屈地跑过来，撒着娇拍打着摄影师，马上又破涕为笑，"霸气"十足地加入了摆拍的队伍。我不禁哑然失笑，既为她孩童般的天真欣喜，却也在心底不经意地划过一丝怜惜。

看着她不慌不忙地选择不同的角度和道具，娴熟地摆拍，举手投足恰到好处，配合镜头表现出老道的"明星范儿"，让从来不会摆拍的我，倒有点心生羡慕。只见她一颦一笑落落大方，不张扬，不媚俗，嫣然一笑，魅力十足，完全看不出是个失聪的残疾人。

摄影师"老头儿"大哥，酷爱摄影，尤其是对长城的喜爱，简直是如痴如醉，经常独来独往，他的另一个网名就叫"独行侠"。对北京周围的长城，他简直可以说是如数家珍，尤其是野长城，更是遍布着他数不胜数的印迹。

这次去拍油菜花田，认识多年的老头儿哥，把我也拉进了组织活动的摄影群。群里的人都喜欢和脾气随和的他开玩笑，而每每他在群里出现的第一时间，就会看见兰儿跳出来，令人吃惊的是，她打字倒是很快，她和那些姐妹们边打招呼，边明确地提醒着约拍的美女们："老头儿是我的！"

了解她的人，都会善意地笑着开上几句玩笑，而对那些故意扭曲她意思的男士们，兰儿则是毫不客气。如果有人玩笑开得稍微过头，作为管理员的兰儿，居然会直接送人家"飞机票"开踢。有时让群主也很无奈，只好偷偷地把那人再拉进来。

大哥私下里给我解释：这个兰儿听不见，性格有点乖张，不会拐弯。她会读唇语，可以说话，最近几年一直跟着他出去当模特拍照，开始时因为脾气古怪，不懂怎么和别人相处，得罪过不少人，现在已经好多了。

一起玩过几次后，她对我敞开了心扉，她扮着鬼脸"说"，自己是爱玩、爱闹、爱拍摄、爱臭美的兰儿，也是个有点"二"的"兰二"。随着了解的深入，我慢慢地触摸到了兰儿笑容背后的伤口。

兰儿出生在一个知识分子家庭，有一个大她七岁的聋哑哥哥。她说如果不是因为哥哥的残疾，可能就不会有她的出生。

6岁之前的兰儿美丽聪慧，能歌善舞，是父母的心肝宝贝。而6岁那年，因为一场疾病，不幸造成了药物性耳聋。忧心如焚的父母，不愿让她像哥哥一样，永远地生活在无声世界里。焦急地背着她四处去求医问药，然而却没能挽救兰儿失聪的命运。要强的母亲是她的启蒙老师，每天坚持教她读唇语、学拼音，坚持"看嘴说话"。等到了该上学的年龄，母亲怕她去聋哑学校会失去已经形成的语言功能，便求爷爷告奶奶地，总算找到了一个可以接收她的正常学校。

一个失聪的女孩子，在一个被正常人包围的环境里生活学习，其艰难程度可想而知。她尽力努力地学习，但也免不了会受到某些同学的欺负，也经常被男同学恶作剧式地戏弄。

母亲心疼女儿，为避免她受到不必要的伤害，对她看管很严，刻意限制她接触社会。那时的兰儿除了学校就是家，基本上是两点一线穿梭在封闭的空间。她完全生活在自己的世界里，压根儿不知道应该怎么去和别人相处。用她自己的话"说"：那时的我什么都不懂，傻了吧唧的。

因为听力丧失，她学习非常吃力，中考时总分过线，却因为数学单门4分之差，与高中失之交臂。绝望之际，兰儿一个人躲起来偷偷地哭泣，并且第一次有了一死百了的念头。

两个月后，母亲费尽周折，在街道办的集体福利厂，给她安排了打字员的工作，从此兰儿走向社会。年轻的兰儿心高气傲，羡慕着正常人的美好，对现状非常不甘心。她总觉得命运不公平，所以事事争强好胜。

再后来，兰儿有了意中人，她刻意选择了一个健康的正常人作为将来生活的伴侣。在特殊人群中，兰儿算得上是个佼佼者，也是个幸运者，她顺利地结婚生子，爱人对她呵护有加。

但是，好景不长，随着单位改制，人到中年的兰儿却失业了。

要强的兰儿，虽然彼时的生活已经平稳，但她还是坚持自强自立，谢绝了爱人让她留在家中照顾孩子的建议，坚决地要走出去自食其力，尽管骨子里自卑的她，很想躲在爱人的羽翼下过安逸的生活。

而这也让兰儿真正实现了自我。这期间，她做过保洁员、临时工，直到命运出现转机。

当她从在残联工作的朋友处，获知残联公开招聘残疾人专职委员的消息时，不服输的兰儿立刻报名参加了考试，顺利通过后，在家门口的社区残联开始了新的工作。

残联的工作是琐碎的，凡是惠及残疾人的政策，都需要及时传达或者办理。刚开始接触时，兰儿感觉特别困难。特别是在办理残疾人证、重残补贴时，还需要入户调查。因为听力原因，她没办法打电话预约，只能挨家挨户地去入户发放通知，必要时还得请同事帮忙打电话。

好在社区居委会的大爷大妈们都是热心肠，尤其是那些大妈们和她的顶头上司居委会副主任，给予了兰儿非常大的帮助，社区的残疾人朋友也都理解支持兰儿，慢慢地，兰儿的工作得心应手，步入了正轨。

通过在残联工作，兰儿别的潜能渐渐地被激发了出来。她开始系统学习手语，并积极参加各种活动，包括各类演出，且取得了出类拔萃的成绩，被评为区优秀聋人，得到了区残联领导和聋哑人朋友的信任和支持。这些活动使兰儿渐渐地找到了自信，也让我们看到了今天这个阳光灿烂的兰儿。

作为2008年奥运会的志愿者，兰儿跟随社区的同事们，一起参加了这个重大的活动，性格也随之更加开朗，敢于大胆地去接触更多陌生人，真正地跨进了大千世界。

从2008年到2017年，兰儿连任了两届区残联聋人协会副主席，其间，兰儿除了正职工作外，还兼职区聋协工作，两头跑。区聋协工作基本上都是尽义务，只有一点点微薄的补贴，对此兰儿并不在乎，她更看重的，是能在这份自己热爱的工作中，真正体现出自己的价值。

这是脱胎换骨的十年，让兰儿在各项工作中看到了不一样的自己。

机遇又一次降临到她身上，在一次残联招聘中，兰儿看到了一个更适合自己的岗位，已经变得极为自信的兰儿，为了考验自己，毅然辞去原职，迈进了一家外企，在这个完全与正常人打交道的工作圈，干起了财务文员。得心应手的工作让她非常开心，直到办理了退休后又被单位返聘，一直干到了2020年。

就在兰儿风生水起，满怀信心享受生活的时候，老天爷又给她开了一个不小的玩笑。

当兰儿发现自己感觉疲倦，口渴多尿，越来越瘦时，以为是太累的缘故，就拼命去补充营养。可不但症状没解决，反而开始呕吐、腹泻、浑身乏力，家人赶紧带她去医院，等待检查结果时人已经瘫软，血糖突升至34mmol/L，医生诊断为酮体酸中毒，接着下了病危通知。当在抢救室待了三天，转入病房后的兰儿，得知自己得的是糖尿病时，不禁又一次痛恨造化弄人……

看着各自忙碌的家人有时无暇顾及自己，兰儿便不得不硬着头皮自己辗转于单位、家和医院之间，因为沟通障碍带来的对病情交流的不便，用药不精确，引得病情时常反复。失落的兰儿慢慢地开始抑郁，渐渐地绝望了……

在一次心情极度压抑的时刻，躺在沙发上的兰儿，无限留恋地盯着家人半掩着的卧室房门，纠结了许久许久。带着对家人的不舍和不能再照顾儿子的歉疚，兰儿轻轻地留下一声叹息，把剩余的半瓶胰岛素，缓缓地推进急于解脱的躯体……

幸亏发现及时，经过抢救，兰儿死里逃生。之后，随着慢慢地掌握了用药剂量，兰儿渐渐地控制住了自己的病情，再看着心疼自己的爱人和孩子，逐渐打消了自杀的念头。

而后遇见善良的"老头儿"大哥，在每次群活动出去拍照时，比别人更照顾她，还告诫她要学会宽容，与人相处，不要锋芒毕露。

每次外出时，善良的大哥都会照顾她、迁就她，这对自感缺乏关爱和渴望得到理解的兰儿来说，非常难能可贵，兰儿从善如流，连连说自己遇到了好人，所以对"老头儿"是如父如兄般的亲近，从此也理所当然地把他当成了自己的保护神。

每次拍完照，她都会精挑细选，聪明如她，照片的后期处理也相当到位，再配上灵动走心的文字，上传到空间，那些或典雅，或风情，或调皮，或仙风道骨的诗情画意，便跃然眼前，给人以质感，定格为永恒，大家都佩服她的聪慧。

兰儿表示："我觉得现在活着挺充实的。每天还能上班，不是为了赚多少钱，是觉得工作让我更能体现我是一名社会人的价值。休闲的时光，我最喜欢逛街、拍照，现在我又在学习摄影了，尽量让自己更充实快乐。我出门在路上，遇到过很多次危险，但是总能脱险而出，别人都说我有福，其实我反应还是挺快的，哈哈。"

当她把自己的故事讲给我听时，也为我打开了一扇陌生的大门，得以潜进失聪人不为人知的世界，去体味这个弱势群体的艰辛。

因为疫情，兰儿这次彻底离开了工作岗位，回归家庭。

现在的兰儿已经全身心地投入摄影当中。这几年的疫情，也让她有机会在沉淀中反思过往，并在不断的学习中，取得了一些成绩，我由衷地为她感到欣慰。

听不见声音的世界是孤独的，幸亏她有一双善于发现的眼睛。她用取景框为自己开启了另一个世界，用心灵去"倾听"大千世界，用相机真实地记录生活中的美和感动。

她在写生中感悟人与自然，努力挖掘生活中的点点滴滴，尤其陶醉于人像摄影，喜欢捕捉表情的灵感，让人物形象达到以形传神、形神兼备的效果。

当摄影已经成为兰儿生命中无法割舍的一部分，就慢慢地演变为忘却自身病痛的良药，她那么严重的糖尿病，现在反而日渐稳定。这也增加了她的信心，让她越来越强烈地想把摄影当成余生为之奋斗的事业。

孤独的自由，强于一群人无谓的狂欢。她在不断的学习打磨中提高着，并在我的鼓励下尽量去参与实践，参加更多的社会活动，而且取得了很好的成绩。

一个听不见声音的人，在付出无数的艰辛后，终于把自己打造成一个快乐的摄影人。用眼睛"聆听"到世界的另一种美好，那是精神涅槃后的天籁。她说："我们聋人的世界是纯净的，也是敏感的。我们习惯用心看世界，用眼睛'看说话'，最希望的，就是能够得到更多正常人的理解、帮助和关爱。都过去大半辈子了，我也不求余生能有多少富贵，在剩下的日子里，我只想好好活着。"

我想去兴凯湖

兴凯湖是中俄界湖，或许我曾经在学生时代的地理课本上邂逅过它，只是毕业时又交还给了老师，就像徐志摩的《再别康桥》："我挥一挥衣袖，不带走一片云彩。"

真切地知道兴凯湖，是先知道兴凯湖农场，因为陈州海大哥经常提起，而且不止一次。他与兴凯湖结缘，已经过去了半个世纪，在陈大哥的人生长河中，兴凯湖既是一朵浪花，不时荡开涟漪，更是一个挥之不去的烙印，深深地刻印在他的心底，并早已渗入他的四肢百骸，令他在失眠的夜里辗转反侧。曾经发生在那里的一幕幕往事，就像开湖时的流冰，时隐时现在记忆的渡口，让他一直在寻找一叶摆渡灵魂的扁舟。

想打开他的话匣子，并不是一件容易的事情。在他完全对我敞开心扉后，我才了解到，他在黑龙江生产建设兵团四师四十三团十四连屯垦戍边时，就是当时被大家公认的故事大王。及至后来在我们时断时续的交谈中，他给我讲述的人与自然的故事，不由令我心生向往。而他这样一个看上去是那么和善、乐观和平易近人的人，却能把在那十年中，发生在自己身上的故事隐藏了五十年，甚至连那些朝夕相处的老战友都不曾察觉，想来他曾经忍受了多少孤独，更是需要多么坚强的定力啊！

当他终于有一天出于对我的信赖，忍不住把他压在心底几十年的往事，对着我一股脑儿地倾诉出来时，一吐为快的轻松感，让他终于可以踏踏实实地安睡了，不再被往事所纠缠。

　　我把那一桩桩一件件真实发生过的逸事，全部记录了下来。本着对文中所提及的人物、事件和时间的准确性及负责的态度，我们又分头做了细致严谨的考证，力求还原历史的本来面目，让那些久远的人和事，真实地再现在人们的视野。我深深地感动于他们那一代人曾经的付出和艰辛，也为发生在他自己身上那些鲜为人知的小片段开心、同情、悲哀抑或欣喜，最后以纪实文学的形式整理成《兴凯湖逸事》。

　　作品在杂志和网络平台发表后，引起了很多人的关注。特别是他的同龄人以及兴凯湖农场的后代们，说那是一代人真实的记忆，很多人对我说，这篇文章写出了他们的心声。而那些体现兴凯湖自然风貌原生态的小片段，所表现出的人与自然的对立与和谐，更是令人羡慕神往。

　　陈大哥不愧是个善于讲故事的人，在我们交谈的过程中，我一次次在他那被命运的车辙碾轧过的额头上，在那些无法再抹平的沟壑中，看到了他焕发出的神采。

　　陈大哥很少提及当年所受的苦和累，流露出最多的情绪是感恩。特别是当他讲起大车班运粮的情景，说起那些赶马车的车把式们甩鞭子的绝活儿，他的眼睛便熠熠生辉，仿佛那些镜头又闪现在眼前。那些老职工们，偷偷地给他塞过的纸包里，有平时吃不到的稀罕食物，或者只是一块咸鱼，在那个天天窝头就咸菜的岁月，这小小的奢侈，曾经喂养和满足了他的味蕾和情感。

　　每到收获的季节，当一匹匹高头大马，满载着被车主人高高垛起的稻谷或者麦捆，一字排开奔驰在林荫大道上时，他和同伴们趴坐在高高的粮垛上，高声大喊着呼应或歌唱，暂时就会抛却劳作的艰辛，那可真叫一个美！这不由让人想起电影《青松岭》里《长鞭一甩叭叭响》唱出的情景。陈大哥业余时间经常跟着顾强、班长许成友以及多才多艺的王学忠等这些忘年交们一起去喂料、遛马，看他们装车、运货、驯马、调理马，在这些日常生活中，他们加深了友情，让北大荒的风不再生硬和寒冷。

久远的兴凯湖，给陈大哥留下了难以磨灭的印象，他说每当午夜梦回，那一幕幕的往事，就像电影里的画面，令他辗转反侧，怀念不已。转眼间这么多年过去了，当年的同伴们都已步入了老年，有些同学和兵团战友已经故去了，曾经的那些老职工们，可能这辈子怕是再也见不到了，只有在心里默默地感恩和怀念。老职工们曾经对他的关爱，也一一被他收藏在感恩的心底，即使那些人已经走出他人生的视线，他们的名字也从来不曾被遗忘。

人生几十年，仿如白驹过隙，不过是弹指一挥间，人已步入古稀之年。陈大哥说："人啊，越老越爱怀旧，儿时捉蝈蝈儿、掐蛐蛐儿的情景恍如昨日，而那些和小伙伴们在胡同里踢足球，曾经废寝忘食的日子，课余期间打乒乓、抢篮板的场景更是历历在目。"

他儿时住在北京西单附近石驸马大街的一个深宅大院里，那条街现在叫新文化街。据说那里曾经是明朝时期驸马府的辅助建筑，四合院，环境非常好。他当时在北京的胡同里小名叫巧妙儿，领略过很多大起大落的人间悲喜，也目睹了不少可歌可泣的人生传奇。当他跟随着学生大军登上北去的列车离开北京时，才正式结束了学生时代，在广袤美丽的兴凯湖，开启了将近十年兵团生活的序幕。

在纪实文学其中的一篇《初到兴凯湖》中，我用他的口吻这样描述过：

下了火车，前来迎接我们的是一水儿的捷克太脱拉卡车，整整18辆，高底盘，那叫一个壮观威风。去往农场的路，当时有很长的一段土路，太脱拉卡车一加油门，那叫一个"黄土飞扬烟尘滚滚"。我们初出北京，好多人没见过真正的原野景色。一路上有茂密的原始森林，还有一望无际的开满五色鲜花的草甸，当时并不认识沼泽，只看到一块块有水流蜿蜒的湿地，如一道道的闪电，美轮美奂。我们都被这巧夺天工的原生态所吸引，深深地被震撼，犹如误入了仙境。

随着陈大哥的讲述，那原生态的美景所展现的画图一步步吸引着我，忍不住跟着他游走。他说兴凯湖的秋天非常赏心悦目，浩瀚的兴凯湖烟波浩渺、水天一色，无边的原野上，除了丰收在望整齐的田垄，就是一大片一大片野花星罗棋布的草甸。尤其是那一丛丛竞相怒放的野菊花，尤为瞩目，深嗅一口，香气馥郁、沁人心脾。远处的山峦若隐若现，云雾缥缈，犹如仙境。他说兴凯湖盛产水稻、小麦、大豆和各种鱼类，号称"北国江南"，是真正风景如画的鱼米之乡。在兴凯湖区，基本上有水的地方就会有鱼。当地的职工平时也都会去打鱼，除了留下现吃的，剩下的都腌制起来，等到千里冰封或是青黄不接的时候，拿来当菜下饭。说到这里，我能看得出陈大哥发自内心涌上来的笑意，接着又听到他非常开心地讲起他在秋收时守夜的经历。

他说每到秋天水稻收割的季节，野鸭子就不知道会突然从哪里冒出来。它们成群结队地飞到水稻田。尤其是当人们刚把割好的水稻打成捆堆积在一起，这时水田里的水还没有干，因为地湿，马车进不去，水稻就暂时还不能拉出去。

一到夜幕降临，黑压压的野鸭子就会蜂拥而至，它们扁扁的嘴，仿佛天生就是为吃稻谷而生的。只见它们伸出脖子，用长长的扁嘴叼住稻穗轻轻一撸，一整颗的稻穗便所剩无几。这些刚收割的水稻，便成为它们的饕餮盛宴，它们肆无忌惮地享受着美味佳肴，好为过冬积蓄能量。

每年的此时，都是野鸭肆意挥霍的时刻，而且是将稻谷连吃带毁的，危害性极大。为了防止它们糟蹋水稻，连里每年都会抽调人员在夜里执勤。那年安排的是陈大哥和齐齐哈尔知青于和顺，并发给他们每人一杆猎枪，每天不等天擦黑，他们就要去水田里驱赶野鸭子。

他说："嘿，这差事可真不赖，从小到大，我还是第一次玩猎枪呢。"第一天，当黄昏的天际，还布满灿烂的霞彩，他们哥儿俩就迫不及待地带着大衣，背上猎枪，早早地来到水稻田，经过一番仔细勘察，选中了一个比较大的稻垛，然后披上大衣蹲卧在水稻堆里，还学着军演时的样子，用水稻做伪装覆盖在身上，以防被"敌军"发觉。

太阳终于落山了。天刚刚擦黑，就听到远处野鸭子"嘎嘎嘎"的叫声传来，转眼间成群结队的野鸭子，便进入了他们的视野，铺天盖地地向水稻堆扑来。终于有一群向他们埋伏的地方飞来了，那时他们真是既紧张又兴奋，就在野鸭子收拢翅膀，马上就要落下来的时候，他们两人不约而同地扣动了扳机，把早已举着的猎枪射向野鸭群。

"砰砰砰"几声枪响，几只野鸭子随着枪响应声而落，其他的野鸭受惊，赶紧扑棱着翅膀，仓皇地向远处逃去了。只见那些已经散落在远处谷堆上的野鸭群，听到枪声后，也"嘎嘎嘎"地惊叫着，一哄而散向远处飞去。

他们非常庆幸第一次用枪就打到了野鸭子，却也遗憾开枪过早，没能多打下来几只。当时用的猎枪其实就是砂枪，装的是铁砂，打出去会形成一个扇面，如果能掌握好的话，一枪出

去是可以打一大片的。及至现在笑谈起来，陈大哥都觉得当时的自己"可真是够笨的"。

开心的事情说起来，就像是一把钥匙，在不知不觉中，让陈大哥放下了惯有的矜持，打破了以往的谨慎。他说在兴凯湖的十年中，最惬意的时间，是在湖中小岛二旮瘩上的两年，那里有远离尘世的轻松，但也经历过两次不为人知的危险。

小兴凯湖里面有四个小岛，当地人称其为大旮瘩、二旮瘩、三旮瘩、四旮瘩，只有二旮瘩上有两排草房，每年夏末秋初时节，兵团战友们会在那里住一段时间割草、割芦苇，其他的旮瘩上都没有房子。房子的墙壁是由荆条编织成的，外面用泥巴涂抹在荆条上挡风防寒，屋顶是由当地一种叫小叶樟的牧草铺盖的，那种草有一米多高，草质非常柔软。

在陈大哥要求去看守草料的请求得到批准后，他终于如愿以偿地一个人带着七条狗住到了小兴凯湖的二旮瘩上。

冬天的小岛和冰冻的小兴凯湖就连成了一个整体。特别是在雪后，一望无际白皑皑的雪湖平如镜面，陈大哥平时没事就带着狗四处巡视，有点像是荒岛的岛主。

他说那次的大雪接连下了三天三夜。先是刺骨的寒风裹挟着鹅毛似的雪片儿铺天盖地而来，一层一层、密密匝匝的；紧接着狂风又起，夹杂着雪粒快速翻滚，漫天飞舞着如烟似雾，天昏地暗一片迷茫，像沙尘暴似的，把原野全部遮掩了起来。当地人管这种情形叫"大烟儿泡"，这也是北大荒冬季里一道独特的风景。

雪后初晴，艳丽的阳光映照着白茫茫的雪原，晃得人睁不开眼睛。蛰伏了三天三夜的陈大哥，迫不及待地用力把门"撬"开，想赶紧出去"放风"。那些被大风肆虐来回碾压下的雪，早已不再是柔软的初态，而是坚硬无比。幸亏门是向里拉的，若是向外推的话，只怕是要被困住了。

陈大哥刚把门撬开一条缝隙，几条狗已经急不可耐"嗖嗖嗖"地蹿了出去，等他走到门外的时候，已经看不见它们的踪影，除了雪地上的印痕，早一溜烟地撒欢儿跑得没影了。

门外积雪没膝。他顺着它们的脚印走了一段距离，猛然看到远处有几个小黑点，近些才看到是他的那些狗儿们正死命地往回逃窜，一个个尾巴夹得紧紧的。在那滴水成冰的天气，狗儿们却个个吐着舌头，眼睛里闪烁出巨大的恐惧，看到他时，就拼命地往他的腿中间钻，是从来不曾见过的景象，令人不禁诧异。

陈大哥不由顺着它们的来路看去，开始并没发现什么异常。远处是一个小山包，上面有一些光秃秃的林木。旁边连接着的，是一大丛干枯的芦苇。再看芦苇旁边的雪地上，似乎有几个黑影，开始他还以为是石头，心说，这大雪咋没盖上呢？待仔细定睛一看，不由得倒吸了一口凉气，一阵心悸——狼！

只见三匹狼依次卧在那里，盯着他们的方向。狼前腿直立，后腿卧着，个个一副气定神闲的姿态，仿佛是在守株待兔，看上去完全是一副老神在在的样子，静等着猎物靠近它们的伏击圈。

冬季的兴凯湖，周围几十里都没有人烟，平时除了连里来马车拉草，偶尔能见到的人，就是冬闲时农场有打猎证的猎人了。陈大哥本来是为了这一份宁静，才争取到这儿来的，但现在周围是一望无际的雪原，四下里只有他孤身一人。面对蹲伏在不远处的三匹饿狼，再看看脚下这一群蜷缩筛糠的菜狗，绝望之感，瞬间席卷全身。

听到这里，我也不由得为陈大哥捏了一把汗，心说一个不到 20 岁的年轻人，完全没有绝地生存的经验，怎么可能不害怕呢？他说当时的大脑真的是一片空白，惊惧之余，却又不得不强自镇定。

在和它们对峙片刻后，陈大哥便竭力抑制住发自心底的恐惧，强迫自己冷静，再冷静，接着勉强活动了一下绵软的双腿，看了看仰着头紧盯着自己的领头爱犬"狐狸"，轻轻地摸了摸"狐狸"的头，坚定地看着它，然后举起手中平时出门随身带的铁钎子，冲着狼群的方向，嘴里开始发出"啾——啾——"的驱赶声。

狗儿们听到进攻的指令，似乎有些意外，不相信地看看远处的狼群，又看看主人。陈大哥这时坚定地不断发声，而且已在缓步移动，几条狗也只好不情愿地紧盯着他的动作，亦步亦趋地向狼群挪动。随着他声音的加重，"狐狸"开始慢跑，其余的也只好紧随其后，但是还不放心似的，跑几步就会停下来，回头看看它们的主人是否跟上来。

陈大哥说，事到如今，逃跑只能是死路一条。这些饿狼，绝不会等他跑进屋里，它们会蜂拥而至把他和狗一起撕成碎片，以填饱它们那饥肠辘辘的胃腹。

对面的狼群，开始是静静地坐卧着，监视着他的一举一动，后来看他发起进攻，似乎有些疑惑，慢慢地支起身子，站立了起来，并开始在原地踱步。然后它们互相望着，往一起凑了凑，似在商量对策。

时间在一分一秒地过去，距离在一点一点地缩短。狗儿们只好发挥出平时逮鸡捉兔的勇猛。

当陈大哥已经可以清晰地看见狼的毛色时，心说这一场恶战是在所难免了。可出乎意料，就在彼此的距离越来越近时，狼群居然选择了撤离。陈大哥赶紧立在原地，紧紧地盯着它们的举动。直到目送它们慢条斯理地离开，他清晰地看到断后的那只狼，还刻意地回头望了他一眼，好似心有不甘，最终还是不情愿地缓缓钻进了芦苇丛。

待确定狼彻底消失的瞬间，陈大哥说他就像是被火燎着了似的，忙不迭地转身就跑。等他狼狈地逃回屋时，那几条菜狗，却早已先他而至，正趴在门口喘粗气呢。

看到我如释重负的样子，陈大哥温暖地笑了。他说这个经历很少跟别人提起，主要是怕别人听了也不相信。你想一个人和一群菜狗，面对着三匹饿狼，而且最后还是饿狼先逃走了，怎么听都感觉有点像是在吹牛。说着说着他又笑了，还有点小得意，说事实的确就是如此。

还有一次，陈大哥带着狗出去溜达，在一个山冈附近，突然发现平整的雪地上到处是坑坑洼洼的，黑土被翻拱了出来，一大片的土地，就像是被炸弹扫荡过似的，不由得令人心生怯意。突然，传来一阵狗的狂吠，跑在前面的狗狗已经冲上了山冈，陈大哥便也赶紧快步跟了过去。

因为灌木丛生，陈大哥只好披荆斩棘，走得有些艰难。等他到了跟前，发现狂吠的狗儿们突然安静了，停下脚步一抬头，目之所及，赫然出现了一头被狗围困在中间的野猪。野猪的肚腹部就在陈大哥的眼前完全呈现，不由得惊呆了他。估计是饥饿的野猪在翻找食物时被狗儿们发现的，然后狗儿们群起而攻之，追逐到了这里，它们看到陈大哥时，都静止了下来。

相较于上次遇狼时的窝囊，狗儿们这次的表现可谓是勇敢了许多，简直可以说是勇猛异常。它们面对狼群那种望风而逃、魂不附体的熊样儿，每每想起，都让陈大哥后脊梁冒凉气，真的是心有余悸，还有点恨铁不成钢。鉴于它们后来的表现还差强人意，陈大哥说他真是屡感侥幸，那次若是稍微不慎，只怕早就命丧狼口了。

话说回来，这几条狗，来之前在场部的时候，有几条原本就是看猪舍的"猪倌"，所以它们对猪倒并不陌生。虽然面对的是野猪，但是狗儿们并不了解家猪与野猪的区别，没有吃过苦头，也就不清楚野猪的厉害。除了长相有点差异，估计家猪与野猪近亲的气味还是有点相近吧，所以狗儿们只管拿出"管理员"的姿态来对付它。

如此近距离的接触，陈大哥也不敢轻举妄动，僵持了一会儿，他开始轻轻地发出指令"啾——啾——"，狗狗们似乎早已等得不耐烦了，它们随着指令开始发动新的攻击，却一直未能奏效。

只见几条狗把野猪围在中间，不停地冲着野猪叫嚣着。过了一会儿大概发现此猪非彼猪，难以轻易让其"臣服"，于是爱犬"狐狸"开始变换策略。它站在野猪的尾部，观察着，伺机而动。几条狗轮番想靠近，野猪却防御很严，一点没有露出破绽。

只见野猪背脊上硬而粗长的鬃毛直立着，眼睛警觉地观察着周围的变化，隐约外露并向上翻转的獠牙透露着凶狠，一点没有"蠢猪"的笨拙，敏捷转动的身体抵御着群狗的袭击。

可能是初生牛犊不怕虎的缘故，小狗"大清"，像个调皮的孩子，正好在对着野猪头的位置，只见它突然发力向着猪头冲去，估计是想跟管理家猪似的，一口咬住脖子来制服野猪吧。没想到野猪猛一回头，用长长的拱鼻"啪"地一下子，就把"大清"甩到了旁边的树干上，可怜的"大清"惨叫着半天没动窝，脸上被撞击出一条血口子，瞬间血肉模糊。

就在野猪回头的瞬间，随着身子用力时的倾斜，终于不小心把"破绽"露了出来，伺机而动的"狐狸"敏捷地一下子蹿了上去，使出了制服种猪时的绝技，一口死死地咬住了野猪的后腿。野猪吃痛，这一惊可是非同小可，"嗷"的一声，"唰"地一下子来了个180度逆转，冲着被猛然甩开的"狐狸"而去。"狐狸"也是机敏异常，一个鲤鱼打挺，马上翻身掉头就跑，野猪紧追其后，不过间隔四五米的距离。几条狗也紧跟着蹿了出去，在它们身后紧追不舍，速度之快，让陈大哥始料不及，转眼间就消失了踪影。

这时的陈大哥不禁心生怯意，也没敢继续上前，赶紧折回住处。等他回到屋前时，看到狗儿们已然摆脱了野猪的追逐又是先他而至，只见它们累得一个个趴在地上，吐着长长的舌头，急促地"呼哧呼哧"喘着粗气，呈现出前所未有的疲惫。

说到这里，陈大哥又笑了，这次的笑显得更轻松了，这些蹉跎岁月里的火花，是他埋藏了多年的小秘密，现在终于找到了可以倾诉的渠道，让他如释重负，感到前所未有的轻松。

他说在二旮旯上最美的一次邂逅，是遇到了真正的狐狸。说起来，狐狸真的算是动物界里最狡猾的精灵，有灵性，跑得也快。它不但聪明睿智、警惕性非常强，并且具有敏锐的视觉、嗅觉和听觉，除了误入陷阱或被枪击，很难被人活捉到。

因为狐狸有比较珍贵的皮毛，所以被很多的人饲养和猎杀。尤其是狐狸那条美丽的长尾巴，既能帮助它们保持平衡，尾尖的白毛还可以用于迷惑敌人，扰乱敌人的视线，却也成为它们致命的所在。它们是商人眼里的珍宝，是猎人们手里的财富。但是对于捕猎者来说，要想完整地捕获一只狐狸，就需要比狐狸更敏锐、更机智，所以也更具挑战性。

陈大哥那次与狐狸相遇时，是他正带着三条狗在外溜达。突然狗们就狂奔了起来，只见在不远处的一堆牯草丛中，蹿出了一只狐狸。发现狐狸后，狗就开始追击，狐狸跑得飞快，狗已经是使出全力在狂奔了，却怎么追也追不上，就差那十几米愣是够不着。更可气的是，当狗不追了，狐狸也就不跑了，它可能是看见陈大哥没带武器，居然还往回溜达，就像是 QQ 表情包里那个闲庭信步的可爱的小狐狸。

狐狸那类似于猫眼的瞳孔椭圆、发亮，当它温柔地看过来时，真的是有种摄人心魂的力量，让人欲罢不能。面对这种赤裸裸的挑衅，陈大哥当然是忍无可忍。不过接下来的几个回合，却也令人无可奈何，简直有点啼笑皆非。

当三条狗再次发起追击的时候，狐狸又掉头开始新一轮狂奔。

只见一条狗紧跟在狐狸后面猛追，另外两条却是很自然地从两侧形成围堵的架势，好像是防备狐狸斜刺里猛拐跑往别处似的。陈大哥看着追逐，感觉实在是蛮有意思的，难得这几条狗围追堵截的颇有策略。

虽然没有捉到狐狸，但是每当想起当时追逐的那个画面，真的是一种难以言表的视觉盛宴：几条狗张着大嘴，驱动四爪奋力急追，那只狐狸在金色的夕阳下，拖着一条毛发浓密的棕红色长尾，细腰短腿轻轻地在前面跳跃着、跳跃着，还不时停下来，似在等待着后面的"伙伴"。看它们哪像是在展开生死角逐，倒更好似在玩一场开心的游戏。

陈大哥说到这里时，眼神有些迷离。他顿了片刻接着说："直到现在，我有时闭上眼睛，情不自禁地就会想起那个画面，眼前仿佛出现了那只跳跃奔跑的小狐狸。在那一望无际的原野上，夕阳的余晖正温柔地拥抱着大地，而那个小精灵的那双如梦似幻的双眸、那条毛茸茸的长尾、那轻盈奔跑起来时细腰短腿的曲线，是那么的灵动、俊美，魔幻一般，让我不禁驻足欣赏。及至现在想起来，仍然是那样的心驰神往。那美丽的画面，真的是原生态大自然的杰作，无与伦比。"

　　陈大哥是一个积极乐观的人，在人生漫长的岁月里，苦中作乐，是生活淬炼后的升华，伴随着兴凯湖的日升月落，走过青春，走向成熟。他把曾经的伤感和苦难悄悄地咽下，而这些欢乐的小插曲，却像是盐碱地里开出的奇花异草，成为他精神的乐园。

　　退休后的陈大哥老有所乐，得遇一帮志同道合的驴友，定期出没在长城山巅，既强身健体，又能领略四季的风景，为老年生活增添了一抹亮色。他也会不时地前往异地的女儿家小住，含饴弄孙，畅享天伦之乐，老有所依。

　　他在看完我的文稿时说："看到曾经的经历呈现在纸上时，我在一口气含泪读完后，脑中蓦然一片空白，仿佛多年来那些纠结于心的往事，陡然间烟消云散。如释重负的感觉，是这几十年来所没有的。每当我登临长城之上，遥望层峦叠翠，俯瞰广袤田野，不由感慨今天的安恬与幸福。每当看到碧绿的田园，便会情不自禁地想起兴凯湖，想起'双抢'的艰难。我曾穿着单薄的'片儿鞋'，踩着冰凉的淤泥徒手拔过黄豆。还有那些两脚踩进带冰碴儿的水田，大家拉着沉重的水稻播种机播种。抑或顶着风雨或烈日，抢收抢种的情景，让我有时还会在梦里喊醒。而那场院里的脱粒机、脱谷机在尘土的包围中，更是日夜不停地轰鸣，我们近百人包扎着只露出两只眼睛的头部，忙碌而井然有序地在庞大的场院，收获着一季成果的场面，更是像一幕幕的电影片段。这种依靠人力的大型农业劳动作业场景，随着农业机械化的普及，早已淡出了人们的视线，成了历史的遗迹。虽然再也看不到那样的场面了，但那场景却镌刻在记忆中，令人永难忘怀。"

　　之后，我们偶尔也会一起游玩，每每说起那些人和那些事儿，依旧会令他感慨万千。而我有幸成了一个聆听者，并能帮他记录保存下来以作纪念，真的是深感荣幸。遥远的兴凯湖，承载着陈大哥他们一代人的青春，而他每次刻意描摹的兴凯湖的美，都是那么地勾魂摄魄，由此成为我的向往。我们已经相约，如果有机会，一定要一起去兴凯湖走走，我要亲眼去见证他魂牵梦绕的那些青春场景。其实是美景不容辜负，这也成为我圆梦的契机。

兴凯湖，等着我！

塬上春来早

岁戌正月于京华崔东轩作

第五辑　往事如烟

往事如烟

人到中年都容易怀旧。闲来无事，我喜欢翻看 QQ 空间。四百多条"说说"，记录着曾经生活中的点点滴滴和酸甜苦辣。上万幅照片演绎了不同的场景和人事的变迁。那里满载着这十几年来漂泊在外讨生活的艰辛，也荡漾着灵魂行走的快乐，还不乏历经风雨的坎坷，更多的是布满了欢声笑语。

空间里的百余篇文字，更像是一窖深藏着的陈年老酒，每次打开不同时间的文字，都会嗅到不同记忆的香型，随着这些难掩的芬芳扑鼻而来，我或欢喜，或悲伤，抑或发呆。更多的时候，是被那些曾经发生在自己身边的人和事感动着。我会在一行不经意的文字里，任思绪蔓延，会因看到的一句话，而忆起当时的情景，突然就潸然泪下……每次的开启，都会让我欲罢不能，情不自禁地，便会沉浸于遥远往事的点点滴滴。

今天翻开的，是十多年前刚学上网时写过的一篇文章《远去的记忆——小张》，文字讲述的，是一段曾经刻在脑海里难以忘怀的往事。因为与梦寐以求的军营失之交臂，所有与军营有关的场景，至今都会令我耿耿于怀，不能释然。我曾经在那篇文章的结尾写道："现在，他也应该是知天命的年纪了，我喜欢异想天开地幻想，假如有一天他也在上网，也到某个群里溜达，也正巧就看到我的空间和这篇文章，哈哈！那这世界可就太小了，我渴望着这一天的到来。"

然而，十多年就在这不经意间悄悄地溜走了，真的如白驹过隙，我却依然没有等到回应。而这十几年来，我又经历过太多，也忘却了许多，包括那些我以为此生永远不可能忘记的一些人和事，包括那些我今天翻出来的记忆，当然也包括了那个和我同姓我却不知其名的"牧马人"小张。

20 世纪 70 年代初期，随着父亲工作的调动，我们全家从我出生的乡下搬迁到了城里。环境的改变，令天生内向的我，开始时并没有多少朋友。虽然有两个哥哥，大哥大我 8 岁，他在我 8 岁时就离家去了工厂上班。二哥大我 4 岁，年龄的差距，使他们的同学都嫌我是个累赘，总是会想方设法地，逃离我这个"小尾巴"的纠缠，即使过后会在我的哭闹里被母亲责骂，好脾气的二哥，也总是憨笑着不言不语。

好在家里有二哥的"宝贝"——那是被二哥精心锁在一个小箱子里的"小人书"。但是他也只有在关键时刻才会忍痛割爱，心疼地取出一本或者几本来哄我，颇有"鱼与熊掌不可兼得"的纠结。也只有在此时，我才能不情愿地放开紧紧地攥死他衣角的小手，恋恋不舍地看着他们一溜烟地跑远，然后沉浸在自己的世界里，去享受属于我的孤独和快乐。小小的我经常在寂寞里发呆，静静地怀念在乡下时的童年，怀念那些带我漫山遍野疯跑的儿时伙伴，怀念那些无忧无虑的日子。

那是上小学时的一个假期。好像周围的小伙伴和同学都在忙碌着。他们不是去地里帮大人干活儿，就是要照顾弟弟妹妹，或者总是有永远也干不完的家务活儿在等着她们。似乎全世界就只有我这个"吃商品粮"的闲人是多余的。闲极无聊的我，除了有无数被别人羡慕的父亲订阅的报纸可读，还能偷偷地翻看父亲在三斗桌抽屉下桌肚里面的藏书。

更多的时候，我喜欢"上赶着"去帮同学打猪草、挖野菜，或者带那些让她们厌烦，对我来说却是求之不得的小弟弟或者是小妹妹们。那天我好不容易碰到一个躲开家里琐碎的小哥哥，他偷偷地跑出来带着我到田野里去撒欢儿。当眼前熟悉的景色里，蓦然出现了"一匹白马"，更有一位穿着军装的解放军战士，让年少的我，突然就迷离了起来，仿佛画面被定格在那里。

我有强烈的军人情结。或许是我还在母腹里，就随着父亲转业，身不由己地出生在地方上的缘故，就那样被不甘而不可救药地铸就了。我出生在那个崇拜英雄、敬慕军人的时代，尤其像我这样的书迷和电影迷，偏偏还是在军营里"孕育"的，却又无缘与军营为伍，那真是失之交臂的遗憾。我时常幻想着走进军营，为此没少做有关绿色军营的白日梦。

当时，我们的小县城里有驻扎的部队，没事的时候，我就会装作漫不经心的样子到驻地附近"路过"，其实就只为了偷偷地瞄上几眼那些来来往往穿着军装的身影，还得掩藏着内心的忐忑、激动和倾慕。当时的学校有很多课外活动，其中有一项我最喜欢的，就是去部队帮战士打扫卫生。虽然每次前去，都是在和战士们反复争夺扫帚，更多的反而是给人家添乱，最后在弄成乱七八糟的狼狈里，我们被"请"了出去。然而这却极大地满足了我近距离接触军营的愿望，也释疑了一些对驻地大门里面的好奇。

我至今记得那个穿军装的"牧马人"小张，他那略带忧郁而伤感的眼神，可能是一种在我十来岁的年纪，所无法领悟和解读的神情，却又被深深地吸引，没来由地深深触动了我。现在想来，那或许就是一种从心里弥漫出来的，能引起我深深共鸣的孤独感吧。

只恍惚记得，从那天起，我们几个同学都会心照不宣地，不约而同地到同一个地方，静静地陪着他一起放马。他不苟言笑，即使和我们在一起，也从来没有过多的言语。那是一匹病马或者是伤马，到兽医站治疗的，而在我的臆想里，却把它想象成了一匹受伤的战马。

这是我第一次近距离地去亲近一匹马。我虽然是家里最小的孩子，而且是我们家族中唯一的女孩，但可能是和父母年龄相差太多的缘故，父亲有着军人的不苟言笑，母亲在我 10 岁左右，可能正步入了更年期，他们都不会表达自己的溺爱，很少对我们有亲昵的举动。当我牵着顺从的白马，在原野里漫步，帮它梳理好鬃毛，它就会友好地轻轻用头蹭我，让我感受到前所未有的温存，那是来自家庭以外的别样温情。

不知道为什么，我会一直把他想象成一个因为受到不公正待遇而被发配的战士，或许是缘于他的忧郁和那个特殊的年代。我们很少交流，我只知道他和我同样姓张，他让我们就叫他小张。我们相伴了不长的一段时间，每天就那么陪着马儿散步，或是静静地坐在蓝天白云下，看着马儿吃草，然后默默地分别。

直到有一天，他告诉我们说马儿好了，他要走了。我不知道他从哪里来，也似乎没问他要到哪里去。就那样恋恋不舍地，在我的远眺里，看着军人和他的马儿，慢慢地融入夕阳的余晖，化为一道剪影，永远留存于我的记忆。

很久很久以来，我还经常会去那片田野，仿佛不相信他真的出现和消失过，就像要验证那个有点不真实的梦。马蹄的踏痕犹在，而我们坐过的田埂，已被直立的青草覆盖。

之后，好像有两年那么久，有一次我和二哥晚上去看电影，散场的时候，路遇到一列长长的行军部队。我突然有种预感，似乎感觉到他就在队伍里，情急之下，我禁不住冲着一个背影叫道："小张！"那个人似乎怔了一下，回了下头，没有作声，就紧随部队而去。我不甘心，在深夜那曲终人散的街头，哥哥陪着我追出队伍好远。我无法解释那种感觉，不知道为什么他会留给我这样深刻的眷恋。

转眼四十多年过去了，我一直记得他的眼神和他谜一样的身世，还记得他叫小张。当时可能是因为我还小，他怕我们不懂，除了每天默默地相伴，似乎什么也没和我们说过，却也因此困惑了我这么多年。

不知道那个曾经的"牧马人"小张当时发生过什么，也不管在天涯海角的小张后来会怎样，他却一直都在我的记忆里鲜活着。不知小张是否也还记得那个太行山腹地的小城，还记得那两个陪他放马的少女少男。真希望有那么一天，小张能从我的记忆里重新走来，轻轻地说一句：哦，原来是你。

不知道小张来自哪里，却走进了我一生的记忆。不知道小张去到了哪里，却给我留下了一生的牵挂。我唯有在翻开的记忆里寻找，在墨香里——等你。

二月二吃茶面

正月接近尾声了，节不像节的年，也马上就要画上句号。忍不住又想起母亲。怀念曾经岁月里浓浓的仪式感，想起以前每到二月二那天，母亲必定要做的茶面饭。

茶面有很多种，在我国大部分地区都有，只是地方不同，吃法不同，原材料各异。母亲在世时，我们家每年都会在正月十六和二月二的时候吃茶面，也叫喝茶。

茶面很简单，依照各家的喜好而定。可以用白面，也可以用豆面、小米面或玉米面之类的粗粮，在铁锅或者砂锅里炒熟备用。当然，炒面的过程是个技术活儿，既不能夹生，也不能过火，需要老到的经验。

豆面和小米面比较麻烦，平时吃得少，而且容易变质，不像现在超市里随时可以买到，那时的人们一般很少储存，若是平日里有喜欢吃粗粮的人家，就会到石碾子上去少推一些，或是几家拼在一起推。像我家这样偶尔吃一顿的，一般都是左邻右舍谁家磨了新面，就会送过来一把。因为热心的母亲平时总是尽力地帮衬村人，并免费给大家裁剪、缝制衣服或者拓鞋样，所以邻里也从来不忘让我们这外乡人四季尝鲜，作为改善生活的调剂。

儿时经常搬家，每到一处，母亲都会去周围转转。看到谁家有碓臼，母亲就会前去打听，若是碰到热心的人家，母亲就会借人家的碓臼来磨。若是平日，母亲会提前把泡发的黄豆捣烂，到家后，把黄豆加入出门时已经熬上的小米粥里，出锅时稍微再加点盐，就是一锅浓香四溢的豆沫粥。而做茶面，则是要把先炒熟的黄豆或者小米拿去捣碾碎，回来后，再筛出细面。不想费事的时候，单炒白面或是玉米面也是可以的。

喝茶时茶面虽然是主角，但配角却更加丰富。我家做的茶面里，必不可少的是素饺子和杂面条。母亲也说不清楚这风俗是怎么来的，反正吃食与龙相关，取意自然是为了吉祥如意，所以一直得以传承。因为吃面条代表吃"龙须"，希望能够风调雨顺，有个好年景。吃饺子则是"吃龙耳"，民间流传着"二月二吃水饺，百病惧龙体外跑"的顺口溜。

出了正月，二月初一俗称"撞河头"。老家人在这天要吃饸饹，原料多为杂面。过去生活条件差，一般以玉米面、榆皮面为主，加少量的小麦面或杂面。饸饹床子不是每家都有的，而平时谁家想吃饸饹了，往往就会几家同时吃。每到这天，平时偶尔用一次的饸饹床子，这时就成了香饽饽，大家得排队等着借用。现在一般是以小麦面为主，根据口味掺进去一些杂粮，反倒是改善生活了。把和好的面，揉成长剂子塞进饸饹床子的坑里，在烧开着水的大锅上压出长长的饸饹，然后浇上打好的菜卤，那实在是一道美味。

也听闻故乡的老人说："二月二喝茶，不会打牙疳。"指的是吃了茶饭不会生牙疳口疮，也就是牙龈脓肿。那是早先缺医少药的年代，人们对祛除百病的祈愿。

二月二龙抬头这天，理发是民间的一件大事，代表着一年的精神和运气。终于歇完正月的理发店，早已憋足了劲头，家家都会收获新春的第一桶金。这也是北方人与过年彻底作别的分界线，正式开始新一年的劳作。

这一天，我家的午饭，自然就是茶面了。母亲先把两块和好的面饧上。杂面条需要硬面，包饺子的则软硬适中。再调好素馅，准备配菜。早些年的春天，正是青黄不接，煤火上坐着的锅里，会早早地煮上一点干豆角或几块土豆。等到不多的饺子下锅浮起，刚切妥的面条，随后也下进锅去。有时也会放一点切好的豆腐条、海带或者粉条。然后把用凉水调匀的茶面倒入锅中，大火烧开。待后来有了大棚菜，母亲就很少用干菜了，而是会加一把新鲜的叶菜。另外再用饭勺热油，把花椒和葱花爆香，紧接着往热锅里一杵，只听"嗞啦"一声，炝锅的香味立时弥漫开来，连路过的人都会忍不住地喊一声："好香！"一大锅热气腾腾的茶面饭，在忙活了一阵子以后，大功告成。

　　这个做法，其实有点像我老家的和子饭，只是原材料不同。和子饭是以小米粥为汤，不放饺子，然后根据季节不同，可以加入应季的红薯、南瓜、豆角或者干菜之类一起煮，最后下少许面条或者杂面条。经典之处，都在于最后的炝锅。和子饭与茶面饭，都是我记忆中的美食。直到我漂泊在外，才理解了那些曾经属于母亲的深深的乡愁，后来都如数传给了我。然而独自在异乡面对凄清的灶台，却限制了我传承的欲望。

　　即将结束的正月，二月二的茶面香缥缈，再次搅动我的味蕾。多年辗转在故乡之外，天天叫着风味各异的外卖，犹如重温儿时的百家饭。我却像个迷途的孩子，离家越来越远，再也闻不到我娘炝锅的香味了，再也找不回，那曾经像茶面饭一样，热热闹闹的家园。

远去的亲情

午夜梦回，温馨的笑意还荡漾在嘴角，逐渐清醒的大脑，却把眼角涂满了湿润，徒留一声叹息。

每年清明前夕，父母总是如约而至前来入梦，不知是缘于我对他们的思念，还是他们对我的不舍。每次梦里，我们不是欢聚在祖居的老屋院落，就是随便的一个生活场景，几乎没有语言交流，却是那样宁静安详。

母亲离开我们转眼间已有十三年之久，父亲走得更早，他是在香港回归的 1997 年 8 月底，迄今有二十余年了。

日子真的犹如白驹过隙，二十年弹指一挥间。生活中偶然一个不经意的场景，往往就会浮现出他们的音容笑貌，忍不住翻开记忆的桥段，无来由地平添许多伤感。

父亲最后的那些日子，是在极度的痛苦中挣扎着走完的。贲门癌扼住了父亲的咽喉，无情地吞噬着他那顽强的生命力，令他非但不能进食，还不停地搅着他的肠胃，让他"呕心沥血"，如吐丝的春蚕，在一次次的呕吐中，把生命的精髓，一点点地消耗殆尽。

最后的两个月，父亲几乎是水米难进，偶尔实在想吃一口，吃进去后停留不了几分钟，呕吐的痛苦远大于饥饿本身，只有依靠输液来维持生命，连说话的力气都没有了。

突然有一天，一直无法进食的父亲说想吃桃子，那时不像现在，想吃就能有，就连父亲刚到我家时给他订的鲜牛奶，随着天气渐热，有时送来时也已经变质了，只好无奈地倒掉，后来随着天气越来越热，实在没办法只好停了，为此我一直深感痛苦内疚。现在看着琳琅满目的食品不受环境、季节的影响，也总会忍不住想起父亲，如果父亲能再多坚持几年……罢了，世界上原本就没有如果的。

我就每天寻找几次，偏偏那几天，连鲜桃的踪影都没有。一天中午，我正在吃饭，突然听到外面有叫卖声，我连忙跑出去，看到又大又鲜的水蜜桃，不禁喜出望外，仿佛不敢相信自己的眼睛，这简直就是上天的眷顾！我不由得感恩冥冥之中的安排，赶忙挑选了几个。

我把已经熟透的鲜桃，再轻轻捏软，用勺子一勺一勺地喂给父亲，像是在喂婴儿一样。父亲居然破天荒地一口气吃了大半个桃子，中间居然没有停顿。虽然吃下去的桃子，依然没能在胃里停留多长时间，但是，父亲看上去还是满足的。这也令我十分欣慰，庆幸没有因此留下遗憾。

这天晚上，我依旧倚坐在父亲的床头。油尽灯枯的父亲，还会不时地呕出秽物，他却已经连自己抬手擦拭的力气都没有了。这个曾经冒着枪林弹雨，多少次出生入死的勇士，而今却只剩下皮包着骨头的躯体，怎么躺着都会硌得难受，我只好轻轻地不断帮他翻动。

父亲的一生不苟言笑，酷爱读书看报，让我受益匪浅。在我的童年小伙伴中，我家的藏书是最丰富的。我们之间虽然很少有语言交流，但是，他却把做人的品行和浓浓的父爱，揉入了生活中的点点滴滴，正是"桃李不言，下自成蹊"。父亲的一生正直善良、刚正不阿，可谓是一身正气，两袖清风，更不会阿谀奉承。

爷爷走得早，奶奶一辈子不愿意离开老屋。戎马一生的父亲，从昆明转业时，本来是可以留在大城市的，但是他选择了尽孝。老家地处东太行山腹地，当时的交通比较困难，所以父亲就要求回到了离老家比较近的一个乡镇工作。我是在母腹里跟随他们离开部队的，并且降生在那个山村。

父亲离休后，回老家陪伴了奶奶一年多，以弥补此生没有在身边尽孝的缺憾。在老屋里，安然地送走了无疾而终的老人。

母亲是家庭妇女，勤劳、善良、心灵手巧，把家里的生活打理得井井有条。在我儿时那个物质严重缺乏的年代，因为母亲的精打细算，我们家比起同时代人，生活得相对从容。同样的食物，母亲做出的就别有一番风味，那是别人家所不能及和羡慕的。

从我记事起，就没看母亲闲过，她总是在不停地做家务。那时她不但要做我们一家五口人和奶奶、叔叔的衣服鞋袜，逢年过节还要帮助街坊四邻，给他们免费剪裁、缝制衣服，所以母亲的人缘儿极佳，而邻里自然也会分享给我们田地里的收获。

我也耳濡目染，从小就帮着母亲搓麻绳、纺线，并且学会了织毛衣、绣花、纳鞋垫。这些技艺也为以后的岁月增添了乐趣，织毛衣还一度成为谋生的手段。

父亲临终前不久，输完液后，他说想坐一会儿。我便上床轻轻地揽着他。父亲已经没有力气支撑起自己的身体，依靠在我的怀里，这时，更像是一个无力的孩子。

看着因腰疾蹒跚地走来走去的母亲，父亲的眼里满是不舍和怜惜，更多的是对为了这个家而付出了全部心血的母亲的牵挂。我看出了父亲眼底深深的担忧，便强做轻松地对他说："我娘没事的，我来管。"父亲深深地看了我一眼，他了解我，因为我继承了他一诺千金的秉性。这时的父亲，仿佛一块石头终于落了地，随后对我轻轻地点了点头。

　　每到夜晚，都是父亲最难熬的时光。他不但睡不着，还要伴着不时的呕吐。坚强的父亲，忍受着病痛的折磨，却很少呻吟，实在疼痛至极难以忍受时，才要求我给他打针缓解一下。越来越难以忍受的痛苦，也越来越强烈地啃噬着他，更煎熬着我们的心。我眼睁睁地看着他与病魔搏斗，那种痛不欲生，既让我们撕心裂肺，却又有心无力，只剩酸楚、无奈和痛心。

　　父亲的病，是在例行体检时发现的。他瞒着母亲去我二哥那复查，确诊了需要手术时，才告诉我们。

　　喜欢读书看报、相信科学的父亲，生性豁达乐观，本以为手术可以解决一切问题，所以他自己毅然选择了手术。没想到，我们等在手术室门外一个多小时后，医生说平时血压偏低的父亲，突然血压升高了，且降不下去，虽然父亲再三请求，手术还是取消了。

　　没有做成手术的父亲，看得出有些落寞。前半生的戎马生涯给他落下了一身的病痛，身体一直欠佳，在我儿时的记忆里，我家的熬药锅，一直飘散着我喜欢的中药香。离休后才慢慢得以安定下来的几年，父亲才开始享受生活，还参加了门球队，却在没有一点征兆的情况下，就面临了这"灭顶之灾"。这也导致了我后来排斥体检，总是觉得，如果干脆不知道得病，或许不会在生命最后的时间，过早地背上精神负担，从而降低生活的质量。

　　一生不服输的父亲，不得不调整"作战方案"。接下来他又选择了化疗，哥哥们陪他去化疗过几次，他精神还可以，主要是他那坚强不屈的意志支撑着他。1997年清明节过后，父母来到我家。当时的父亲，还能吃些东西，我就尽量地变着花样做给他吃。他还在我家门口收拾出一块空地，种上蔬菜。三个月后，父亲病情逐渐加重，就靠每天输液，坚持了两个多月。

父亲最后的四天，是在我工作的医院度过的，他走的那天是 8 月 29 日，星期五，农历七月二十七。父亲的本意是想再熬两天，他说到了 9 月 1 日，还可以多拿一个月的工资，好给我们减轻一点负担。二哥全家也请了假，从千里之外赶到父亲身边。

那天早上，我一上班就过去给他扎针，他对我摆了摆手，平静地吐出三个字："不用了。"我劝说了半天，他只是坚决地摇头，我只好作罢。看着已经让哥哥给擦身、理发、打理干净的父亲，我明白，父亲已经准备好"上路"了。

晚饭后我回到医院，停电了。烛光下，父亲是那么安详，我默默地陪伴着他，给他摇着扇子，不时地帮他轻轻地翻下身。

他说他想坐坐，我便小心翼翼地想扶他起来。瘦得只剩下一副骨架的父亲，却如那一豆伴着烛泪的灯火，忽明忽暗，有气无力，稍微起身眼白就开始上翻，我只好又把他慢慢地放下，他忍不住轻轻地叹了口气。

来电了，大哥进来说："你出去凉快会儿吧。"我刚出去一会儿，就听到窗口传来大哥急促的喊声，急忙进屋时，父亲已经声息全无。值班医生问我："还需要打强心针吗？"我把父亲睁着的眼睛覆盖下来，说："不用了。帮忙穿衣服吧。"

送走了父亲，母亲接下来跟随我生活了八年。八年后，被多年的胆结石折磨得痛不欲生的母亲，在我们的劝说下做了微创手术。然而取出活检物后，母亲被无情地确诊为胆囊癌。最后卧病在床的五个月里，虽然我精心照料，但病魔还是没能放过她。辛劳了一生的母亲，就这样，在我家走完了她最后的旅程。

寒风起时，深秋的十月初一，我们兄妹抱起父母的骨灰，送回到千里之外的老家，让漂泊了大半生的二老落叶归根，终于回到故乡的祖坟入土为安，了却了生前的夙愿。

转眼又是清明了，他们一定是对我的惦念依然，所以特地前来梦里与我相会。

多年以来，每每想起那个让我揪心的场景，就会情不自禁地泪流满面：那是二十多年前父母还健在时，他们当时在涉县。而我们的企业正面临破产，孩子又小，生活非常拮据。有一次我回千里之外去探亲，临走时，朋友找车送我去车站。早上起来就没看到父亲，我以为他出去锻炼了，也没太在意。朋友的车到了，我跟母亲告别。母亲的白发和身影，在很远的转弯处，我回头时还能看到。

再以后，特别是在父亲走后的八年里，母亲曾经不止一次地说起，我走的那天，父亲一大早就出去找地方换钱。因为那时刚流通百元钞票，父亲想给我带 200 元，看我自己带着孩子，怕 5 元、10 元的钱用着不方便，所以起了大早，去找地方换成整钱。跑了好几个地方才赶回来，看到我已经走了，他非常自责，落寞了很久很久……后来的后来，那个场景，就无数次、无数次地闪回在我脑海，不止一次地，湿了我的泪眼……

十年生死两茫茫，几番梦里回故乡。

经常放歌唱父母，进门难再喊爹娘。

清明又至，唯有清香一缕，遥寄哀思。且待纸钱化为蝶舞时，青烟袅袅，再话衷肠吧。

2018 年清明前夕

感恩与祭奠

刚刚过去的 11 月 18 日，即十月初一，在我的家乡，是和清明同样的传统祭祀的日子。我们老家是不过中元节的，只在春暖花开的清明和寒风萧瑟的初冬，给先人们送去换季的衣物和纸钱。

> 飒飒寒风透人心，送衣之人欲断魂。
> 年年有此凭吊日，岁岁难再拥严亲。
> 瑟瑟清风刺骨寒，天国之旅不返还。
> 阴阳相阻难再聚，再世还望绕膝畔。

父亲走了距今整整 20 年，母亲离世也有 12 年之久。我本多梦之人，多年来一直是魂牵梦绕，仿佛他们一直相伴在左右。偶尔也会梦到家乡的祖屋、奶奶和叔叔，不知是他们对我四海漂泊的牵挂，还是我对他们的不舍，我想更多的，应该是潜意识里，对他们活着时那个叫"家"的地方，有着难舍的眷恋吧。

有娘的家才叫家。有父母的地方，我们会说回家。

每当我唱起《母亲》，脑海里浮现的，一定是那个白发如雪，看似严厉却无条件地容忍着我的任性、接纳着我的偏执、迁就着我的不讲理的那个人。风中的等待，雨中的守候，可口的饭菜，整洁的衣衫，还有夜晚那盏温馨的灯光，都是来自母爱的温柔。

"想想你的背影，我感受了坚韧……"雷厉风行、刚正不阿、疾恶如仇，是父亲身上最优秀的品质，也是我为之骄傲的遗传基因。

父亲临终前两个月，水米难进，形销骨立，坚强地忍受着贲门癌的折磨。我每天给他输液以维持生命，他几次在痛不欲生的挣扎中哀求我给他断药，我却只能忍受着灵魂的纠结与煎熬，眼睁睁地看着他一点点地消耗，心酸地陪伴着他，一步步地走到油尽灯枯……人都说"好死不如赖活着"，我实在是不以为然。只有亲历过那种面对亲人的痛苦无能为力的煎熬，你才会明白，生命的尊严，真的不在于长度，而在于它的质量。那种悲哀，那种无奈，是一种我真的不想再经历的梦魇。

父亲基本上没有呻吟过，痛不欲生的时候，他也只是轻轻地说："给我吃点能一下子过去的药吧……"离世之前，消瘦得只剩下一把骨头的父亲，虚弱地靠着我，把母亲托付给我，因为这个承诺，母亲跟了我八年，最后在我的床上安然离世。

值得欣慰的是，在八年后母亲被确诊患了胆囊癌时，我基本上没有让母亲再遭受父亲的那种痛苦。我至今深深地感谢我的左邻右舍，感谢母亲的生前好友们，谢谢他们在我上班的时间，经常去帮忙照顾，陪伴我老娘安然走完了人生的最后旅程。

也感谢网络，让我在最难熬的时刻，结识了那么多的挚友！每个等着给老娘打针的深夜，陪伴我的是网络那头很多素不相识的网友。他们来自天南地北，给予我关心、鼓励和安慰。虽然其中的很多人现在都已经陌路，但是，我还是要真诚地说一声：谢谢你！感恩生命中曾经的相遇！感谢茫茫人海之中，让我们隔屏相知的键舟！

母亲去世那年的十月初一，遵照遗愿，我们把父母的骨灰送回了老家，完成了他们魂归故里、落叶归根的愿望。前几天是祭奠的日子，母亲又来入梦，看来儿女再大，也还是放心不下的，故而有感作一文为《祭》。

烟随火起飘半空，慈颜笑貌历历存。我们给已逝的亲人燃香烛、烧纸钱，看似土俗，实际上是一种精神寄托。在我们遥寄寒衣祭奠先尊时，既是祈祷天国无忧，也蕴含着丰富的道德和伦理内涵。人生在世，全拜父母所赐。与父母先尊的生离死别，既是生老病死的自然规律，更是给了儿女报效父母恩情、床前尽孝的机会，是做人的本分，而祭奠，是对离去亲人的一种感激和怀念，是与另一个世界的心灵沟通，也是反省自己灵魂的洗礼，更是人类种族和精神的一种延续。

大凡亲人在世，难免会有很多的不得已，也许我们做不到尽如人意，但求能在力所能及的范围内，尽力无愧我心。在这样的日子，一缕青烟，几句忏悔，或许也可以求得亲人的谅解，为更多的人，换来几许心灵的安宁吧。

天堂的日子有亲人的陪伴，没有病痛的折磨。愿亲人安息！！！

永远的"世外桃源"

"淡隐是我哥哥，他走了。你知道吗？"

2014 年 8 月 1 日 16 点 01 分的这条 QQ 空间留言，映入我眼帘的时候，不禁让我的脑袋"嗡"的一声，简直不敢相信自己的眼睛。是谁在搞恶作剧吗？接下来我马上去点网友淡隐大哥的头像，已了无声息。迫不及待地加了留言的人——"会飞的猫"，原来她是淡隐大哥的表妹。待到证实了噩耗时，我情不自禁地，已泪流满面。

此时，距离我们相约会面的时间，还有十天左右，仅仅一步之遥。

还清晰地记得十年前的那个夜晚，当时百无聊赖，正在网上玩游戏时，看到有消息闪烁，随意点开，是一条加好友的请求。我习惯性地先去查看对方的空间，空间叫"世外桃源"，映入眼帘的是四句诗，让我不由眼前一亮："网上应怜世界新，桃源览胜总宜人。真诚自有知音在，足慰平生寂寞心。"

不觉有点怦然心动。当时是 2005 年，上网的人还不多，能用诗文写个性签名的人更少。感觉有点意思，我便点了通过。

几句礼貌的寒暄后，有了大致的了解，对方询问是否可以视频？我不禁有点惊讶，因为那时我刚学上网不久，很多功能都不会，也没有摄像头，从来没有视频过。再则当时正是生活压力非常大的时候，心绪处于低迷，平时都不想说话，能用短信和网络解决的，我绝对不会用语音去沟通。我平时喜欢交朋结友，有了网络更迷恋漫无边际的闲聊，我喜欢打字的感觉，我觉得唯有文字才能让我清晰冷静地表达出自己的意愿，只有文字才能给我自信。

我回答："没有摄像头，对不起。"他说："没事，你打开看一眼就可以。"当我看见他的画面上扫过拐杖的时候，不禁哑然失笑，打过去："我家也有！"他很惊讶，马上打过来一个询问："你的吗？怎么回事？"我淡淡地说："我爱人是残疾人。"这句话，好像一下拉近了我们的距离，增加了他对我的好感，也由此打开了彼此的话匣子。

他当时刚做完复发多次的骨瘤手术，病休在家，还好是良性的。因为有了充足的闲暇时间，他开始在网上学习、整理一些东西，借以消磨时间。他是个多才多艺的人，琴棋书画样样精通，尤其喜欢研究写作律诗。"晓踏星光去，夕乘月色归。床前书做伴，形后影跟随。铁路声频振，金屋事尽违。不知尘世里，吾辈尚余谁？"这是他生病之前，刚到北京打工时作的一首五律《陋室独处》，字里行间显示着他的清高孤傲，也道出了他当时远离家乡的孤独与无奈的心境。

说起来大哥也算是幸运的。当年他毅然抛弃了县里的公职，只身前往北京打工，由于工作出色，不久就成功办理了调动进京的手续，让生活步入了正轨。只可惜好景不长，随着骨瘤的旧疾复发，他曾经陆续做过几次手术，待术后恢复再次赴京，情绪不免陷入低落："事业无成寂寞心，光阴罔顾落魄人。三番断骨行刑室，两载息肩闭客门。偏悦乡邻谈笑浅，懒参世事智谋深。若非度日须柴米，何必抱残劳此神。"这首《病后赴京城打工有感》，不禁让我生出"同是天涯沦落人，相逢何必曾相识"的感叹。当时我母亲刚去世不久，我所在的工厂正处于破产期，工作、生活都难以尽如人意，于是我们相互敞开心扉，在惺惺相惜中，成为莫逆之交。

随着交往的加深，渐渐地我们像家人一样互相牵挂，更像挚友一样无话不谈。我们在彼此的人生经历里，开心或者唏嘘，并相约以后有机会一定要像亲戚般走动。我们唯一的一次会面，是在 2007 年 5 月。他在前去儿子学校的途中，专程绕道去探望我，我那时已经出来打工。当时我们在网上最大的乐趣，就是一唱一和，写下了不少唱酬的篇章。所不同的，是大哥比较严谨，而我流于懒散，总是以即兴的顺口溜附和大哥的格律，大哥却总是不厌其烦，宽容地给我以指正。这大概也是我写诗的启蒙吧，为多年后让我步入诗社团体打下了一些基础。

去看我那天，他到的时候已经是下午，天气有点热。待我下班后，便带他去了附近一个简陋的小餐馆，要了几个小菜，喝了一点啤酒，主食是饺子。简单的晚餐过后，我们顺便就去下面的白沟公园散步。

那天正好是月中。一轮皎洁的明月银盘似的高悬在月明星稀的天空，如织的人流络绎不绝。我陪着挂着拐杖的大哥，慢慢游走于园中。公园里都是石子路，不算平整，遇到台阶时，出于我的职业本能，很自然地就会搀扶他一把，大哥反而有点不好意思，一个劲儿地道谢。我笑着说："我本来就是护士嘛。何况您挂着拐杖上下，的确有些不便。"

为了不让大哥太累，我便带他止步在湖心的九曲桥上。这时的睡莲正值盛时，静静地铺陈在月光下的水面上，绿叶泛着幽光，托起象牙白或者粉嘟嘟的花朵，像一群懒散的娇羞少女，令人犹如置身梦幻。偶尔有几尾鱼儿突然打挺，打破了湖月的平静，激起层层涟漪。不远处有几对喁喁私语的情侣，间或有一群年轻人打闹着经过，微风轻抚着柳丝，驱散了白天的炎热，颇有几分诗情画意。

大哥不禁感慨万千。他说从来没有享受过这样的闲情逸致，以为书中的描述，都不过是艺术加工的，没想到在生活中，竟然真的有如此完美的荷塘月色，遗憾自己从来未曾留意过。我便趁机鼓励他，让他以后有空多出来走走，看看他桃源之外天外有天的景色，不能总是在自己的小天地里怨天尤人，那样做，无疑是故步自封，看看外面的世界，心境就会开阔许多。

我们各自讲述和倾听着彼此的故事。大哥的一生的确也是命运多舛。他是河北省滦平县五道营子满族乡五道营子村人，做过教师，后来到了教委，还被调到县里的组织部工作。然而，因为种种原因，他毅然选择停薪留职，然后独自去京城闯荡。

大哥也算是能屈能伸，初到北京，径直去了一家企业当门卫。待熟悉环境安定下来后，不甘平庸的大哥，便去了人才市场。这是骑驴找马，慢慢寻找适合自己的岗位。而后他被一家建筑公司看中，在办公室负责文案方面的工作，并因此顺利地调进了北京。

那时他正值人生壮年，满腹的才华正欲施展，却因为早年骨折留下的隐疾，渐渐地演变为骨瘤，由于频繁发作，先后做了几次手术。后来的情况更为严重，只得无奈地离开岗位，回家慢慢休养。当时他家里的情况也比较困难，上有老下有小的，平时家里就全靠嫂子一个人张罗，手术以后还得照顾他。自责、纠结之情可想而知，这也是他自艾自怜、郁郁不得志的原因。

畅聊的时间总是如白驹过隙，及至深夜仍意犹未尽，再看周围，除了月亮在静静地倾听，游人已寥寥无几。念及他次日还要早起赶路，我们便往回走，去了我事先安排好的住处。那时的条件很差，不能洗澡，想到他走了一天的路，肯定是又累又乏，我就去烧了开水，并给他打来一盆热水泡脚。而这让大哥有点惶惶然不知所措，他连声说着："这可使不得！" 一边泡脚，一边是抑制不住的激动。

　　他不好意思地说这辈子除了嫂子，还从来没有和别的异性这么单独相处过，并且还说了这么多的心里话，更没有这样看过月亮，而且还有我这个妹妹给他打洗脚水。我说："您这是说啥呢？咱们不早就是兄妹了吗？若在过去，或许还可以义结金兰呢。既然认我这个妹妹，那就没有什么不好意思的。"大哥是真的被感动了，他说："好！以后咱们就是亲戚！"

　　估计他夜里是没有睡好，当早上我被闹铃惊醒，睡眼惺忪地过去喊他的时候，他的屋门已经开了。我赶忙跑出去买早餐，回来陪他吃过早点后，便送他出去等车。看着大哥恋恋不舍地渐渐远去，那伟岸的身影和音容笑貌，就永远地定格在了我的脑际。没想到这一别，却是山高水远、后会无期。

　　"听凭汗水浴骄阳，欲了红颜事一桩。海燕迎风接骤雨，梅花共雪送寒香。夜空郎朗托明月，情侣依依入画廊。眷恋深于桥下水，倾谈子夜话衷肠。"这首《梦游冀中》，是他回去之后写的。再后来能感觉到他的情绪在慢慢发生变化，不再似先前那么浮躁。大哥本来就多才多艺，当他能静下心来写诗、练字、操琴时，进步更快，并在以后的每年年底，都参加县里的书法比赛，而且还屡屡获得了大奖。

　　在以后漫长的几年里，无论我身在何方，大哥都一直对我关怀备至。我每至一处，即使没有网络，大哥也会发信息或者打电话对我嘘寒问暖。他会事无巨细地询问当地的天气、工作、生活情况，并根据他的地理知识和上网查询的结果，提醒我注意事项。友情有时比亲情更可贵，犹如一股暖流如影随形，让异乡为客的我，时时感受着来自远方的温暖，驱赶着寒夜的阴冷与独在异乡为客的孤寂。

　　后来我辗转到了贵州，大哥除了一如既往地嘘寒问暖，还特意写了几幅字专门邮寄过来，以激励我。为了答谢大哥的关心，我利用业余时间，绣了一幅小十字绣，是他喜欢的山水画卷，作为他的生日礼物回赠，好让大哥在方寸之间，感受祖国大好河山的俊美。然而美中不足的是，那年遭遇了罕见的寒流，路上冰雨霜冻，从邮局寄出的邮件，竟然耽搁了月余，没能赶在他生日的时候送达，让我深表遗憾。大哥在收到后，却非常开心，连忙催促儿子送去做了装裱。

几年之后，我这南飞的北燕终于回归，终点又回到了起点。大哥知悉后，几次欲来看我，都因故未能成行。直到2014年6月，我来到北京工作，安顿好后，我第一时间告诉了大哥。他听到后非常开心，并欣然应允，说过几天来北京办事时一起聚聚。本来约定好8月中旬过来的，不料想，7月29日午睡后，大哥突然说头疼，家人找来医生时，他已经陷入了昏迷，送到县医院后，由于病情严重又连忙转到承德医学院附属医院，这时却已经回天无力……

大哥的突然离世，令我心痛之余，化为此生永久的遗憾。

> 突闻噩耗心震颤，何故驾鹤离桃园？
> 十年知己心相牵，一朝生死两茫然。
> 曾忆湖畔赏睡莲，彻夜畅谈月无眠。
> 而今所有成追忆，唯有桃园驻心间。

转眼之间，几年已经过去了。一直以来，总是想为大哥写点什么，却每次都难抑世事无常的伤感，愧疚没能早点去看看他，所以欲言又止。近些日子，又想到怀才不遇、命运多舛的大哥，或许已经去了他梦中的世外桃源，不再被俗世所烦扰，心里似乎又坦然了许多。

他的空间 "世外桃源" 依然留存在那儿，想起他了我就会进去 "坐坐"。看看他的照片，音容笑貌宛在；读读他的文字，回忆着我们过往的点点滴滴，感受着他的存在。今天欲罢不能地写下这些追忆，也算是了结了自己的一个夙愿。

祝天堂里的大哥琴声悠扬、书墨飘香，一切安然！

远去的年味儿

随着母亲的缝纫机声迈进腊月，年的脚步越来越近。母亲是个家庭妇女，极善于打理家务，平时总是把我们收拾得干干净净，把家料理得井井有条。心灵手巧的母亲心慈面善，每年都会无偿地为乡邻裁剪、缝制衣裳，近年关时更是格外忙碌，既要缝制过年的新衣，还要张罗过年的物品。

母亲更有一手盘制灶台的绝活儿，让一般的大老爷儿们都自愧不如。每当逢年过节，盘踞在院子里赋闲的灶台，就会派上用场，吐出欢快的火舌。噼噼啪啪的柴火，便在风箱声中，催开弥漫的肉香。更有蒸馍的面香或是炸果子、面叶、炸带鱼的油酥香，随着袅袅炊烟，去诱惑天上的神仙。

所有准备过年的程序，一般都会赶在除夕午夜的钟声敲响前归置妥帖。母亲还会挨个把全家人新衣的纽扣和鞋带再检查一遍，因为母亲说初一至初五不能动利器。所以那五天里，除了做饭必须要用的刀具，一般的剪子和针线，母亲就尽量不让我们去碰。

儿时的大年三十是忙碌的。这一天要把里里外外归置妥帖，而在腊月二十四民俗扫房日那天已经打扫干净的院落、屋子，还要再仔细地整理一遍。然后贴上对应的年画、窗花、对联。当然必不可少的，是被恭恭敬敬地请回家来的灶王爷和门神，因为"他们"担负着佑护家宅平安的重担。

当时在连温饱都还没有满足的我的家乡，是没有年夜饭这一说的，一般都是在忙碌完一天后，草草地吃上一口。不论贫穷与富有，反正每家都已经精心准备好了，那是能吃到元宵节以后的干粮和菜蔬。富裕的人家，就会多蒸些白面馍、包子；拮据的人家，则以粗粮和杂粮为主，大多是窝头、红枣发糕、玉茭面的菜团子之类。在衣食无忧的今天，这些东西俨然已经成了调剂伙食的健康食品。但当时的贫苦人家，还是以吃糠咽菜为主，大部分人家，做得更多的是一些糠窝窝、糠菜团子。还有的会把秋天摘回来的柿子切块晒干，类似于果脯，算是那个年代特有的零食。而柿子的衍生物也有很多，诸如柿饼、柿皮、柿块，都是儿时的美食。也可以用它来和粗粮蒸在一起，优化口感。

大年初一的饺子，是每户人家无论如何必不可少的。看过《白毛女》的人，一定还记得外出躲债的杨白劳，为了给喜儿过年包顿饺子，偷偷地称了二斤面回来，也便有了脍炙人口的《北风吹》，可见饺子在过年时的分量。

一般的人家，在正月十六之前，都不会动大灶蒸干粮的。街上即使有初六开门的店铺，也是一些日用百货，不会卖吃食。那个年代，我们所有的食物，基本上都是在自家的锅灶上完成的。只有到了正月十六，偶尔才会有卖食品的，但大多是油条之类的"奢侈品"，一般人家平时是舍不得买的，偶尔破费，也是为了走亲戚、看病人作为礼品用。那时一进入腊月，小孩子们就像是跌进了年的轨道，嘴里不闲，肚里不空，兜里或许还能揣上几分或几角的零花钱，即将到来的新年，便成为贫瘠童年的渴盼。

除夕夜的晚饭后，一般人家都不会再走出院门。那时没有电视，没有"春晚"，更没有可以打发时间的网络。家里人围坐在饭桌前，也有的躺坐在大通炕上。红红的炉火映着我们"贪婪"的神情，盯着锅里母亲翻炒的花生、瓜子。母亲好像会变戏法似的，拿出不知藏在哪里的，在秋天已经晒好的红薯干条，用淘洗干净的粗沙翻炒，又脆又酥，那是别人家很少品尝到的香甜美味。

我和哥哥们吃着平时见不到的糖果、花生和瓜子，时不时地打闹一番。还会把白天分得的小红炮数数，看看兄弟姐妹们是不是会偷拿。心血来潮的时候，便小心翼翼地捏着小红炮屁股，隔着门帘放上一个，可以开心上好半天。那时的歌谣是这样唱的："过新年，新年到，闺女戴花，小子要炮。"我却是一个比一般的小子还淘的野丫头，小红炮曾经是我的最爱，是我和两个哥哥锱铢必较的珍宝。直到有一年，小红炮升级为电光炮，我依旧逞能地，捏着炮屁股在小伙伴面前显摆，结果悲催了，把手指炸得鲜血淋漓，从此才收了放炮的野性，不敢再拿在指尖，只能点燃后飞快地丢出去听响了。

等母亲把饧好的面团和拌好的饺子馅儿端上来，大家的注意力便集中起来，开始一起上阵，包大年初一早上的饺子。母亲更是忘不了把一两枚早已洗干净的一分钱硬币拿来，让我们包进饺子里。有夜里饿了的，也就在那依然红红的炉火上煮上一锅，每人吃上几个，或许那就是我们当初的年夜饭吧。

等劳累的父母收拾妥当不久，此起彼伏的鞭炮声，已经伴随着新年的钟声响起。沉寂的夜，由此展开了一场辞旧迎新的鏖战。待激烈的鞭炮声渐渐地稀落下来，人们便慢慢进入梦乡。除夕夜的灯，母亲是不让熄灭的，成为一年当中唯一的一次长明灯。我们每年都在信誓旦旦要守岁的单调里煎熬着，往往也难抵睡神的诱惑，穿着提前上身的新衣，和衣而眠。

当新年的第一声二踢脚响起，仿佛再次引领了爆竹的合唱。新年的饺子，也是在自家放了一挂鞭炮后，才可以动筷子的，这是我母亲的规矩。其实很多的规矩，母亲也说不上道道来，我们只要跟着照做就是。在母亲走后，那些有关过年的规矩和习俗，也就在记忆里时断时续着。

一直到近几年，各地禁放烟花爆竹，我们也无法去遵守母亲在世时的某些禁忌，而年的味道，也就越来越缺少仪式感，越来越淡了。初一的饺子，一定是最香的，因为会比平时放的肉多。而能吃到那枚硬币的人，必定是当年最幸运的，会把好心情持续很久很久。

拜年，曾给我们带来极大的乐趣。我们三三两两，或成群结队，挨家挨户地满街窜，待到晌午该回家时，早已是收获满满，兜里装着各色糖果。偶尔能得到一两毛钱，更像是拥有了宝藏，引来小伙伴们的羡慕嫉妒恨。那必定是家族或者世交的长辈给的，当然，这个人情，也需要父母去还。

我家的新年食谱几十年雷打不动，早上必须吃饺子。晚上是母亲一年四季离不开的小米粥，午饭则一定是大米饭和大烩菜。那会儿的生活，一是没有条件，二来我儿时生活的地方，除非结婚的喜宴，平时是没有吃饭摆上三盘四碟的习惯的。我家的午饭，一般都是一天米饭一天面食交替进行的。母亲是做面食的行家里手，无论是擀面条、拉面、饺子，还是焖面、饸饹或者抿节，都会引出闻到或者看到、吃到的人的津水。

母亲对生活算计得当，再加上父亲的工资也算比较可观，所以在我的印象里，我家基本上没有拮据过，至少母亲没有让我们受过委屈。

母亲会把买回来的肉，分成几部分。最多时会有半扇猪肉，偶尔也会有猪头或者猪下水，都是母亲自己摆弄。取其中一部分用来剁馅，不宜太多。必须是在吃饺子和放鞭炮的日子，即初一、初五和元宵节的早上。初五名为破五，人们要吃饺子放炮"赶五穷"。等元宵节的饺子吃完了，则代表着年的假期和团圆即将结束，过了这个十五，就该上学的收了玩儿心准备上学，外出干活儿的，收拾行囊准备离别。

然后留一条炒菜备用的五花肉，放在粗盐的罐子里，沾满盐巴就可以存放多日，需要的时候切一点下来。我记得奶奶在世时，就是用这样的方法，把每次我们回老家时买的走时还没吃完的肉存放起来，或许会等到我们下次再去时才吃。有点像南方的腊肉，却没有烟熏味儿，只是有点硬和咸。

剩下最大的一部分，大概有十来斤的样子，是母亲用来做我们家特色的回锅肉的。母亲用一个大的粗砂锅，把切成大概有六七两样子的一方一方的肉块下锅，加入花椒、大料和姜片，加凉水烧开。撇去浮沫，再放酱油和大葱。大火接着烧上 10 分钟左右，中火再煮十几分钟，待用筷子能扎透肉皮了，就把锅端到边上，捞出控水。然后用铁锅热少许油，在肉皮上涂抹蜂蜜，没有蜂蜜也可以抹点甜面酱。扎住方肉放进油里盖上锅盖，这一步比较重要，肉上残余的汤水遇热油会进溅，所以要小心烫伤。待"嗞啦"声平息，再换下一块，每块的白肉部分经此一炸就变成了红褐色，炸过的肉皮泛起凹凸不平的小包。待依次全部炸完后，重新放回锅里，加盐煮熟捞出来就可以了。只要不是暖冬天气，在阴凉地方凉透后，与那些蒸煮好的食物，一起存放进大水缸里，可以吃半个多月，有时甚至能吃到正月后。

母亲炒菜看似简单，先热油，放几粒花椒，然后葱花儿爆香，下菜，味道却总是和别人做出来的不一样，那火候，我到现在也没掌握好。尤其是过年的这顿烩菜，内容更是极其丰富的。有过了油的山药，有炸好的丸子、豆腐，有筋道的粉条。当然，过冬的大白菜和土豆也是必不可少的。这里面的法宝，则是切成大片的回锅肉和捞出肉后的汤。这时的汤已不再是清汤，汤里早已在肉出锅后，紧接着放进了泡发的海带，炖好后备用。

回锅肉还有一个做法，就是切片蒸扣碗肉，类似南方的梅菜扣肉或米粉蒸肉，那也是当时婚礼席面上最抢眼球的风景，不亚于山珍海味。

母亲的年饭是独一无二的，是我除此之外再也没有吃到过的，是真正的只属于母亲的味道。

远去的年味儿，带着岁月的黏稠，现在却越来越淡了，就像远去的亲情，只能在回忆里咀嚼余香。现在的餐桌上五花八门，就连平时随便的小聚，可能也比过去所有的年饭加起来还要丰富，可是人却少了食欲。

京城的街头已在布置彩灯，每当夜幕降临，火树银花、霓虹闪烁，火红的灯笼宣告着年的喜庆，让我不由得想起曾经山城街道上拉起的吊挂，那飘荡的五颜六色，昭示着年的祥和，是浓浓的仪式感。没有了爆竹的新年，总感觉缺失了年的味道；没有了串门的迎来送往，人情更是越来越浅。

当传统的拜年，从串门变为电话拜年，而电话、信息又被飞速发展的网络所替代，或许几秒钟的一个群发，便可以结束这一份人情往来，思念和牵挂仿佛也被秒杀了似的，简洁到不再起半点涟漪。

月饼

岁岁中秋，今又中秋，节未至，铺天盖地的祝福已不期而至。大街上提着礼盒的人越来越多，盒子也越来越精致了。月饼的味道，却似乎离记忆中的味道越来越远，我也早已失去了品尝的兴趣。

这辈子吃得最香甜的月饼，莫过于 1981 年我自己亲手打制的那些。也许是因为那时已经吃到了极致，所以才有后来"曾经沧海难为水，除却巫山不是云"的寡淡吧。

随着 1981 年 7 月高考的结束，我的学生生涯也就此画上了句号。有自知之明的我，连考分都没有去查看，从此便成了一个浑浑噩噩、无所事事的待业青年。

8 月，我父亲所在的供销社食品加工厂，开始了每年的月饼加工。父亲便让整日不是昏睡就是东游西逛的我去做临时工。这是我生平第一次打工，开始用自己的双手挣钱。

当时一起干活儿的大概有十来个人吧，除了一个比我大几岁的男孩，我们可以一起谈笑风生，剩下的就是一年一度都会过来打月饼的叔叔阿姨。他们在一起嬉笑怒骂，一天到晚玩笑不断。当然，打打闹闹的，并不会耽误干活儿，相反倒是一个个劲头十足。倒应了那句老话：男女搭配干活儿不累。这是我走入社会的第一站，虽然感觉有点累，倒是非常充实、开心。

那个加工厂在当地口碑很好，主要是货真价实。每天上班，有师傅和面、拌馅，我们负责打月饼和烤月饼。当时只做五仁月饼，具体方法我记不清楚了，只记得是用白糖和油和面做皮。当时的馅料，和现在叫人眼花缭乱的可没法比，五仁就是核桃仁、花生仁、芝麻、冰糖和青红丝。馅里的东西不加工也能吃，我们自然也少不了顺手牵羊地往嘴里塞上一口，一饱口福。

我们把包好馅的面团摁进模子里，压平整后再磕出来，一个月饼就完成了。然后再把码好月饼的烤盘，推进架着柴火的大烤箱里。我最喜欢每次炉门开启的那一刹那，缭绕的香气瞬间弥漫开来，令闻者垂涎欲滴。一盘盘的月饼泛着金辉，仿佛是一排排带着灵气的精美艺术品，等着人来鉴赏。

刚出炉的月饼，闻的人都难免迫不及待地想尝鲜，及至掰开来，更是香气扑鼻。烫手的月饼，被忍不住的诱惑，吹哈着热气轻轻地送入口中。果仁的香甜，顷刻之间在口中萦绕，一边咀嚼，一边怕烫地翻滚着舌头，还不忘仔细地分辨着哪是花生哪是核桃。咬到一块冰糖，会轻轻地硌一下牙，然后小心翼翼地嚼碎，和着果仁再细细品尝，那才叫一个又香又甜！不过这时候的月饼可不能多吃，刚出炉的月饼虽然香软，但吃多了会腻。我们一般都是掰开一个，大家各自尝上一口。也有人贪吃这一口给吃伤着了的，以后就再也不想吃月饼了。最好的口感是放上几天，等过了回油期再吃，那味道才更地道，令人回味无穷！

打月饼期间最开心的插曲，就是和那个男孩一起调皮。我们两个人总是趁人不注意的时候，偷偷地把面皮拍成片，然后放进烤箱的边角上，烤出来就是饼干，香甜酥脆。在当时，那可真是超级美味，比一般的饼干可好吃多了。这也是我俩最默契的小秘密，想吃的时候，只要一个眼神就领会了，我负责拍片，他负责拿去烤。

一个月的时间在欢声笑语里真的如白驹过隙，中秋节到来的前夕，我们结束了这份工作。

一天 1 元，一个月的工资正好是 30 元，比我半年后参加工作时挣得都多，我正式上班后，每月工资才拿 20 元。记得当时我拿着自食其力的第一份收入，毫不犹豫地就去商店买了那件早就看中的最流行的尼龙衫。记不清是花了 26 元还是 28 元，反正没觉得心疼。至少我不用跟父母伸手了，也明白了只要付出就会有回报这个道理。或许，这也是父亲让我体验生活的初衷吧。

中秋年年有，青春已不再。转眼红颜老，回首尽开怀。

人生最美妙的时光，都是在回忆里的。就像这中秋节的月饼，日新月异，可谓是琳琅满目，只有想不到的，没有做不到的。各种味道也应有尽有，但是，遍尝南北，吃的品种再多、价格再昂贵，却很难再找到记忆深处里珍藏的那种香甜。或许，我留恋的不只是那时的月饼，而是青春的味道吧。

遥远的童趣

无论在哪个年代，每个人的童年，都有其独特的童话色彩，而对动植物和生物的喜爱尤其如此，更是天性的流露。

我是 20 世纪 60 年代中期出生的。

童年时我家住在乡镇，因为家庭条件还算不错，所以我应该也算是小伙伴们眼里的"白雪公主"吧。

我生性怯懦，但村里的孩子们都喜欢和我玩耍。一个重要的原因，应该是母亲的善良和心灵手巧。同样的东西，母亲做出来的就比一般人家做得好吃。一般去我家玩过的孩子，都吃过我娘做的干粮，有时也会吃到稀罕的烙饼、馒头或者包子，更多的是玉米面窝头，总比他们的糠面要强一点。反正进了我家门，就会有所收获。

长大一点时，我倒越来越像个"假小子"。既和小姑娘们打包、抓子儿、踢毽儿、跳皮筋，也跟着淘气的男孩子们上山、下河、爬树、捅马蜂窝。

原野里很多的植物和果子我都尝过，多年以后才慢慢了解到，其中很多居然都是中药材。庆幸没吃到过剧毒的野果，最严重的时候也就是过敏一下，痒上几天，从此也就知道了什么好吃、什么不能吃，算是拣了一条小命。我最惨的一次，是在院子里的屋檐底下掏麻雀蛋，结果摸到了一条和我一样去偷鸟蛋的蛇，吓得我一个跟头从梯子上摔下来，就再也不敢傻大胆了。

相对于淘气而言，儿时干过的最靠谱的事情，应该是养蚕。

那时我家已经随父亲的工作变动迁到了县城，我开始上学。

过年的时候，我用平时罕见的好吃的糖果，向同学换取了一小片破报纸。那上面布满了密密麻麻的小黑点，同学说是蚕子儿（卵）。我小心翼翼地把它折叠起来，装进纸质的火柴盒，同学让我放进贴身的衣兜里。

转眼间冬去春来，在大地回春、树木发芽的时候，我的蚕宝宝也在我"一日看三回"的期盼里，一条条争先恐后地爬了出来。这些像小蚂蚁一样的小生灵，引发了我自然而然想去呵护的母性。接下来的日子，我就开始了有生以来难得的忙碌，到处去寻找还不多的水灵灵、嫩生生的桑叶。那时每天放学后最大的乐趣，就是呼朋唤友一起去采摘桑叶，然后回家给蚕宝宝换新的口粮。

饲养蚕宝宝的那几年，展现出了我这一生中最大的耐心和爱心，也是我最勤快的时候。每次给蚕宝宝换桑叶，我都会拿起一根早已备好的漂亮的公鸡羽毛，细心地把蚕宝宝一条一条地"扫"到另外一个已经铺好新桑叶的盒子里。蚕宝宝刚出生的几天，不好分辨，我每次都要仔细清点数量，直到一条不少了才放心，否则就得反复查找。我总是不厌其烦地蹲伏在旁边，看着叶片一点点被它们蚕食而划出的弧线，听着它们吃得津津有味的香甜的"咔嚓咔嚓"声，感觉到满满的欢欣。

随着蚕宝宝的不断蜕变，我也会给它们更换越来越宽敞的"住房"，特别是到了后期，白白胖胖的蚕宝宝憨态可掬，让人更是不忍把目光挪开，有时连吃饭时，我都端着碗边吃边看着它们，时不时也会给它们添点"饭"。

当蚕宝宝不再想进食的时候，它的胸部就会慢慢地变得越来越透明，然后上下左右地摆动着头部，寻找营茧的场所。我们纯粹就是一时兴趣，养得少，一般都是几十条的样子。它们一般会沿着盒子边缘，在盒子的一个角落处寻找到合适的地点，然后把头胸部高高地昂起，开始吐出丝丝缕缕的丝线。等一层一层、密密匝匝地把自己包裹严实后，等待"涅槃"。结好后的蚕茧，以白色和金黄色居多，"春蚕到死丝方尽"的真实写照莫过于此。

十几天后，待它们陆续地破茧成蝶，蚕宝宝也就将这一世的生命彻底走到了尽头。我把早已准备好的柔软的棉布铺好，当作它们的产床，迎候新生命的诞生。然后就是漫长的等待，直到来年，再次看它们重复完成生命的轮回。

我庆幸自己那么多次，亲自参与了这种重塑生命的过程，在它们的每一场涅槃里，感受着生命的脆弱与静美，也为它们的顽强与奉献精神所震撼，以至于在后来的人生路上，我尽力以善为本，不断加深着对奉献的感悟。

年味儿

临近年终了，京城里的人较平时减少了，看上去略微路阔车稀了些。地面交通有所缓解，难得不再如往日般拥堵。

马上小年了，路遇的除了和我一样一如既往地赶路上班的，还有不少提着、拉着大包小包行李回家过年的外乡人。有的人走了可能还会回来，而有的人走了，或许从此就与这座城市再无交集，只留下日后的谈资了。

每年到了小年儿前后，地铁站里就没了平时的人满为患。中国人的传统嘛，有钱没钱回家过年，能早回去的，尽量赶在小年这天之前回家，以便灶王爷数好人头去"上天言好事，回宫降吉祥"。

这时，走进地铁或坐公交车出行，你也会突然感觉宽松了许多，缺少了往日的拥挤，早晚高峰没再被挤成"平板"，似乎还会有点小小的不适应呢。人啊，就是习惯性的动物，每天倒车上班，已经成了机械运动，不用过脑子就可以按部就班地，随着人潮向既定的目标前进。

"二十三糖瓜粘，二十四扫房日，二十五磨豆腐，二十六宰年肉……"年龄越大越爱怀旧，本以为这些年早已看淡了风云过往，笑谈前尘事波澜不惊，但是看到铺天盖地的祝福和各路商家店铺里喜庆吉祥的推广，感受着越来越浓的年味儿，心底里涌上来的不是将要过年的感慨，而是对往事不可追的喟叹。

小年是吃糖瓜的日子，却让漂泊在外多年的我，连应景都早已不屑。而记忆深处留存的过往，倒是不时地会浮现在脑海，或许正是因为过于留恋曾经的美好，才找不到可以回味的替代，也就懒得应景了吧。

儿时的记忆里，老家这天要吃的糖不叫糖瓜，而是叫"芝麻灌糖"，长相类似于现在超市里卖的那种管状的芝麻糖，但现在的糖和小时候的口感，却是大相径庭。几次三番下来，除了失望，我也就不再有兴趣去尝试了。

那时的芝麻灌糖是用核桃仁、花生仁、芝麻、青红丝等灌装在糖管里，管外是一层密密的白砂糖，沉甸甸的，一斤称不了几根，好像是 2 块钱左右一斤，在物质生活比较贫瘠的七八十年代，和麦芽糖那种几毛钱的相比，这也相当于是奢侈品了。一般的人家只能买那种麦芽糖，中间是空心的，外面只是粘了少许芝麻，和现在卖得差不多，粘牙。

真正的芝麻灌糖，咬一口酥脆香甜，几乎不粘牙，而且是越嚼越香。待咀嚼完一口，能在唇齿间留香很久，可以说真的是回味无穷，就像当初的五仁月饼，怎么吃都不会腻。已经有三十多年没再吃到过那个味道了。开始几年不甘心，每年还会去买几种来尝尝，后来即使节气到了，连去看看都懒有心情。

外出谋生之前，每年的腊月二十四，是要打扫房屋和清理一冬的衣物，也是拆洗被褥的日子，要忙活上整整一天。

从小就随父母居无定所，搬家无数，所以，一提搬家我就头疼不已，真正是搬怕了。小时候租住的房屋非常简陋，开始的时候住的都是土坯房，每次搬家过去的第一件事情，就是借来梯子用报纸糊墙，再就是每年腊月二十四这天，糊墙纸就成了保留项目。这天我和哥哥是哪儿也别想去了，一大早就会被母亲轰出被窝，把被褥都要晾晒到院子里，然后腾空屋子的四周，我们要给整个房子换上报纸做的"新衣"。

贴了一年的报纸早已变色，有时需要揭，有时不揭，可以直接往上糊，那样就省事些。揭下来的，报纸里平时窸窸窣窣的小爬虫，也会随着浮土掉落一层。母亲是极要面子的人，所以，过年是必须通通见新，并把屋子、院落里外都清扫干净的。

扫完房子就开始准备过年的物品了，该采买的采买，该加工的加工。儿时的记忆里，父亲除了工作是从来不管家务的。母亲没有工作也没有文化，但是却心灵手巧，做什么都是得心应手。

母亲还会盘灶台，而且非常好使，没少帮别人盘。母亲的灶台，在春节前拉开了浓浓"年味儿"弥漫的序幕。我们会在院子的灶台里架起柴火，炒花生、瓜子，还炒母亲冬季已经蒸好晾透的红薯干，红薯干直接吃劲道十足，炒着吃香脆可口，是我们最绿色的美食。

然后开始蒸馒头和各种馅的包子：菜包、肉包、豆包、菜团子；还要炸油条、炸豆腐、炸带鱼、煮回锅肉，再用煮肉汤来炖海带，最后把海带盛放在砂锅里备用。毫不夸张地说，那时节，只要我家的锅盖一揭，那叫一个香气四溢，街坊四邻隔着墙都会忍不住地喊上一声："海燕娘，又做啥好吃的了？好香啊！"

这些需要蒸煮的食物，每次最少得做上整整一天。幸好我们家人口不多，也没有可走的亲戚，而母亲做事又非常麻利，如果是人口多，或是需要走动的亲戚多，一天时间是远远不够的，有时拖拖拉拉地需要三四天。

那时的春节期间，在元宵节前，街上是没有卖东西的，也很少有人在这个时间自家烧大火蒸煮，所以就要把正月十五前的吃食尽量备好。做好的食物会放进一个大缸，在院子里找一个比较阴冷的地方存放。等过了正月十六，对过年的禁忌才算放松，人们意识里的年，也随之结束了，然后各归其位，开始新一年的劳作轮回。

记忆中，那时似乎很少有暖冬，屋子里的水缸有时还会结冰。即使稍微暖和点也有限，偶尔遇上，善良的母亲就会把食物分给比较贫困的家庭，不能把好东西给糟蹋了。

母亲做的家常便饭味道极佳，所有吃过的人都赞不绝口，说那才是家的味道。"出门在外没有妈熬的小米粥……"每次听到或唱起这首歌，我都忍不住会热泪盈眶。母亲选小米非常仔细，每次买之前都会货比三家，每家的先买上一斤尝尝，哪家的好，一买就是几十斤。当然也会偶遇到走街串巷的贩子以次充好，今天吃得不错，等他过几天再来卖时，其实已经不是那一批的了。母亲也不恼，反正她喜欢小米，熬粥不好喝的，就做小米捞饭吃，不会浪费的。母亲对小米粥的火候，把控得非常到位，尤其是开锅下米这道工序，可以稍微提前点在锅响时下米，绝对不要等锅里的水开上一会儿再下，那样口感不好。熬好的小米粥放在一边，若能再配上她做的土豆丝、葱花饼，那就更是绝配了。

那时过年，除了吃饺子，很少像现在这样盘盘碟碟的，因为那时的冬天，没有这么多可选的菜品。我家过年主要是用回锅肉炒菜，或者用回锅肉来个土豆、白菜、粉条、海带大烩菜，好吃而不腻。

现在饭店里的炖菜还真的很少能到我娘做的那个味道，每个人的记忆里，关于家的味道，其实都是母亲的味道。我也就是懒，母亲的好多优点是真没继承多少，学得的一些皮毛，实在难入骨髓，所以，现在除了回味，只能在梦里去解馋了。

十年生死两茫茫，萍踪无定四海荡。

犹忆膝前合家欢，难现笑语满厅堂。

母亲走了十年有余，我也漂泊了十多年了。每遇身体不适的时候，尤其想念娘亲的吃食，小时候生病的佳肴，是疙瘩汤和鸡蛋饼，现在馋了的时候就做上一顿，真是百吃不厌！只是，怎么吃都好像缺少了娘的味道，那是留存在味蕾里的"家的味道"……

没有了母亲的家，难免少了些亲情的维系；没有了母亲操持的"年"，也就少了很多的嘘寒问暖；没有了年前的忙碌，更缺少了年节的气氛；没有了你来我往的喧闹，这年，是越过越淡，现在是越来越没有什么味道了。

如今的我们，只要指尖一动，足不出户，想要的东西就会有人送货上门，带来了极大便利的同时，却也因此减少了亲自操刀的欢欣。

而亲朋好友之间，也由原来的鸿雁传书收寄祝福，再到后来的电话、信息拜年，现在随着网络的普及，有时一个群发，就把年节给打发了。逢年过节除了小范围的吃喝玩乐，剩下的，不是出去游车海、挤人山人海，便是睡个昏天暗地了。

十多年来，随着我们一家人各自奔波，天各一方，曾经的家，缺少了浓浓的烟火流溢，早已经不能称为家，倒更像是个宾馆驿站了。

来也匆匆去也匆匆，季节交替处，昨日又立春。新春伊始，万物复苏，更难得抽到一上上签，心情随之大好。签诗曰："明月全圆，颜色欣然，风云相送，合和万年。"终于让我一扫往日阴霾，收拾好心情，准备回家过年。

期待一顿团团圆圆的年夜饭，努力营造些年味儿，争取过一个和和美美的新春。

爆竹声中除旧岁，祈祷未来安好！

第六辑　天命絮语

命运之筝

自困在方寸之间，每天不过躺躺坐坐的。读上几页书，抑或写几行文字，感觉不过是一晃。偏西的太阳已映入眼帘，透过窗子，街道与远方的天和地，已不再闪烁耀眼的煞白，西边天际划出几道霞彩。楼下的行道树在婆娑起舞，栾树的花轻盈地飘飞，随着车流带起的风，旋了几个转儿，便顺着道沿排成一溜金线，像给马路镶嵌了一道金边。

国槐也不甘示弱，摇落一地热热闹闹的象牙白，远看就像铺了一层沾惹了尘埃的雪。三三两两的行人，也踢踏踢踏地走进又走出取景框似的视野。我舒展一下慵懒的身子，终究难敌外面世界的诱惑，戴好口罩，下楼信步走向几公里外久违的大运河广场公园。

那座被整个草坪覆盖的小山包，不知道何时开了禁，上面分布着大大小小的身影。我漫步其间，不时有人追逐着嬉闹，仿佛是为了让禁锢已久的灵魂撒欢儿。更多的是一些带孩子的家庭，出来放松被禁闭的天性。我席地而坐，感受着清风的亲昵，消散了宅家的烦闷。天上飘飞着大大小小、高高低低色彩斑斓的风筝，像蓝天的点缀。满坡的悠闲，缓解了人与人之间刻意的疏离，有几个为风筝的起落而不停奔跑着的身影，让画面活泼了起来。

西方的天际，正在集结越来越多的云，把天空涂抹成彩绘。夕阳隐在云层里，似有突围的冲动，挣扎间，又仿佛给云层涂抹上了愈加诡异的色彩，变幻出不同的物象，好似一个不断转动的万花筒。山坡上的人，都被吸引着朝同一方向行注目礼，更像是在看一场精彩的露天电影。放风筝的也顾不上了，人们不约而同地举着手机，留下彩霞的倩影。同一片天空下的同一时刻，不消片刻，便在朋友圈里，看到了不同地方呈现出大同小异的暮景。

一阵"嗡嗡"声，远远近近地响着，拉回我眺望的视线，一只飞得不算高的风筝，被一个人用两根线牵着，正在上下翻腾，不知是风筝拉着人在跑，还是人在操控风筝，与旁边那些静静飘在空中的风筝截然不同，显得有点闹腾。我却不禁眼前一亮：舞风筝者！显然这是个初学者，有点手忙脚乱的样子，还做不到得心应手，不时就得重新开始。欢实的风筝，唤醒我淡忘的记忆，不由回望起漂泊的来路。

2011年深秋，当我结束了黔西南四年的漂泊，回到离开前的原点，出走和归来，就像冥冥之中注定的安排，轮回成一个小小的圆。那时相距原来所在的工厂，破产已有六年之久，我外出谋生也远远近近地换过三四个地方。

第一份工作，在个体诊所干了七个月。那是在打破铁饭碗之后，首次离开几十年来熟悉的环境，像"摸着石头过河"。怀揣着初学游泳式的惴惴不安，在忐忑中摸索着扑腾。先前几年，确实没少"呛水"，也屡次想到过放弃，当然与本身的能力无关。

当突然改变的环境和生活方式，颠覆了自己的三观，二十多年来，已经在工厂那种相对封闭的天地里，习惯了按部就班生活方式的我，就像是重新走进社会里回炉，茫然间有点无所适从。可看着上涨的物价，还有孩子不菲的学费，除了在隐忍中挑战自己的底线，试着学会"换气"，也不得不去寻找更适合自己生存的方式。

一天傍晚，我依旧和四年前一样，形单影只地去公园散步。走出门口时，出乎意料地看见平时寥寥无几人的广场上，不知被哪里突然冒出来的一群人，围成了一个圆圈，还传出阵阵叫好声。我看到一只"雄鹰"正呼啸着，在人圈的上空翻飞。和眼前的这个风筝有点相像，只是那个的线更短，飞得不高，感觉却比航模还灵活。类似引擎的呼啸声，是风速震动造成的错觉。

只见放风筝的人腾挪闪躲着，极其灵活，看上去像一个顶级的武林高手。我却更愿意把他当作一个飘逸豪放的舞者。干净利落的动作，如行云流水，似浪遏飞舟。他牵着翻飞的苍鹰，更像是驾驭着一架特技飞机在作秀，完全是花式表演。

"苍鹰"时而盘旋、时而翻飞、时而紧贴地面，令人目不暇接。引得看的人，张大嘴巴如痴如醉，情不自禁地随着那风筝而摇摆，仿佛与舞者已融为了一体。舞者抑或一个突然的转身，好似舞台上的亮相，又引来一片满堂彩。喝彩声中，他越发尽兴卖力，观者更加热情，好似终于寻到了一个宣泄红尘压力的出口。我也不禁沦陷在恍惚里，如庄周梦蝶，分不清楚是人在舞风筝，还是风筝在牵引人。

再去看那种高高在上的风筝，像极了我在国企的日子，恬淡、安逸。一根长长的线，牵着大锅饭的风箱，不紧不慢地，云淡风轻。直到乌云翻滚，狂风暴雨倾注，灶倒锅塌，才不得不惊醒南柯一梦。当时正是人到中年，上有老下有小的，仿佛突然就坠入迷途的深渊。没有经历过的人，想必很难体味其中的艰辛与无奈。从曾经受人尊敬昂首挺胸，转换为在人屋檐下低声下气的乞食，这种人生起伏的落差，足以颠覆前半生的认知，树倒猢狲散的悲凉与凄然，使寄人篱下的况味，在辗转反侧的咀嚼里恍如隔世。

　　而眼前被舞的风筝，又何尝不是我飘零的写照。我在命运之手的操纵下纠结，继而屈服、顺从，却又在不甘中挣扎，在呼啸中呐喊，直到最后，不得不与命运达成和解，跟现实握手言和，随后在火焰与海水的洗礼里重生。

　　我是漂泊的风筝，起舞在现实和理想之间。我用文字还原生活的真实，我渴望生命的另一种绽放。当我拒绝被闲置成一幅画的模样时，我的灵魂开始放飞。

　　我在舞与飞的境界里癫狂，沉浸于这跌宕起伏的筝舞，见证了生命的另一种活法。当人赋予风筝以生命，风筝便活出了精彩；当风筝给予人自信，就相当于带给舞者飞翔的翅膀。

　　我是一只被命运牵制的风筝。我致力于做一名操纵命运之筝的舞者。

身体和灵魂，总有一个在路上

每天上班。有活儿的时候认真干活儿，空余的时间，放任灵魂游走。而上下班的路上，则是身体在车流与人流中游荡，已形成一种惯性。

每个人的一生，都是一场不由自主的旅行。沿途经过的地方有明媚的阳光，也可能风雨兼程。旅途的不确定性，让我们在坦途大道上行进时，也不能忽略了可能会遭遇的崎岖坎坷。

我每天要穿梭半个北京城。从住处到公司的距离差不多有30公里，中途需要倒一次公交车。早上顺利的时候，平均在一小时左右，晚上则需要两小时才能进门。若是坐地铁，可以节约半小时，但是两头都需要坐几站公交车或者骑车，还要倒一次地铁。最重要的是，上下班的高峰时段，我挤不过那些年轻人，有时候，甚至要等两三列车我才能挤上去。我的路途，也是很多北漂的常态，还有一部分住在燕郊的人，可能比我更远、更辛苦。

所以，只要不是赶车或者有要紧的事情，我都会选择公交车，宁可早起和晚回去一会儿。一个人上路，是孤独而宁静的。我喜欢在道路上欣赏四时不同的风景，而看风景的心情，却随着周边的环境迥异。有座位和没座位时的感受，也是不一样的。有座位的人可以昏昏欲睡，更多的是掏出手机，或浏览，或聊天，或游戏，不会太在意身边的人物和风景。

只有站在车上的时候，你才会多留意周围的人和事物，或在有意无意间，就听到几句身边的交谈。看着车窗外的风景随季节变换，听着自己喜欢的读物，或是感受着周边一路的欢畅与抱怨，忍不住莞尔一笑或莫名伤感。也难免有全程双眉紧蹙的时候，那一定是遇到了令人心生厌恶的旅客。

早上的时候，大多数行人，都是匆匆忙忙的上班一族，有提着早点边吃边走的，有倒车时为了不错过最近的一班车而发力奔跑的。路途远的赶车人，会起早排队等候车上的座位，以便上车后可以安心地睡个回笼觉，所以从始发站到终点站的坐客，都是在闭目养神或一路酣睡。下班的路上，我就比早上悠闲了许多，更多的时候，是随着人流机械性地游走。

我喜欢坐在车上游走的感觉。不管去哪儿，我在车上是很少睡觉的，除非是疲乏到了极点。我很迷恋这种游荡，可以带着飘忽的思绪天马行空。我有时觉得，我的前世一定是个没有尽兴的游侠，要不就是吉卜赛人，才会有今生漂泊的延续。很多人对我年过半百后依旧如此奔忙感到不解，总是会用怜悯的口吻，劝我该回家了，我往往报以一笑。我眼里的路，是没有尽头的，希望能带着我就这样一直、一直走下去。

朋友说："人生就像是陀螺，而且是自转的陀螺。我们被命运驱使着，不能停下来。当某一天，我们不得已停下来的时候，或许就是旅行结束的终点站到了。"我深以为然，那是一种多么深刻的领悟和无奈的伤感。

经常听先我出去的朋友说，出外谋生就是一条不归路。当你把责任和义务放在肩上的时候，你就必须义无反顾地走下去！或许在旁观者的眼里，看到的也许是风和日丽，或者是声色犬马，但那都只是看得见的风景。有句话说：看得见的，也未必是真的！现实就是如此。这条路的艰难与否，和其中的滋味，如人饮水，甘苦自知。离家在外久了，别的都能克服，感觉最难的时刻，莫过于独自躺卧在病床上时的无依无助，那是一种濒死的绝望……回家的路，就像一道无形的坎儿，走得越远，越难以跨越。回家，已成为一种奢望。

窗外的风景是五彩斑斓的，春有百花秋有月，夏有凉风冬有雪。路上的行人也各有千秋，仿佛是现实的舞台，每天都在上演一幕幕的系列剧，演绎人生的悲喜交加。人在旅途，我总是会在不同的剧情里，安插自己的角色，进而导演出各种剧情。看见嬉戏的孩童，我会羡慕那份天真，幻想着将来的含饴弄孙；看见恬淡悠闲、相携相伴的老人，我希望那就是明天的自己。当然，路上也不乏偶遇恶语相向者，更有出手施暴的，蹙下眉，快步走开就是了。既然左右不了别人，那咱惹不起却躲得起，约束住自己就好。

我一直记得曾经在十字路口等绿灯时，看到的一个温馨的画面：一对情侣在路口分手时，男孩把女孩的背包从手里递给她，帮她背好。接着把她衣领和围巾拉整齐，又抱在怀里轻轻地吻别，然后急匆匆地各奔东西……此情此景，是很多北漂的现状，我还是禁不住就被感动了，多么希望这个画面永远定格哦！然而就在过后的那一瞬间，我发现自己已经是热泪盈眶……谁又能预料未来呢？多少风花雪月的初衷，都是希望有一个完美结局的。

经常听到身边有人闲聊，轻描淡写地说着谁谁谁，更有很多人在一起多少年后"无疾而终"了。好像即使不受婚姻约束的爱情，也很难躲过疲惫的七年之痒。婚姻的不确定性，让爱情与家庭，成了玻璃樽，越来越经不起现实的碰触。眼前的情景，之所以能赢得我的祝福和伤感，至少我还愿意相信爱情，羡慕他们拥有着青春的情感，和当下的甜蜜。

天马行空的旅途，是漫长而又短暂、无聊而又有趣的，我总是在自己的思绪里漫游。人在旅途，当别人成为你的风景时，你又何尝不是别人眼里的风景呢？每个景色都是独一无二的，只要不是刻意地去煞风景，就能做到情景交融，交织为温馨的画卷。

人在旅途，我们都是同行人。看看天灾人祸，想想蹉跎岁月，一生中有多少事情，是我们所能左右的呢？既然无能为力，还不如顺其自然。我喜欢顺其自然，在接受、看开、看淡中随遇而安，尽可能地放下原有的执着。有人批评我中庸、消极，我却总是笑着说：我知道我自己是谁。我明白我在做什么。仅此而已。

如果你曾经历过炼狱后的涅槃，并在蜕变中，体味到敬畏生命的感悟，那就不难做到从心所欲。"一切都是最好的安排！"这是尊重自然的结果。适合的，就是最好的。

不求一路繁花，尽力做到问心无愧。

事在人为

写字楼的餐厅，开门不过半年，关门倒有几个月了。让我好不容易有了规律的可口早点，只能再次被迫中断。只好依旧在每天上班的途中，随意地买一点来果腹，好不容易养得差不多的胃病，又开始重蹈覆辙。

有一段时期，我差不多每天早上，都是在公交车的站台旁边买早点，因为离公司不远，我一般到得比较早，可以从容地带到单位，坐下来慢慢享用。

摆地摊的是一对清瘦的外地小夫妻，每天早上手脚麻利地现做现卖鸡蛋灌饼。妻子擀饼收钱，丈夫负责烙和烤。更多的时候，是妻子边添加食客所需要的里脊肉、小菜或者火腿肠之类，边见缝插针地擀几张饼扔进饼铛，顺手转身拿空闲时盛好的粥或者豆浆。人多的高峰，就难免有些手忙脚乱、忙中出错。有几次，不是给我拿错了粥，就是给我要的饼里抹了辣椒。粥和豆浆有的是事先封在杯里的，拿回来吃时，才发现给错了，想养胃的粥却变成了豆浆，无奈地苦笑一下也就作罢了。人少时，我看着不对，也会提醒她换一下，她歉意地笑笑，马上给换好。但更多的时候，看着她忙碌的身影，也就将错就错了。更有一次，我进门将粥杯放在桌子上，没注意放歪了点，居然洒了一桌子，原来是盖子没盖紧。及至下次在她不忙的时候提起，她说是太忙了，实在不好意思。还说两种杯子其实是不同的，有标记，确实有时候是自己忙乱中给拿错了，并让我再拿的时候也操心看看。我了解到他们每天凌晨3点，就要起床准备，不禁有点心生恻隐。

最无语的是我有几次饥肠辘辘地赶过来，却傻了眼，他们没有出摊儿。遭遇了几次被他们"放鸽子"，我就不再心存侥幸，不管他们在与否，很少再光顾，路过时也不再停留，几次看见不忙的他们，眼含期待地朝我望过来。

后来我就天天在中转换车的途中，到路过的一个便民店买早点。因为路远，带到公司也就冷了，本来就不舒服的胃，自然也会更不舒服。所以，有时也会不顾及形象，在等车时赶紧塞进肚子。也有时刚买好早点，车就到了，怕旁边的人反感，就没在车上吃。

买过几次后，只要路过就会习惯性地停下来。吃过一些后，往往就会偏重于某一种，懒得考虑，到窗口喊一声"酥饼"或者"煎饼果子"，不出两分钟，一份热乎乎的早餐，就会递到手里。有一次因为没胃口，到了窗前却为选什么而迟疑了。老板娘抬眼看见我，问："酥饼吗？"我就笑了，说："你记性真好。"她边干边说："我们原来在东单，一天多少人来来往往的，回头客也很多。基本上来过两次的，谁喜欢吃什么，哪些要多放辣的，有不吃葱的，也有不要香菜的，一般都能记个差不多。"

这也是一对夫妻，都是胖乎乎的，看上去永远是不紧不慢的样子。两个煎饼锅，随时待命，忙的时候两个人齐头并进，看上去总是那么从容不迫，在举手投足的和谐中轻松搞定。

也许看到的不一定就是真的，我不知道这两对夫妻的背后，都有着怎样的故事。瘦夫妻的惊惶不安和劳累，让人心疼，却因为他们的不稳定和漫不经心，流失的或许不只是我这一个顾客。而胖夫妻的食品，虽然并没有什么特色，但是因为"有心"，我就一直是他们的忠实顾客。

所谓"世上无难事，只怕有心人"，说的就是这个道理吧。

"享受"孤独

早些时候，闲来无事，看着忙忙碌碌来来往往的人群，曾经以为，只有我是闲着无聊并且寂寞的。及至后来学会了上网，才发现孤寂的人比比皆是。确切地说，那是来自心灵的孤寂。天南地北的人，坐在比自身还要冷寂的屏前，寻求着虚无缥缈的慰藉，消遣着生活工作之外的无聊时光。

企业破产后，当四海为家已成常态，我渐渐地习惯了漂泊。"梦里不知身是客，且认他乡做故园"。不能说是乐不思蜀，只是一种安于现状的无奈罢了。

最早出来打工异乡为客，是在 2006 年年底。

曾经，我很是迷恋网络，欲罢不能。从 2005 年开始学着上网，虚拟的世界令我着迷，其中有欢笑，有烦恼，也有过纠结和意乱情迷。也曾脱下在生活中披上的坚强外衣，在虚无中寻求一方心灵的净土，让疲惫的心暂时栖息。也隐藏过自己的脆弱，在别人需要时，化作依靠的臂膀。我曾一度坚信，网络已经成为我生命不可或缺的一部分，离开它我将无法呼吸。然而，我总是低估自己，就像一如既往地低估自己的坚强，我再次低估了人的适应能力。当我为生活所迫，不得已忍痛与它分离时，的确好长时间难以适应，就像我们年轻时，虽有万千不舍，但却又不得不放弃的恋人。

告别熟悉的环境，第一次走出自己的安乐窝，外出谋生。生活上的困难，工作上的难题，对我这样一路坎坷走过人生风雨的人来说，似乎一切都不在话下，完全可以克服，而最难以排遣的，就是闲暇的工作之余。面对陌生的环境，看着那些四面八方聚集在一起的同事，最纠结的，莫过于与我半生以来完全相左的工作方式。

在现实改革的大潮中，为了谋生，我们都不得不改变固有的思维模式，去适应社会的潮流。这个过程是迷茫的，也是痛苦的，内心充满着不断的纠结与挣扎，其中的郁闷烦愁可想而知。随着由心而生的烦闷，夜的孤寂，更演变为无边的苦海，起伏着无眠的波涛。最初的那一周，我完全是在纠结中度过的，我几乎在清醒的时时刻刻，都在放弃与继续的矛盾深潭中挣扎。当时夜里经常有急诊，更多的是打架斗殴伤着的。我不由自主调侃地写了几句顺口溜，概括了那时的心境：

> 冷衾孤枕异乡客，夜半常唤酣睡时。
> 不惑之年始漂泊，只为儿女做嫁衣。
> 半生清名随风逝，忍气吞声谁怜惜。

幸亏有朋友及时的劝解和鼓励，看看还算过得去的薪酬，想想等着钱用的孩子，牙关一咬也就挺过来了。既然社会就是如此，再看着周围的众人，怀着各异的心态，在麻木或无奈中与生活妥协，有窃喜，有满足，也有失落。

随着与同事们的深入交往和对新环境的适应，我渐渐地开始接纳新的生活方式。好在年轻人多，被他们的朝气所感染，我也慢慢放松下来。从他们那里搜罗到好多书籍，恍惚又回到了我十几年前的单身生活。终于不必再为柴米油盐而绞尽脑汁，到点就去食堂，端起饭碗就吃，虽然不可能餐餐可口，但是伙食水平确实不低，既省心省力，而且还是免费，节省了开支。

　　每天晚饭后，是我和同事散步的时间，也是我们交流感情、增进友谊的最佳时刻。我喜欢交朋友，有好多忘年交，也希望别人能同样善待我。最难得的，那个时刻是我们在紧张地忙碌了一天之后，可以完全放松的时间，我戏称为"放风"。因为我们的工作和生活，都是固定在只有一栋楼的院子里，管理比较严格。而接下来再回到"监狱"，洗漱完毕就该钻被窝了。寒冬腊月，静静的宿舍，没有电脑网络，只能开始我的孤独之旅。往往这个时刻，我都是一头扎进书的海洋里遨游，直至去赴周公的约会。

　　待得时间久了，我对一成不变的生活开始产生厌倦。看着一批批的人来了又走了，浮躁蔓延着，我也不禁开始动摇。我深切地体会着"天下没有不散的筵席"，这句话用在打工族身上是多么贴切。我也从开始的不舍挽留，到后来的豁达释然，每送走一个伙伴我就在想：走吧。没准下一个送的就是我呢。在茫茫人海里，有缘能相处一段时光，多交几个朋友，我觉得也不失为一种幸运，尤其能在别人不同的生活中，感受人生百态，更令人感慨万千。

　　白沟是个手工业发达的地区，为了不让烦躁的情绪蔓延，我不时托人找来一点加工活儿，做一些小手工，不为了多挣那几块钱，只是为了摆脱寂寞的纠缠。我还随身带了 MP3 和收音机，这也是当时同事们惯常的消遣方式。我一边编织一边聆听，让思绪在信马由缰的同时，也让身体极度疲惫，时间就会在不知不觉中溜进午夜。

　　每当我从"音乐街"走出，转到"夜猫联盟"再到"心灵日记"，这些由听众参与的节目，听起来倍感亲切。这个群体大多是生活在我们身边的人，更多的是背井离乡的年轻打工族。他们的欢乐，他们的烦恼，他们的忧伤和寂寞，在娓娓道来中，深深地感染着我，在他们身上，仿佛看到了我曾经懵懂的青春。有时的话题直击人心，也带给我灵魂的震撼，甚至几次燃起想参与的冲动，可往往都是"欲语还休"了。

一年后我终于离开，去到遥远的贵州黔西南，翻开了人生新的篇章。而在贵州那四年，人杰地灵的水墨金州，就像一幅浓郁的水墨画，让我浮躁的心绪得以安宁，以至于时至今日还念念难忘。那是我一生中最安逸、最宁静的时光，在那里我真正地享受到充实的孤独。

打工的日子是寂寞的，孤独的夜晚是煎熬的。随着智能手机的出现，手机网络又为我续上好不容易才戒掉的"网瘾"，重新成为我的精神寄托。我在网上看书、写作，更能与天涯海角的亲朋好友畅所欲言，好像再次找到了灵魂的归宿。能在寂静的时刻，拥有一块属于自己的心灵芳草地，我由衷地感恩造物主的仁慈。我在渐渐沉稳下来之后，开始学着放下一些事物，随遇而安，从此不再怨天尤人。我在那些看似自由的日子，尽情地"享受孤独"，虽然也难免五味杂陈，但能明心见性，积累下生活的素材，这是我的幸运。

身心俱疲就不会今夜无眠，更多的打工族，都还在精神与物质的水深火热中挣扎。我庆幸自己能及时拥有云淡风轻的心态，并尽力告诫自己"不以物喜，不以己悲"。生活本就是多元化的组合，愿每个人都能寻找到属于自己的天空。

生活是炼狱，也是自虐的过程。我们在感觉到痛的同时，不是同样也在享受快乐吗？

生与死的距离

因为工作的原因，看到和经历过太多的生离死别，我曾经一度以为，自己的神经早已麻木了，以至于在工作中不断遇到死亡时，总是以惯有的责任心和悲悯对待。

直到有一天，当自己的亲人无助地躺在我的面前，我不得不抛却事不关己的心态，来直面死亡。我眼睁睁地感同身受着他们的痛苦，并陷入难以阻止死神的一步步逼近的无奈中。只有此时，我才深切地体会到，人在自然面前的无能为力。那悲凉的场景，让我面对生死的从容心绪，于瞬间土崩瓦解，内心的宁静开始崩溃。再后来，当我自己也历经一次又一次蜕变，才终于明白，那些不曾亲身经历过病痛折磨、没有在生与死的边缘徘徊过的人，是永远没有资格谈论生死的。那难以描述的压力，沉重而纠结，更像是灵魂的炼狱。从此，发自内心的慈悲，取代了所有的漫不经心。

有这么一句俗语，叫"人过三十天过午"。照此推算，四十多岁的人生，就应该已经进入了人生的秋季。四季之秋是收获的季节，人们在兴高采烈中将万物归仓，然后迎接严冬得以休养生息，期待春的新生。

我对生活的要求从来不高，能满足温饱，还能有点余钱就好，平平淡淡才是真嘛。与其说是低调，不如说是消极。可命运的车轮，却并不按照你自己设想的轨道运行，总是无情地对人生进行碾轧。婚，结了；孩子，出生了；父母，老了、病了；

好不容易才调进去的国企工厂破产了。老人病逝了，孩子该读中学了。不惑之年的我，却毅然抛却"铁饭碗"的饥荒，开始了颠沛流离、四处漂泊的打工生涯。

打工的日子说长也短，其中的酸甜苦辣，更是如人饮水冷暖自知。当年只盼着能熬到孩子大学毕业，我们就可以解脱了，可生老病死这自然规律的魔咒，谁又能逃得脱呢？

我在 2008 年的春节前到了贵州，阴冷潮湿的气候，使我本来不太严重的腰腿旧疾复发。随着腰疼腿痛的加重，拍片显示有几处明显的骨质增生，我知道那都是曾经做繁重的家务时，不知道惜力的后果，那些遗留的旧伤，开始找后账来了。腰椎间盘疼得厉害时，翻身都困难，不得已打了几次封闭，总算能忍着疼痛活动了。膝关节的疼痛也已多年，走平路没事，只是上下楼梯的步态，却蹒跚如老妪，一直倒也没当回事。疼痛加剧后检查的结果是：膝关节骨性关节炎。再加上颈椎、腰椎骨质增生，用医生们的话来说，我这就是典型的未老先衰！我不由得苦笑，明白那是十几年来，困顿生活给埋下的隐患。面对这一切，不由暗自思忖，不知道除此之外，还会有什么在等待着我。

病情较重时，我可以忍受痛苦，但我却不想面对他们吓唬我时说的"你就等着坐轮椅吧"。不治看来是不行了，那就先往关节腔里注射玻璃酸钠吧。右腿关节腔里抽出来的，是鲜红的血液，左边抽出的积液里也带着血丝，医生说："你应该再拖拖，等再晚点全变成了脓，你就不知道疼了。"我傻呵呵地笑着说："看我运气多好啊！遇到了你们这些贵人，等于让我拣了个漏，谢谢你们给了我起死回生的机会！"注射的痛感还可以忍受，配合做小针刀时，巩主任说不用麻药效果更好，我笑着说那就试试呗。

钢刀刮骨的滋味，在我紧咬牙关的冷汗里，一次又一次地重演着，我默默地体会着江姐曾受过的剧痛。那几年做过的针刀，叠加起来得有五六十针之多，大家都戏谑地叫我张胡兰。非常感激同事姐妹们的照顾，每次术后在班上，她们都尽量地让我坐在那观察，做些力所能及的辅助工作，还故意气我说以后不能再跳舞了："哈哈，再叫你疯！"是啊，腰腿疼不能跳舞了，脖子疼眼睛花不敢多绣花了，那等到将来回家，再面临家务活时，看来也得悠着点儿了。

唉，突然就觉得自己变成了一个废物。业余的时间更难打发了，幸亏我还可以上网，否则可就更难熬了。病痛会缓解，痛苦能忘却，可面对不能确定的未来，我又一次感到了茫然。

常言道："福无双至，祸不单行。"看来的确是至理名言，果真是一波未平一波又起。

腰腿疼刚安稳了一些，因为身体的原因，我去做了一次普查筛选。当检验科的主任欲言又止地站在我面前时，我根据自己近几年的症状，也凭借自己多年的临床经验，已有所预感。毕竟我也是凡人，尽管我的脑袋真空了几秒，我还是镇定地面带微笑，请她直言不讳地告诉我："没事。您说吧，到什么程度了？"当我看到她眼中的惊讶时，我已经冷静了下来，是福不是祸，是祸躲不过。

她很诚恳地告诉我，初步结果不容乐观，建议我去上级医院复查确诊。并力荐我最好先去找一个大夫看看，说她是这方面的专家。主任一边不安地看着我，一边没有底气地劝解安慰我，说其实也没有我想象得那么严重，但转而又坚决地告诫我不可掉以轻心！记得那天是我的晚班，下班回到宿舍后，虽不至于一夜无眠，但肯定是翻来覆去地"烙了半夜的大饼"。

我的父母都是因为消化系统的癌症去世的，我是目睹了他们临终之际的痛苦和无奈，并亲手把他们送走的。他们最后的旅程相隔八年，最后的日子，却同样令人铭心刻骨。尤其是父亲，病魔无情地咬噬着他的坚强，我感受着他的生不如死，却为无能为力而心如刀绞！所以，在他们各自闭眼的瞬间，我首先感到的是解脱，为他们，也为我自己。他们解脱的是肉身，而我解脱的却是精神的煎熬。身为医务人员，面对他们的痛苦我却束手无策，那是一种怎样揪心的悲哀。

我不怕死，但是我害怕痛苦，我不想忍受非人的折磨。说来好笑，我当时想得最多的，不是怎样治病，而是选择什么样的死法。我绞尽脑汁地策划自己的归宿，琢磨怎样才能既简单结束，又能没有痛苦。孩子还在上学，我不能为还没有摆脱生活困境的家庭，因为治疗的高额费用，再增加新的负担。作为一个医务工作者，我很快就确定了结束自己的方案，然后就是规划自己"走"之前需要做些什么。

首先我想去旅游，想去看看、走走自己一直想去却还没有顾上去的地方。我从参加工作起，好像就没有停下过脚步，从来没有审视过自己的足迹。现在回头一看，好像活过的四十多年，尤其是在成家之后，我为双方家庭，一直都是在无怨无悔地付出着，总是顾及着所有人的感受，而唯独忽略了自己。突然就有点可怜自己，想不管不顾地，逃到一个没人认识我的地方，好在有限的时间里，好好放松放松。我想抓住不多的时日，做一只真正的闲云野鹤，让还能自理的自己，在山清水秀的地方，过最后云淡风轻的日子。

那些年过得确实太辛苦了。一切都是为了父母、为了孩子、为了家，真的感觉好累。我突然间惊觉，有一点需要注意的，那就是暂时不能让家人知道，我怕被"牵挂"和关心。当时是年底，马上就要过年了，孩子面临高考，正在冲刺阶段，千万不能给家人添乱！一想到家人，我的"计划"就无法实现了。当理性以它惯有的冷静，再次占了上风，我不由得沮丧起来，我连挥霍自己的权利都没有啊！虽然父母已去，但是孩子还需要我，家庭需要我，我若挥霍一空而去，看似自己潇洒地无憾了，但是这样做的意义何在呢？能做到真正的解脱吗？答案显然是否定的。

既然这条路行不通，那么，只能与现实妥协，安于现状吧，先维持治疗再说。可我知道，这病如果一旦确诊，当时的手术并不成熟，活多久倒是无所谓，人本来就是向死而生，无非是迟一天早一天而已。但治疗将会是个无底洞，比我预计"挥霍"的，可能要多得多。而且结果也不容乐观，到最后劳民伤财，不过是多喘息几日而已。胡思乱想之际，难以有万全之策，最后还是决定：管他呢！既来之则安之，想得再多也是枉然，还不如顺其自然。趁着现在还能工作，能挣一分是一分吧，等到实在做不动了，一定要在不可逆转的痛苦到来之前，再去实施自己的"既定"方案。

就那么悲壮了一夜，次日去找检验科主任推荐的主任医师。没想到那个医生正好要离职，已经休息了……我不禁顿生凄凉，有点惶惶然。还好，皇天不负好心人，我犹豫再三还是找到她说明了情况，没想到她很豪爽地就答应给我做手术。在临走之前，她抽空儿给我做了系统检查，终于找到了年年体检时，都被草草的例行公事而忽略掉的病根。

医生很快地为我实施了手术，阻断了通向死亡的通道，何其庆幸！让我遇到了人生中的又一位贵人！她给出的结论是："虽然不容乐观，但还没有到不可救药的程度。不过千万不能再掉以轻心，必须加紧治疗观察。如果再耽误下去，后果也很难预料。"并且她很负责任地，给出了我系统的治疗方案，嘱咐我一定要定期复查。

更感恩老沈主任，帮我在昆明寻到了罕见的救命药物，并在忘年交小冯婷的帮助下，系统地治疗了两个疗程，复查时已经明显好转，这时已经是春节过后了。为了隐瞒病情，我没敢回家过年。与此同时，婆婆也查出了结肠癌，得知手术非常成功，预后比较乐观，已经康复，我深感欣慰，不得不赞叹现代医疗技术的飞速发展。却也更加痛惜我的父母，遗憾他们没有能赶上现在的好时候。

我在第三个疗程时，因为当地买不到药品，看着所剩无几的几支药，怕续不上影响疗效，正好同事休假要回去，我才婉转地告诉爱人，让他看看能不能找到这种特效药，只说是炎症。我知道他的个性，若了解实情，压力一定非常大，就没告诉他。他在寻找这种罕见的药品时，可能从药店人员的惊讶里，了解到不是普通药物，就已经很是担心，由此天天电话询问，让我感动之余，又不免被扰的闹心（这也是我怕被"牵挂"的原因吧），好不容易搜遍全城终于凑到几盒。续上捎来的药物，等治疗后期彻底排除了癌变，我才以实相告。

还算欣慰，半年后，我用复查的方式，结束了整个疗程，算是送给自己起死回生的生日礼物。为了庆贺新生，我还特意去买了条漂亮的连衣裙犒劳自己。那也是我有生以来第一次，用积极的态度来面对生命设置的难题，没有选择以往的逃避。

我把这次积极治疗的成果，戏称为"死里逃生"，如果当时再拖下去，后果真的不堪设想。这也是很多人，因小病时不在意，而酿成大祸的原因。

一直以来，我总是以看淡生死自居，经历过那么一场，再加上我的父母都是癌症离世的，与耽误了最佳治疗时间和诊断不及时不无关系。而我的公公婆婆也都是癌症，因为发现及时并诊疗得当，手术都非常成功。我虽然可以从容地去面对生死，但是，生活态度却发生了重大转变。我不想再一如既往地消极生活了，虽谈不上经历了生死而大彻大悟，但至少知道了人生真的苦短，生命稍纵即逝。

我是相信一切皆有定数的，但人为的因素，有时更能改变结果，这就是事在人为。如果能选择让生活有意义，并适当提高生活质量，我们为什么不去做呢？人到中年，正是多事之秋，从此以后，我也常劝我的亲朋好友，要以我的过去引以为戒，善待自己，防患于未然。

这生与死的距离究竟有多远？其实就在这眼睛一睁一闭之间，更在积极与消极之间。一念之间，天上人间。

良师益友

铺天盖地的"师恩难忘"，提醒着人们教师节到了。毕业快四十年了，今天突然也想写上几句。

在生命的长河中，我们在人生的每个十字路口，都可能经历过彷徨与迷茫。师恩，犹如人生旅途中的灯塔，一盏盏地根植于灵魂深处，陪伴着我们温暖地一路前行。由衷感恩生命中所遇的伯乐，引导了我前进的方向；也感恩曾遇到那么多的良师益友，为我指点迷津。

我的学历是高中，总共九年的学业，满打满算，其实我只上了八年半。另外小半年，因为我在小学二年级时经常胃疼，休学过几个月。我们那批学生，也是最后一届两年制的初中和高中学生。

受父亲的影响，我从小就喜欢读书看报，所以，我的作文可以说是靠报纸启蒙的。而父亲和报纸，当然也就顺理成章地，成为我人生这篇文章的恩师。所以写作文从来没有发过愁。一周两节的作文课，是我最轻松的时刻。而且我还有个怪癖，一般第一节我写下题目后，就什么也不做了，在东张西望中，默默地构思。下一节我才开始写作，几乎没有打草稿的习惯，下笔就不再修改，即使错了，也是顺势自圆其说。这个坏毛病一直延续到了现在，所以很多时候，难免就不够完美和精练。如果说学生时代唯一可骄傲的地方，那就是我的语文成绩还算欣慰，基本上每篇作文都会被老师列为范文，在班上诵读。

初中的班主任王炳文老师，也是我们的语文老师，对我们可谓是费尽了心血，在殚精竭虑地准备教案的同时，还要肩负起塑造我们的人生观和世界观的重任。好在我们这拨同学相对还是比较和善的，对老师也比较尊重，让他在欣慰之余，一直以我们为荣。

王老师在我的县中的录取通知书到达时，第一时间，就欢天喜地急匆匆地跑来，亲自送到了我的家里。他那爽朗的笑声，引来了街坊邻里的祝贺，王老师比我自己和家人还开心。我在远离故土后，极少回去，直到后来同学会兴起时，1998 年第一次同学聚会，才见到了久违的王老师，我们快乐地欢聚在一起。

2017 年因故需要回乡，桥辉同学到邯郸接上我。在回乡的路上，正好收到北方"当代文学"平台主编郭老师发过来的第 61 期样刊。这是我第一次让自己的作品，走出 QQ 空间，在更多的人面前亮相。作品能够顺利刊发，更得益于诗人杜宗杰老师，他既是我的良师益友，也是我走向文学舞台的伯乐。

这次尝试，勾起了我儿时对文学理想的情怀，让我的作家梦再次起航。主编郭老师还把我的头像做了本期封面，杜老师特意为我题诗一并刊发，作为一个初出茅庐的文学爱好者，得此眷顾，欣喜惶惑之情可想而知。及至后来，每每想起二位老师对我的鼓励和认可，感恩之情都会诚挚地油然而生。可以说，没有他们，我真不知道还会走多少弯路，肯定不会进步这么快，能有今天的成绩，实属幸运。

我们进了县城后，先到了好友丽珠同学的店铺，几个同学闻讯也赶来看我。突然，瑞军指着马路对面说："快看，王老师！"说着他就准备去请，我急忙拉住他，示意都别出声，我自己快步迎到马路对面，笑吟吟地挡住了还是那么雄赳赳气昂昂一如既往健步如飞的王老师的去路。

王老师一下子愣在那里，被阻止的脚步戛然而止。但肯定没超过三秒，他便一把拉住我，惊喜地问我："你怎么回来了？"二十年未见，王老师已年近耄耋，然而他不但精神矍铄，而且记忆力惊人，与我们几个同学回忆起往事，印象竟然比我都深刻，可见他对教育事业的热爱和对学生的用心。得知我即将有文章面世，作为我的语文老师，王老师欣慰之情溢于言表，很为我骄傲和开心。

这次意外的相逢，也让王老师打破了多年的"戒心"，不小心就被我们套出了他隐匿多年的生日日期。这么多年来，同学们一直都想给他过个生日，但王老师却怕给大家添麻烦，他和家人从来都是刻意隐瞒。这次也许是真的太开心了，看着我们殷切的目光，他爽快地答应了明年一起庆祝。同学们欣喜之余充满了期待，并叮嘱我一定要践行来年之约。遗憾的是我忙于工作，没能千里践约，只好拜托丽珠代订了生日蛋糕，以表达我的敬意。

九年的学业并不长，但是教过我们的老师却不少，我们可能也是换老师最频繁的班级了。小学五年，感觉每年都会换老师，除了王老师完整地带过我们两年初中，好像别的老师虽然熟悉，但印象都不是特别深刻，在这里只能说声"抱歉"了。

及至高中两年，光语文老师也换过三个。其中让我最记挂和痛心的，莫过于申进义老师。

依稀记得高中第一次上语文课，大步流星般走进教室的，是一位新毕业的大学生。清瘦、帅气，眼睛奕奕有神，看起来特别阳光。他自我介绍叫申进义，师范刚毕业。当时课本还没发到手里，他就给我们讲《诗经》，记得第一课好像讲的是《伐檀》，后来讲的是《硕鼠》，课后的作业是翻译古文。第二天的课堂上，申老师还专门对我的译文给予了很高的评价，可能也因此记住了我。

后来几乎我所有的作文，和初中时的王老师一样，申老师也都会用心地写评语，指出精彩与不足。他说我的文字功底很好，并鼓励我积极创作。随着渐渐熟悉，在他身上我总是会感觉到一丝似有若无、淡淡的忧郁气息，至今也不明就里，不知道这是否跟他后来的早逝有关。申老师只教了我们不到一年，不知道为什么就给换走了，让我一直引以为憾。

有时候人生路上的得失，可能就是缘于身边有没有一个值得信赖的老师，能时时指引和疏导。虽然我们平时除了上课，私底下基本上没有过多的交流，但是，申老师对我中肯的评价和认可，却一直成为我多年来坚持写作的动力。

后来上下课的间隙，偶尔也会遇到申老师，但总是匆匆忙忙的，只是点点头擦肩而过，很少再有接触。及至高中毕业，在离校的前夕，我特意精心地准备了一个笔记本，扉页上写着送给申老师留念的话语，表达我对他给予的鼓励与认可的感谢。但是，非常遗憾，只因下课后我去过几次，看见他那都有学生，就没好意思进去。毕竟他是已经不教我们的年轻男教师。所以一再耽误，直到离校，最后这个笔记本我竟然没有送出去，深深引以为憾。

那个本子跟随着我到现在也有 40 年了，上面记满了风雨人生路上的点点滴滴。每次看到它，我都会想起申老师的音容笑貌，后来一直想等有机会了和老师相聚，好再亲耳聆听他的教诲，以表达自己迟到的谢意，却一直未能如愿。

直到 2011 年我们县中举办 60 周年校庆，我那时已经远赴贵州打工。等我专程从贵州赶回去，激动地想在人群中寻找申老师时，却得到晴天霹雳的消息，同学告诉我，申老师已经患病仙逝了。震惊之余，痛心之情可想而知，申老师和我们之间，最多也差不了 10 岁，怎么就英年早逝了呢？我积攒的这一声迟到的"感谢"，终究没能亲口对他说出来，却只能将那一份知遇之恩深埋心底，成为此生永久的遗憾。

自 1985 年开始有的教师节，我在这样的日子却很少动笔。颠沛流离半生辛苦，而且一事无成，有家难回，过成这样的日子，自问真的是愧对曾经的老师们，所以总感无颜为他们送上祝福。一个躲字，已经是沧海桑田。

我们这一代人，现在都年过半百，有几个老师和同学也已经不幸离世。值得欣慰的是，还有几位像王老师这样的耄耋之年的老人依然健在。王老师的知足感很强，他把自己一生的坎坷都当作笑谈，他对生活的乐观豁达，深深地感染着我，他是当之无愧为人师表的典范！

真希望有合适的机会，把还健在的老师们请到一起，好共同去追忆我们的年少时，缅怀老师们的青春岁月。祝福老师们都能安详地在夕阳的余晖中笑靥如花，并真诚地想对老师们说一声：老师，您辛苦了！感谢您曾经对我们的付出！

植物园晨曲

　　走进位于高碑店东南部植物园的西门，密密麻麻健步如飞的人流，蓦然映入眼帘，差点惊掉我的下巴。

　　我是在京城谋生的北漂，上下班需要穿梭数十公里。每天早上一头扎进鸽笼似的写字楼里蛰伏，待夜幕降临时，则像遇赦的囚徒，和着人流一窝蜂地拥进各种交通工具，逃回租住的蜗居。长年累月几乎是雷打不动，每天早上七点出门，晚上八点多才能进门。夏天还好，深秋至初春，一般下班回去的路上已经是披星戴月，有时竟然两头不见天光。

　　经过了汗流浃背的酷暑，终于迎来了天高气爽的早秋。北方短暂的金秋，是一年之中最惬意不过的时光。周末休息回到高碑店市，偶然心血来潮，第一次在清晨，前去植物园闲逛，享受难得的闲趣。

　　曲径通幽，别有洞天，穿过一片葱郁的林荫小道，眼前豁然开朗。一丛丛根须粗壮的狼尾草，腰杆坚挺，花序下柔毛密生，刚毛则锋芒毕露，在朝阳下，显得刚柔相济。我实在难以抵挡它那闪烁着诱惑的光泽，忍不住留下一组美照，意犹未尽地依依惜别。

　　一片薰衣草在微风中轻轻地摇晃着身姿，绚烂着浪漫的温情。浅秋时节，更多的花木，渐渐进入衰退期，野草开始狂欢。它们从各种林木花卉的缝隙里肆无忌惮地钻出来，享受着攻城略地的饕餮盛宴。

踏上水景园区凭栏眺望，但见蓝天如洗、白云悠然，周围高楼林立，垂柳恣意地飘拂，与水中倒影相映成趣。凝神间，一尾鱼欢跃出水面，仿佛是旧日相识，特地来了却前生的牵念，一不小心，打破了水中天。

半边月，尚且斜挂在低空，却被早已高升在天际，越来越耀眼的阳光暗淡了清晖，和着霞彩的色泽，宛如壁画上镶嵌的宝镜。荷花盛期已过，千姿百态的荷叶，便显得硕大无朋。有的高高站立，像飒爽英姿的哨兵；有的像高举擎天臂膀的斗士；还有的像一方精致的碧玉托盘，微微翻卷着错落有致的波状荷叶花边。那些尚留在"盘心"的景色，如珍馐似美玉，映着夺目的光泽，吸引着迷醉的游客。

平铺于水面的荷叶，仿如碧绿的蒲团。而那直立半卷着的，却好似怀春的少女，在晨光的沐浴里含羞带怯。更有遗世独立的，伫立在偏远之处，任凭鱼儿嬉戏、蛙鸣蝉噪，却只与风细语，顾影自怜。荷塘的边缘，延伸出一些微小的叶片，静静地平躺在水面上，露珠尚未消散，亮晶晶的，在水波的戏弄下，调皮地对我眨着眼睛。间或有伸出水面的细小枝叶，半合拢着精致的尖尖小角，偶尔有一只蜻蜓飞来，便溢满了诗意。一朵朵柔弱的小花骨朵，袅袅娜娜地立在水与平铺的叶片间，更像是一幅恬淡的写意。

湛蓝的天际飘来几朵白云，你追我赶地经过荷塘的上方，倒映在镜子般的空白水域里，惹得孩子们不禁疑惑地看看天空，又望望水面，紧接着使劲儿握紧了手中的棉花糖，怕不小心飞上天空或落进水里。在边缘水草的点缀下，和着岸边飘逸的柳丝与远处楼群的倒影，美景宛如海市蜃楼，置身其中，不由不令人沉醉。远处传来萨克斯悠扬清亮的乐音，一曲《回家》，时而低沉，令人凝神静气，时而悠扬，极富穿透力，令人不约而同地驻足，更把缥缈缠绵的思绪演绎得淋漓尽致。九曲桥的一边，有人在声情并茂地大声朗诵，还有人在咿咿呀呀地吊着嗓子。一位苗条柔美的女士，在九曲桥上临波顾盼，边唱边动作着，那身段，那神情，举手投足间，透着十足的"范儿"味儿。

几乎湖边所有的空地上，都有锻炼的人群。有欢快的律动，也有沉静舒缓的太极，各行其道，动静随意。

更多的，还是门口就见到的那些转大圈的健步者，跟赶大集似的。我走了不一会儿就被源源不断的人流超越，为了不阻碍后面你追我赶的人群，我索性退到一边做个旁观者。

此情此景，不由得让我想起三十年前刚迁居高碑店时的情景。现在的高碑店市，在当时还叫新城县，鲜见楼房，交通基本上靠自行车和三轮车。而植物园这里，曾经更是被一望无际的青纱帐覆盖，现在的湖心，当初不过是个臭水坑，周边村庄也都是低矮破旧的平房和土路。再看眼前鳞次栉比的高楼、商厦，更有宽阔的马路四通八达，全城都被漂亮舒适的住宅小区环绕。大面积的田园、荒地、臭水塘，已经逐步被治理成风景如画的公园、广场和植物园。尤其是我外出打工这十余年，变化更是日新月异，走出车站，恍惚间，有找不到家的感觉。

不知道从哪儿就突然冒出来那么多的人和车，把往日清冷的街巷，塞得水泄不通。周围乡镇里越来越多的人，为了生计或孩子的学业，已经大批搬迁进城市安居，随着社会进步所带来的便利，更多的人正在乐享着品质之城的飞速变迁。

不再为温饱发愁的人们，越来越注重身体的健康。你看络绎不绝的人流，正惬意着浅秋的和风美景，为今天的富足陶醉。

感慨之余，我不由得心疼起漂泊的自己，忍不住滋生出安逸之心和对家的眷恋。

人到中年

闲来无事，相约参加了一个看房泡温泉的活动，主办方要求 50 岁以上方可报名，突然就感觉自己好像一步跨入了老年。

当我们走进温泉酒店公寓，看到那些住客，有的腾挪挥拍决战乒乓，身形矫健，有的在挥毫泼墨，还有的在舞蹈健身房间里，正牵拉着腰身练形体，更多的则是围坐在棋牌室里乐享其中。真让人有点难以置信，看上去生龙活虎的这些人，若不是看到了他们有着岁月掩盖不了的皱纹和写满沧桑的白发，单看那矫捷的身手和背影，真不像是已经步入颐养天年之龄的老人，恍然以为是进入了某单位工会的活动室呢。

再看看我们自己，人到中年早已步入多事之秋，很多未可预知的变数，正不知在哪个角落悄悄地蛰伏，觊觎着我们的破绽。即将步入的老年若即若离，看似光阴似箭似乎只有一步之遥，但是明天和意外，谁又能预料哪个会先来呢？行程险峻，走起来是那么的艰难，而有的人，还未享受到老有所依的天伦之乐，就已经走到了生命的尽头。

前些日子，又有一个同学的生命由于电梯意外事故戛然而止。正值人生壮年的他，经营着一家小公司，女儿刚工作不久，儿子还在上大学。十年前我们曾经有过一段交往。

开始是闲暇时的无聊，或者在他酒醉后的深夜，我们经常会接到电话那头传来的牢骚和倾诉。后来他学会了在 QQ 上交流，更是会随时随地发泄一些愤懑和不满。无形的银线连起千里相隔的我们，在不同的环境里，同时咀嚼着生活的苦果。既感叹人生的不公平，也排遣着同龄人的艰辛和无奈。

　　他下海虽早，据说生意一直比较平淡，勉为其难地惨淡经营着。不是没有业务，就是要账难，顶着在夹缝中求生存的巨大压力，而且当时他正上有老下有小的，常年离家在外，疏于照料，所有的事情，都让这个性格内向的同学心力交瘁，消极倾向甚至比当时的我还严重。反而我倒经常劝慰他，让他以我这样一个背井离乡的女性作为参照，尽力在努力工作中顺其自然。我那时也正走在人生的低谷，一直是用随遇而安的心态，尽量让生活不至于失衡。

　　在交谈的过程中，他既对我的无欲无求、不求上进表示嫌弃，却也羡慕我这闲云野鹤般的闲情逸致，更为自己不能做到随心所欲而烦躁。所以每每借酒浇愁，好不容易发现了我可以作为他发泄情绪的出口，就把积攒了几十年的苦闷，一股劲儿地倾倒给我。除此之外，似乎也没有什么可排遣的渠道。或许是因为我并不完全赞同他的偏激，所以越来越多的时候，是在劝他把心态放平和，不要总是戴着有色眼镜看人。可能是这些话令他心生反感了，以至于渐渐地对我颇有微词，更在几次言辞激烈的话不投机后，我们逐渐地疏远。

　　最近几年，欣慰地得知他回家的次数多了起来，空闲时也会主动去找同学们坐坐，一起喝上几杯，看来是心态有所转变了。当他再次与那些一起长大的发小厮混在一起，人也渐渐地开朗了许多，这时的他仿佛找到了心灵的归宿。年龄越大，越怀念儿时的情景，依恋这永远化不开的浓情，也让精神可以得到暂时放松。挺为他庆幸的，人生在世，都有自己的不得已，已经年过半百了，能看开就好。

　　7月底我因事回去，转眼间离我们之间的疏离，竟然已经过去了差不多十年。十年来为了生计，我四海为家，像在经历人生的修行，再回首已是沧海桑田。回到故土，我是很想和他相见聊上几句的，想知道他这十年间的变化。然而那次，他却因为生意上有急事奔忙在外，得知我回去，可能他也是和我一样的心情，却遗憾实在走不开，没能赶回来。电话那端的声音，已经不似十年前的低沉烦闷，能听出他发自内心的欢愉。因我的假期有限，没能等到他，就这样失之交臂，不想却成永诀。

惊闻噩耗，唏嘘不已，不由感叹世事无常，多少的后会有期，就这样转眼间变成了阴阳相隔。突然就很想知道，那个曾经满心环绕着厌世念头的他，在电梯坠毁的瞬间，他感到的是恐惧，是留恋，还是解脱呢？

自从二十多年前第一位同窗好友的意外身亡，让我们骤感到生命的脆弱，到后来一对夫妻朋友因车祸双双共赴黄泉，都是那么地令我们猝不及防。更有近几年来，不断地传来几位挚友先后突然身故的噩耗……悲痛之余，怎能不令人扼腕长叹！

这些接二连三离我们而去的亲朋好友，每每想起，都令我痛心不已，曾经那么生龙活虎的生命，走得竟然是这样地干脆，甚至连半点征兆都没有。就连身边最亲近的人，他们都没来得及留下只言片语，就这么撒手人寰，让生者情何以堪？

脆弱的生命不堪重负，明天和意外，谁也不知道哪个先来。人到中年的我们，正拉着承上启下的大车，艰难地行走在这多事之秋，如履薄冰。

现在的我们，既要尽力去完成自己应尽的责任与义务，更要善待自己和他人。如果哪天一不小心走丢了，真的是再也找不回来的。

春华秋实，我们已经步入人生的秋天，中庸如我，在看开中学着慢慢放下，凡事不求有功但求无过，静等瓜熟蒂落。尤其是人到中年后，对种种过往，我尽量做到不喜不憎，用随遇而安的心境，去过顺其自然的生活。只想趁着现在还能动，去做一份力所能及的工作，赚些不多但够花的钱，走走想去的地方，看看向往的风景。如果能坚持些许爱好，既可陶冶情操，又能充实闲暇的时光，如此便好。

有生之年已屈指可数，虽然养老问题正在成为我们这代人的难题，但是我相信事在人为。从不奢求长命百岁，我的生活或许不能完全由自己做主，但我会尽力在顾及别人感受的同时，提高生活质量，不放弃自我。人生没有完美，只要心安理得，就能自得其乐。

让我们踏着金秋的旋律，渲染夕阳红的烂漫，努力活出自己的精彩。

倒春寒

雨，在持续了几天的闷热、雾霾和沙尘暴之后，悄然而至。

打开窗，清新的空气迎面扑来，我不由自主地闭上眼睛张开双臂，惬意和舒爽霎时遍布全身，深深地吸一口入肺，仿佛四体百骸都被洗涤通透了。

细雨霏霏，丝丝缕缕，若有似无，把远远近近街道的楼群，一并沉浸在湿润里。轻盈的柳丝在微风细雨中欢快地起舞，满眼都是蓬勃的嫩绿。刚刚冒出了新芽的栾树上，还残留着去年留下的陈旧干枯的"灯笼"，它们紧紧地抓着枝头，随风飘荡着，恋恋不舍地不肯离去。

紧接着，在清明节的前夕突然而至的，是一场雨夹雪。

新绽的花瓣，经历了头一天雨露的滋润，刚刚舒展，还未完全展露出笑颜。岂料午后风云突变，随着气温骤降，风、雨、雪交加而至，突遇这疾风骤雨，首当其冲的，正是盛开的玉兰。虽经苦苦挣扎，终难敌风雨的淫威，忍不住落英缤纷，像白色、紫色的蝴蝶四散飘飞开来，仿佛一场戛然而止的盛宴，难逃零落成泥碾作尘的宿命。

在这清明假期的前夕，人们早已是归心似箭，各种车辆更是见缝插针，顶风冒雨地拼命钻挤。不遵守规则导致的交通瘫痪，形成了欲速则不达的拥堵，周围充斥着怨声载道的烦乱与频频叹息。

18 公里的路程，我在公交车上，饥寒交迫地忍受了三小时。

车窗外的雨雪越来越浓，借着路灯，看到大片大片的雪花在飞舞，雨夹雪渐渐转变为暴雪预警。紧接着听到高速封路的消息，我便彻底断绝了尚在纠结中的，回乡祭祖的念想。既然天意如此，便由原来的焦急烦躁，转为随遇而安。既然不能开车回家，至于何时能回到宿舍，似乎已无关紧要，只好听天由命了。车子安安稳稳地半天移上几米，车上的乘客却显然焦灼难耐，一会儿一个地要求开门下车，仿若灾难来临时的逃生。转眼间偌大的公交车里，除了司乘人员，就只剩下我和另外一个乘客，我们各自"偏安一隅"。

不大会儿，马路上密集排列的车辆，像集体穿上了白色的披风，只有雨刷器像个不倒翁似的，在不紧不慢地摇摆着。然而再大的雪，落在湿乎乎的马路上，依旧留不住形魂，触地即融。而路中的绿化带，此时却呈现出美妙的一幕，宛如仙境，不禁令我眼前一亮。

暴雪纷飞，本来在春天就不多见，更何况已是桃红柳绿的清明。这春天里的冬天，竟然会带来如此魔幻的美景。只见绿化带里整齐的冬青密密实实地手挽手伫立着，一树树的榆叶梅正花团锦簇，晚樱刚刚绽开笑脸，中间是四季常青的针叶松，再远处就是路边刚发芽的行道树了。

在路灯的光晕里，大团大团的雪花飞舞着，像一群从天而降的精灵在嬉戏追逐，不一会儿就给花圃披上了一层白纱。花圃里的绿树红花，伴着娇艳的榆叶梅和已经返绿的草坪，显得分外妖娆。红梅映雪相得益彰，好一幅美轮美奂的梅花傲雪画卷！如此赏心悦目的美景，倒是我从来不曾领略过的惊艳。

顾不得寒气逼人，我一次次忍不住打开车窗，用冻得有些麻木的双手，一遍遍地把美好的画面，收纳进取景框里留存。暗自庆幸没有去坐地铁，若非阴差阳错地偶遇堵车，哪里去寻如此美妙的瞬间？没有迟一步，没有早一步，堵车的区域刚刚好，好像是被美景预设的伏笔。

午夜方回到蜗居。清明节早上一觉醒来，已是雪停雨住。回千里之外的老家祭祖，显然已来不及，只好驾车踏上自家的归程。陪我上路的，只有清爽凛冽到骨子里的寒风。

极目所望，原野里的雪已荡然无存，只有背阴的地方，偶尔可见残存的一小片积雪，簇拥着一隅的柳绿花红。这难得一见的春雪，转眼间就"雁过无痕"，只能贪婪地最后一次惊鸿一瞥。

道路两边的花草树木，仿佛丝毫没有受到寒冷和雨雪的惊扰，娇艳欲滴，引诱着路人。像我这样的菜鸟司机，只能紧紧地握着方向盘，好在车辆不多，忍不住窗外的诱惑时，就赶紧瞄一眼远处的风景。不由得暗暗埋怨设计者的残忍，建成这样的高速绿化带美景，实在是让司机分心。

独自享受着驾驶的悠然，我酷爱这种独自在路上行进的过程。任思绪的野马游弋在灵魂之外，目之所及的只有延展的路径。我喜欢在人烟稀少的夜晚和这样的阴雨天驾车行驶，看着空旷的道路，在夜的帷幕下不断地延伸，有一种空灵的感觉。反正我从来记不住路线，完全任由导航引领着前行。

因为冰雪的阻隔，回乡祭祖未能成行，我只好借助夜幕下的十字街头，焚香燃纸，面向西南，心随那一缕直入云霄的青烟，托化蝶纷飞的纸钱，捎去我的思念和牵挂。烟随火起，天涯咫尺。不管身在何方，此时此际，都是与天人相隔的亲人相会时，最近的距离。

昨日的堵车奇遇，有点鬼使神差，若是正常下班也就不会赶上，偏巧因事耽搁，还搭了同事的便车捎了我半路。不料刚转上公交车就开始拥堵，若是坐地铁也就错过那段了。虽有幸观赏了雪夜傲梅，却耽误了回家的行程，然而更幸运的，却是因这阴差阳错的耽误，避免了一场灾难的降临。

假日的最后一天，我突然执着地要去给代步车做个检修，总感觉有哪儿不大对劲，却又说不出所以然来。

汽修厂的老板是我们的兄弟朋友，我们到时，只见他正痛苦地蜷缩着身子，说是腰疼了很久，医生说是着凉，给做了艾灸也没缓解。我观察他的疼痛部位和疼痛的症状，据我多年的临床经验，直觉地认为像是结石，遂叮嘱他赶紧去做个 B 超确诊一下，然后再对症下药。

处理完车上的几处小毛病，朋友无意中问保养是否到期，我一脸茫然，不知所以。他佝偻着腰检查完，笑着说："机油都干了，这车跟着你能走到今天，也真是不易。"

突然间就觉得我是何其幸运！那个风雪交加之夜，如果我真的是独自疲惫上路，再连夜千里奔波，后果真的是不堪设想！禁不住冷汗涔涔间，心生敬畏，默默感念冥冥之中注定的安排。

朋友那边后来及时传来佳讯，他已做了碎石手术，摆脱了难忍的痛苦，感谢我的判断无误，还说要设宴相请。我说咱俩是互相救赎，已经两清了。

清明节是个悲伤的节日，更是让我们反思和感恩的节日。在这个倒春寒的清明节，幸与不幸尤其纠缠不清，屡次因祸得福，真是不幸之中的万幸。

不知冥冥之中是否真有神灵，还是纯属机缘巧合，反正我已应验过无数次"塞翁失马，焉知非福"的人生真谛。一场倒春寒惹出的是非，就像一切事物都有它的相对性。我依旧喜欢随遇而安，能拥有平和的心态，似乎也富含了以不变应万变的哲理吧。

叹息声声

当我惊觉自己正在越来越频繁地发出叹息时，不禁想起了那句"长大后，我就成了你"，不由得要感慨时光的残忍。在慢慢成长的过程中，我们拥有了父母曾经对我们希冀的骄傲，却也难逃遗传基因的法网，或多或少，正在渐渐地变成让我们曾经不解甚至反感的样子。

曾几何时，晚年跟着我一起生活八年的母亲，在不经意间，总是能听到她的长吁短叹，问她，她总是笑笑说："没事。长出上一口气，心里头感觉就好受点。"现在的我终于明白，岁月原来真的可以复制，我们的今天，就是父辈们的昨日。

母亲走了十几年，日子在不知不觉中消逝，我也早已年过半百，而这频率逐渐加密的叹息，却不知起于何时。

突然间就好像读懂了母亲。一辈子含辛茹苦的母亲，曾经井井有条地打理着一家人的生活。母亲聪明、勤快、乐观，尤其心灵手巧，可惜就是没读过书，缺少文化，否则母亲的人生一定更完美吧。她在39岁那年生下我，可能是代沟和文化差异的缘故，在某些事情上，我俩总是意见相左，基本上张嘴就像是在吵架，母亲总说我是含着枪药出生的。

我现在也继承了母亲的叹息，在她延续的叹息里叹息着。或许是在人流如织的路上，或许是在闲下来的瞬间，或许是在别人的欢声笑语里，或许是在午夜梦回的懵懂中。更多的时候，则是因为腰腿的疼痛，不由自主就要叹息一下。可能因为母亲是高龄产妇的缘故，所以我总是觉得自己先天不足，从小就有腿软的毛病，有时走着走着，就会突然软蹲下去。也许是在我少年时，过早地挑水、担煤，让正在生长发育的我，因为不会使力而埋下的祸根。刚刚步入不惑之年，膝关节退行性病变，已严重到无从修复，十余年来，我只能在未老先衰的病痛里苟延残喘。一声叹息，包含了多少力不从心的不甘，更多的是不为人知的无奈。

"嗯……"一声沉闷的喟叹，饱含着痛苦、心酸、欲语还休的隐忍。

"唉……"一声幽幽的轻叹，既是一种无奈，却也是对生活无能为力的妥协。

"呜……"一声闷哼，则像更加沉重的叹息，这短促的压抑，咽下的是坚强。就像父亲生命尾声时，痛苦地承受着难以忍受的病痛折磨，却因不想打扰别人，而强自吞咽下的决绝。

……

声声叹息，牵扯着神经，不再是"为赋新诗强说愁"，却让我恍然明白了什么是真正的人到中年。长长短短不经意的一声声轻叹，吐出的是无奈，是压抑，是生活的负累，更是想让那些压在胸腔里的杂质，随着那一声叹息而释然。这也是"欲语还休，却道天凉好个秋"的成熟，可以暂时让压抑的心情自我排遣，能得到些许放空。

诠释生命，就得理解生命的过程。当我们度过了无忧无虑的童年，步入"少年维特之烦恼"，叹息似乎从此便接踵而至。

初恋的懵懂和忐忑、相恋的欢愉、失恋的痛苦，直到婚姻的醋畅。伴随着孩子的诞生，渐渐地，好像我们越来越没有时间，更没有权利去叹息了。转眼间，孩子大了，父母老了，而失去了青春活力的我们，却不得不疲惫地辗转在工作、家庭之间，焦头烂额之际，唯独遗忘了自己。忙里偷闲的间隙，或许还没顾上审视自己，就已被不小心溜出来的那声叹息，唤出了日益增长的压力。

而今，父母已在天堂，孩子也放飞了自己，我在暂时卸下负担的同时，急于想寻觅一块适合自我的栖息地，却蓦然发现：想跑？腿不由己；想爬？腰不给力；想穿？不忍面镜；想美？还好，有可以诓骗人的美颜相机。

人到中年，我一边忍受着身体零部件的老化，一边追忆着纯真的童趣。在憧憬灿烂夕阳的同时，坚持着不服输的勇气。

因为网络，我现在拥有了属于自己的心灵芳草地。我在沟通中舒畅，在倾诉里释然，让自己的悲欢恬淡，也在别人的故事里唏嘘。更喜欢徜徉在文字中，在回忆里寻求安逸。我静静地品诗读文，抑或是潜进诗行，在反复推敲中码字，任由思绪信马由缰，凭借天马行空，将喜怒哀乐延伸，在分行里沉迷。

每当敲完最后一个标点符号，点击保存后，我都会夸张地伸个懒腰，"吁……"地吐出一口长长的浊气，仿佛笔下的悲欢离合，已经事不关己。

当一切变得云轻风淡，叹息的本身，已不仅仅代表失落、无奈和伤感。或许，那长长短短的轻叹，仿佛如歌的行板，每一个音符的抒发，都是带着节奏感放松的一种方式。

浮躁

从站了一路的早高峰公交车上，跌跌撞撞地挤下来的时候，我的脑子还在半梦半醒的混沌中游离。昨晚疲惫地回到出租屋时，另外三个房客已是人去屋空。缘于房东转租，房租上调幅度过大，多次协商未果，他们已经匆匆离去了。

更令人大跌眼镜的是，新中介公司派人去整理房屋时，居然问也没问，就把我卧室门口所有的鞋子、盆子，厨房里所有的锅碗瓢盆，还有卫生间里所有的日用物品，统统给收拾得精光，那叫一个干净！甚至连一点痕迹都不曾留下。这种被洗劫的感觉，简直让我脑仁发麻。幸运的是，没把我的卧房撬开，屋里所有的东西还在，真是阿弥陀佛！形单影只的我，再一次面临何去何从的纠结，心情不禁跌入谷底。

漂在北京。在这个流动的城市，五年来，我已经迁居过五次。我从来不曾期许过高，惯于随遇而安，只想在暂栖的蜗居里，可以洗去纤尘，有一张容身安睡的床榻，足矣。然而每每想偏安一隅时，总是又被迫漂移。

我极力想让自己像陀螺一样旋转，力求让工作和业余生活做到有机结合，尽量不要停歇。别人看到的，可能只是我的洒脱不羁，难掩的，却是人在旅途的悲凉。谁曾看到过，我在眺望远方时，留存在眼眸的孤寂？每每夜深人静，想抚慰自己，却很难触及心底，那里布满了太多的沧桑，悄然爬出的落寞，已被现实的炎凉覆盖。

上班路上，下车的站台边，只见平时顾客寥寥无几的煎饼果子摊位前排着长龙。摊主夫妻分工合作，丈夫快速利落地摊着煎饼，妻子负责收款、装袋……

这小小的路边摊，给我们打工族带来方便和温暖的同时，更多的，应该也承载着摊主一家人的衣食住行吧。

公司所在写字楼里的餐厅，不知何故已关停了。对面胡同里，原来也有很多各种风味的小吃店，经济实惠，是工薪阶层的福地。那时的我们，在早上可以随意挑选自己喜欢的早餐，中午则三三两两地溜达出去，暂时抛开工作，放松心情。有时一起叫上几个可口的小菜，边吃边聊些家长里短、儿女情长，也把生活里的琐碎，就着饭菜一并吞咽下去，任其慢慢地消化。

随着城市建设的进程，那些我们吃了若干年的小吃店，突然之间都被关门叫停了。已经熟悉的面孔和各地方言，也都在苦笑的长吁短叹中，渐行渐远，消失在了我们恐怕再难谋面的四面八方。

胡同里干净了，也安静了，更陷入了落寞，我们的胃却越来越嘈杂不安。每天怎么吃、吃什么，成了需要绞尽脑汁的必需，因而也缺少了抬腿就走、看见什么可以随意品尝的乐趣。将就点好等来的外卖，缺少了现做的卖相和鲜感，也变相地剥夺了我们出去走走的放松。相比关在笼子里的鸟儿，写字楼一族虽然有着可以早出晚归的自由，却失去了与阳光相拥的惬意。

等煎饼果子的队伍走走停停，不情愿却又无奈地蠕动着，像一条沉默的百足虫。

这时，一个看上去40岁左右的瘦瘦的女人，怀里抱着一些行李，满是歉疚地给排队的人们赔着笑脸，卑微地请求着："实在不好意思，孩子赶着上学，没顾上吃早饭。麻烦大家了，请照顾一下，谢谢！谢谢！"

　　排队的人都面无表情，仿佛说话也变得吝惜。这个本来已经超出预计时间的早点，已经让很多人不耐烦，有的等不及已经离开了。或许人们出于理解，没有人站出来反对。

　　突然，路旁一阵骚乱。一辆逆行驰来的电动车，不小心触碰到他人，却没有停下来道歉。被碰的人突然无名火起，一把上前拉住想继续行驶的电动车，挥拳就上，霎时只见双方鼻血横流。两个大男人，就这样看似亲密地搂抱着纠缠在一起，不时腾出自己的一只手，尽往对方脸上招呼，瞬间便打得不可开交，脸上布满朵朵盛开的"桃花"。

　　有人上前，试图拉架制止，那二人却似情侣般勾肩搭背，抱打在一起难解难分。最后可能是打累了，骑车的那位一边报警，一边绕着倒地的电动车游走着，像是在演练太极。他们依旧互相指着对方的鼻子，不停地说着大话叫板，拉着谁都不服的架势。

　　我前面排着的是一个年轻女孩，她在她前面的人还在等着取煎饼果子时，就提前微信支付了两份，并告诉摊主不要加葱。等轮到她时，正巧她的一个熟人路过，看见她排队就停下来，边等她边笑着问："今天怎么晚了？"就听女孩心烦地答道："今天那个鸡蛋灌饼没出摊儿，只好在这排队耽误了。"正说着，一个煎饼已经摊好了，摊主妻子麻利地递过来说："五元。"

　　女孩便没好气了："我刚才不是已经付过了吗？"接着对摊主说："第二个和这个一样，不加葱。"

　　摊主妻子似乎想起来了，便赔着笑脸说："对不起！是我没记住，不好意思啊。"

　　"又要加塞啊！"突然，我身后传来一个中年妇女尖利的不满声，仿佛隐忍了半天的怒气，终于找到了突破口。

　　"我开始就说好要两份的！钱都交了。这一大早的，我招谁惹谁了，真是添堵！"

我看到了女孩倏忽转过来的脸，有着精致妆容的脸略显扭曲，愤怒的眼睛里似要冒出火来。后面的声音还好没有再回应，否则，势必又将发生一场新的口水大战，抑或附带起运动型肢体语言，就像刚才上演的打架那一幕，也未可知。

看着提起早餐匆匆离去的背影，我暗想今天这一早的情绪，势必会影响一整天的心情了。

举目张望，每天擦肩而过熙来攘往的人群中，有多少人迫于工作或生活的压力，举步维艰地游走在形如钢丝的边缘。或许，更有人早就期待着一根导火索，渴望着用宣泄、咆哮，来释放生活的无奈吧。

回家的路

午饭后，用手机和同学 R 君聊了几句家常。

末了，他问："该上班了吧？"

"我们没有午休，只有午饭一小时的时间。大部分都是叫外卖，所以也不挪窝。"

"那，一天上多长时间呢？"

"上午 9 点到晚上 6 点。"

"在单位一气儿待九小时？"他有些惊讶，看来是早忘了我对他说过的话。一个月前，在他流露出想离开北京之时，我曾苦口婆心地劝他留下，既然已经度过了最艰难的时刻，对付着干就是了。他却整天神魂不定，仿佛被下了蛊，唯一的念头就是回家，而且临走前居然没告诉我具体时间，就执意地离开了。这时相距我给他接风，最多也不过两个月。

"我在单位最少每天是九小时，而每天奔走在路上，还需要差不多四五个小时。并且早上的公交车，基本上都没有座位。我每天上班，其实就权当是强迫自己锻炼身体了。"我打过去一个调皮的笑脸。

"哦。那剩下的才是可以休息的时间，而且，还得洗漱收拾。这么说，前半夜基本上就交待了。"他若有所思。

"可不呗，我基本上没在 12 点之前睡着过。"我忍不住又调侃道，"你在北京的时候，比我可自由自在多了哈，却还是那么不知足。你就是在国企里按部就班地待惯了，受不了委屈。"

"呵呵，我知道的，比起你来我知足。只不过，我是刻意给自己找了个回家的借口罢了，看着你们这样的生活方式，我怕自己待久了，也会变成像你和很多人一样，真的就会回不了家了。"

"哦。那我是因为没有找到借口，所以才一直回不了家了……"我不禁有些落寞，因为我真的找不到可以停下来的理由。

不由得想起我的当初，还有和他一样刚迈出家门时的不得已。外面的世界很精彩，到处都是财大气粗的人，给我们画着喷喷香的大饼，诱惑着我们的口水。外面的世界更无奈，我甚至差点颠覆了半生以来做人的原则，在无数次内心的纠结和挣扎中，也曾让我真的想不管不顾地放弃。然而，生活不只是花前月下，当面对着空空的口袋，那是一种无法言说的悲凉，让人不得不冷静地屈从所面临的一切，甚至包括尊严。那些不得不随遇而安的无奈，其实就是现实设计的阴谋。多年来，我已慢慢地磨平了自己锋芒毕露的棱角，与现实妥协，跟自己讲和。生活就是一场修行，我已经让心的浮躁在打磨中，归于恬淡。

"我心里明白得很，"他缓缓地说道，"我舍不得家里天伦之乐的温馨。特别是出来的这些日子，让我更感觉到家的重要。我留恋家带给我的温暖，所以必须找一些理由来伪装自己。我知道自己没有出息，可我真的无法忍受离家的孤独。我借着身体不好，故意做出举步维艰、苦大仇深的样子，不过是想用这些委屈，换取可以堂而皇之退却的借口。"

"父母在不远游。回去也好。"感受着他的狡黠和"阴谋"得逞的惬意，我轻轻地叹了口气，"各安天命吧。"

三个月前，R君在万般不舍"老婆孩子热炕头"的纠结中，无奈地漂到了京城。

他已到知天命之年，儿孙满堂，耄耋之年的父母已年老体衰，他却因为企业的效益不佳，办理了内退。闲下来的日子，每每看到高堂在座、儿女成人，欣慰之情溢于言表，自豪感不觉油然而生。操劳半生，而今已是四世同堂，正是尽享含饴弄孙天伦之乐的时候，实在没有不开心的理由。

然而，微薄的薪金，却远远赶不上物价上涨的脚步。除了生活必需的支出，既要负担房贷，还想孝敬父母，不时还得再给宝贝儿孙们贴补一二，便显得捉襟见肘。他蓦然觉得眼前一片茫然，如何才能让风烛残年的父母安心颐养天年，如何让自己即将步入的老年衣食无忧，更为了能让子孙后代过上比自己更好的生活，似乎又成了一道难题，他突然感到自己作为这承上启下的纽带，此刻还不应该过早松懈。由此而引发的坐立不安，令退休一身轻的安然感，渐渐地消失殆尽。

几番商量后，他终于痛下决心想要发挥余热。可巧，朋友介绍了一份工作，工资虽然不算多，但是管吃管住，没什么生活成本，唯一的顾虑就是远离家乡。于纠结中，他只身来到北京。

等他安顿好住处，我就给他接风洗尘。

他说："宿舍里是五六个人一起住的，很乱。"

我说："出来讨生活不比在家里，将就一下吧，适应了就好。你那住处可是在北京三环内哦，至少吃住方便不用跑。我可是每天光在路上就得四五个小时，赶上你工作的时间了，还得天天为吃什么发愁。要不，去我附近找间房子？恐怕你受不了来回折腾。"

他说："唉……那儿的饭菜是粤菜，甜口的多，我血糖有点高。"

我说："不会全是甜的吧？那就尽量拣糖少的吃呗，馋了就过来，咱们一起去打牙祭。"

没过几天，迫于工作的压力，他就想要打退堂鼓。

"咱五十多岁的人了，好歹也是管别人惯了的。现在就算是寄人篱下，也是靠自己的力气挣饭吃，却天天这样被小年轻的呵斥……"他脸上有些挂不住的羞惭，愁眉苦脸地倒着苦水，"咱脑子现在是慢，可动不动就被劈头盖脸一顿训斥，跟三孙子似的，更摸不着头脑。实在是有点吃不消了。"

"年龄大了，又是新环境，肯定得有个熟悉的过程。你也多长点心吧，别总是走神。"我笑着跟他开玩笑，"冬天到了，春天还会远吗？"

"唉……难熬哦……"他点了支烟，狠狠地吸进去一口，又使劲地吐出来，仿佛要把几天来压在心头的愤懑倾吐干净。

"既来之则安之，啥样的风浪咱没见过？就这么点困难，咱还能真的克服不了吗？"我笑着安慰他，"再说了，咱怕过谁？你呀，就是在家安逸惯了，想家了吧？安乐窝里欢乐多哦。我一个人在外面漂泊了十几年，啥样的委屈没受过？咬咬牙，这不是就过来了嘛，没事。"

"嗯。"

国庆节假期，天气变凉了。我回了老家一趟，顺便帮他带来些冬衣，鼓励他再难也要坚持到过年，他答应了。岂料一转眼，还没过几天，他居然就不辞而别了，回到家才告诉我。理由倒也充分：给女儿准备婚礼。

我倒是佩服他的决绝，这样对他来说也算是解脱了。我却是典型的外强中干，关键时刻总是过于优柔寡断，多次面临转折时，都劝自己说结束吧，却又如同被抽打的陀螺，被无形的鞭子驱赶着，无法停下来。

他说："心烦的时候想出去，谁知道出去了比在家更烦。回到家时间长了，又想着外面其实也挺好的。在外面有外面的自由自在，一人吃饱了全家不饿，不用操心家长里短这些琐碎。

可是，身在异乡，陌生的环境，让人寝食难安。劳累并不可怕，但是一个人的孤独，却像是被无数条看不见的虫子在咬噬着。特别是在夜深人静的时候，那是一种无法言说的痛。我也知道，适应了就麻木了，会觉得无所谓，其实在哪儿不是一样呢？可是，从来没有离开过家这么久，我还是过不了恋家这个坎儿。真心佩服你！"

他停顿了一下，若有所思。然后他接着说："在北京这俩月，我也观察了一些人。我发现出去讨生活的人，表面看似潇洒，其实活得幸福的并不多。很多人都是和你我一样，抛家舍业的，迫于生活所需。我既然回来了，就不打算再出去了，就在附近找点事做吧，虽然这边待遇低点，但还是感觉回家踏实。"

关上对话框，我不禁陷入了沉思。

他是明智的。在人心浮躁的今天，多少人拖着疲惫的身心，为了利用这一点"剩余价值"，含辛茹苦，吃力地拼搏着。背负的责任大，竞争又如此激烈，由此而导致的心理与生理的问题，也成为很多家庭分崩离析的根由。人到中年，很多人把自己逼进了感情的空窗。更有人害怕回家，习惯了颠沛流离，反而不知道如何去面对安定的生活环境。

每一个踏出家门的人，都是需要勇气的。外出谋生是一把"双刃剑"，更是开弓之箭，把自己放出去的那一刻，想回头已身不由己。回家的路山高水远，漫漫征途既清晰又迷离。我也觉得自己像一只断了线的风筝，不知道哪缕炊烟，能唤回我这漂泊的游子……

小年晨曲

今天是小年。

早上 7 点我一如既往地出门去上班，楼道里安静得就像午夜的操场。电梯间黑乎乎的，电梯的指示灯像在特意候我，没有了平时的忙碌。小区的院子比往日空旷，不见了睡眼惺忪的学生，只有几个遛狗的居民。

楼角的穿堂风今天似乎也有点懈怠，不似往日那般凛冽。

半边月，清亮亮地挂在头顶的斜上方，像逆光的半盏白炽灯，悬挂在尚且昏暗的天空。

身子还没冻透，公交车已疾驰到眼前。车上也是难得的空旷，往常我尽力躲避的那两个爱使劲儿往前挤的年轻人，今天也都不急不忙地上了车，挑选到自己心仪的座位，倒头便睡。一年到头，难得能在早高峰的时段踏实地坐上几回。每年也就从小年开始，一直到正月十五可以如此从容。

路上的车，也不再见缝插针地往前冲，都放慢了速度，仿佛突然学好了交规，遵守着自己的规矩，于是道路畅通了许多。

有座位的时间，似乎比平时挤站的时间短了很多，我刚划刷了几下手机便到站了。有点不情愿地起身下车，走一站路去倒另外一辆公交车。

北京的街头，和我刚去过的西安的"大唐不夜城"相比，还没呈现出喜庆的气氛，一些工人刚刚在给光秃秃的树干枝丫上缠绕 LED 彩灯饰，倒仿佛我是从繁盛的大唐，穿越回到了现代。仅有的亮色，是元旦挂的大红灯笼，还在电线杆上，闪着耀眼的中国红。

街上的行人不再摩肩接踵，平日紧赶紧的上班族，眼看着已经稀稀拉拉。时不时看到有拖着行李箱、提着大包小包急匆匆的赶路人。

昨晚刚跟几个离职的同事聚餐，话别的"人民公社大食堂"今早却已是铁将军把门，挂出了歇业的牌子。幸好还有几个打游击的路边摊，顽强地游走在监管的边缘。

走进写字楼的大门，总觉得空落落的，好像缺少了点啥。蓦然发觉，原来是路上平时那几只叽叽喳喳的喜鹊，今天居然一股脑儿地都不见了，像是约好似的。莫非，它们也赶去参加年会的狂欢了？

打开电脑，小年的祝福，正在拉开年的序幕，勾起了离家游子的意马心猿。不由让人纠结，回家的旅程，是不是应该提前？

春曲声中话芜杂

　　与去年的忙碌相比，现在的休息，却成为我周末醒来后无所事事的茫然。周末总不能光躺在床上睡觉吧，想去寻一处僻静的森林公园或者是湿地公园走走，放松一下被口罩制约的呼吸，没想到平时没有几个人光顾的湿地公园，在我赶到时却早已人头攒动，像熙熙攘攘的闹市。平素园内的车位都是空空落落的，而今的私家车，却连园外马路的周边都占据了，遥遥摆起长龙。

　　所有人都戴着不能随意摘下的口罩，只露着滴溜溜乱转的眼睛，随着人流一边游走，一边贪婪地四处张望。低调朴实的二月兰，已经花开成海，像义无反顾的逆行天使，在顺应自然中，无私地奉献出自己全部的光和热，谱写着一曲人间大爱的生命华章。一湖春水波光潋滟，湖岸随微风徐徐摆动的绿柳，顾影自怜着水中的倒影，翩翩起舞。碧桃、连翘、海棠，争奇斗艳，紫叶李、榆叶梅张扬着四月的妖娆，更有馥郁的丁香花，氤氲的香气在白色、紫色的云雾间回旋。即使隔着口罩的屏障，也难阻挡其沁心的馨香。

　　男女老少欢快地徜徉其间，更有以家庭为单位的欢聚者，或者是呼朋唤友的邀约。一群骑友，散作花花绿绿的一片，上扬的眉眼和欢声笑语，洋溢着关不住的青春活力。沙滩上，带孩子的家庭支起的帐篷，像一丛丛突然冒出来的蘑菇伞，再摆上一堆野炊的食物，任孩子们随意挖坑扬沙地撒欢儿。也有的挂上吊床，打开音乐、视频，或者干脆闭目养神，享受一段悠闲的时光。既流连于湖光花色，怎能不留下倩影？！拣一个没人的花丛，且与鲜花媲美，摆上几个 Pose，留下美好的瞬间，但等闲暇时，慢慢回放。

难得享受花香的诱惑与阳光的温暖，我也流连忘返，迟迟不忍离开。

非常时期得悠着点儿，还是见好就收吧，所谓"动如脱兔，静若处子"。余下的一天，便赖在被窝里，两耳不闻窗外事，掩耳盗铃一般，把春天和疫情统统都隔绝在屋外。听听书，打打游戏，倒也安逸，不觉时间已是下午过半，像插了翅膀。

只有身心安静时看书或者听书，方可入心。狄更斯的《双城记》，正听得如火如荼接近尾声。混乱的时局，血腥的狂暴，出乎预料的恩怨情仇，使本来觉得前面的部分有点冗长而硬着头皮在听的我，听到后半部分，才恍然理解了前面不得不做的铺垫，忍不住神情为之一振，不由得赞叹文学巨匠的高明，埋下如此的伏笔。令人揪心的逃亡已近高潮，虽然根据内容已经猜到了结局，我的心还是不由自主地被揪起，跟着声情并茂的主播心情激荡着，恨不得马上揭开这令人放心不下的谜底。

突兀的电话铃声骤起，打断了关键时刻的讲述。是一个陌生来电，接通时，似听到按下录音键的"滴"声，接着传来一个能听出是在极力克制着南方口音的男声，自称是通信公司的工作人员，很严肃地跟我核实身份，电话号码和身份证号码都吻合。他说我 3 月 24 日用这个号码的身份证，在上海开通了另外一个手机号，并且发布了过多的谣言信息，已经遭到多起投诉，要封存我这个电话号码。我马上予以否定说："这怎么可能？我什么时候去上海了？"他便煞有介事地问我："可以确定不是你本人所为吗？"我说："当然！如果不是本人操作，即使带着别人的身份证，你们也不可能给办理吧？这可是你们系统的责任！"说完了我突然发觉有些不对劲，马上又反问他，"你怎么不用系统的座机电话呢？"他停顿片刻，显然是没想到我会这么发问，不禁有些支吾，说了什么，我也没听清楚，似乎听见对方旁边有人在小声说话，可能是在支招，我已经恍然大悟。他说："根据你现在这样的情况，我让我们主任来解决吧。"我说："不用！如果有问题的话，你们报警好了，让警察直接来找我吧。"对方嘀咕了一会儿，便不再出声了。

我挂断电话，想起网传的那些东西，恍惚记得有说诈骗电话会用什么方法套取手机信息和卡里的余额，虽然没有收到支取的短信，还是心有不安。赶紧拨打10086的人工服务台咨询，得知除此之外我确定没有关联别的号码，不会被别人利用，我这"扑通扑通"乱跳的老心脏，才算是安静了下来，这可真是癞蛤蟆上脚面——不咬人但硌硬人。

根据来电人的问询，我隐隐能感觉到此类电话诈骗的对象，极有可能是针对中老年人的。无非是想利于我们已经不太灵活的大脑，还有草木皆兵的脆弱神经来浑水摸鱼。面对骗子们的蠢蠢欲动，我想应该提笔写点什么，在此提请大家警醒，一定要严加防范，千万不要在恐慌中造成经济损失！

网络与现实

芒种那天是周五，刚跨进 6 月的门槛，就已经有了流金铄石的味道。傍晚时分，相比室外比较惬意的微风，屋里就显得相当闷热，总感觉还没到必须开空调的时节，于是便信步下楼去放风。

外出谋生十几年来，回家就成了奢侈，尤其是远去黔西南的那几年，每年只有短短的几天探亲假，更是来去匆匆。回到北方十年了，一直在离家方圆百公里的周边转悠，差不多两周左右回家一次，忙里偷闲地度一个周末。

十五年的光阴，似乎不过是一转眼的时间，只是每每遇到大院里来来往往的人群，看着一张张似曾相识的面孔，有时竟找不到名字来对应，只能哼哼哈哈地打着招呼，或者仅仅是点头致意，眼神交汇处，透露出知道彼此存在的信息，转身处，不觉生出物是人非的感慨。

想找个一起遛弯的伴儿，打开电话簿，却是一片茫然，才想起平时疏于联络，及至那些曾经的亲密，都变成封存的过往，静静地隐蔽在记忆深处，不由得一声叹息。

海斌、宇飞夫妇是我多年的挚友，本来我是想找宇飞出去走走的，得知她已去广州带他们的一对孙男孙女，便只好作罢。因为疫情，这半年多没和大家联系，虽然有的住在一个大院里，有的同在一个城市，所有的联系方式俱全，却不知是懒还是突然就失去了心气儿，居然这么久都不曾联系过。还好海斌有些空闲，便约了次日出游，随便找个地方遛遛车去。

稀里糊涂地查到了一个地方，百十来里，就它了。夜里在定州齐有为大哥建的群里闲聊。大哥是我很多年前在 QQ 上玩游戏时，为了互相解锁而结识的网友，过去聊天并不多，只在需要解锁时才留言求救。自从 2017 年我开始在平台发文，大哥才开始正式关注我，并给予了很多的鼓励和支持，还时不时地把我的小文，推荐给他的家人和朋友们。因为时间和空间的缘故，虽然神交已久，我们却一直未曾谋面。

我随口问及群友谁知道我要去的那个地方，都说不知道。齐大哥鼓动大家一起参加，却因时间仓促没有人响应。大哥说他也想去，反正他就是个老顽童，平时不是骑行就是自驾的，去哪儿都是玩，正好此地在我们两个城市的中间，不如趁机聚聚，我不禁拍手称快。

临出发时，大哥告诉我，说搜索不到我说的那个地方，我赶紧查找，竟然是在南方，窘迫！怎么搜附近居然搜到了千里之外？可见网络也会跑偏，也怪我没有仔细查看。已经要出发了弄了这么一出，不禁有点发毛，只好随便又找了一个地方。

向既定目标出发，一路上自然是其乐融融，家人和朋友，共同回忆着我们曾经走过的三十多年岁月，真如白驹过隙，转眼间却已是沧海桑田。虽然这十几年聚少离多，但曾经的那些岁月，包含了我们太多的情感和故事，也见证了一路的坎坷与纯真的友谊。那些逝去的大好年华，那些从青春的风华正茂，到走进知天命之年的快乐和心酸，让我们亲历了一个兵工厂的前世今生、荣辱兴衰。无奈的破产，纠结着多少人的喜怒哀乐，又有多少人像我一样外出谋生，至今仍然奔波在讨生活的路上。往昔如画本，一旦打开，一幕幕地便跃然眼前，仿佛昨日画卷，令大家感慨万千。

　　不觉间已到导航指引的目的地附近，却是一条荒凉的盘山路径，几乎看不见人影。陡峭处，坐骑哼哼唧唧了几声，干脆罢了工，乘客只好下来步行，只开车先上。当空的太阳，仿佛也在嘲笑我们的莽撞，路面上白晃晃的，连个遮挡的阴凉都没有，真想抽它一巴掌，换几片愁云惨雾，挤下几滴眼泪来好乘凉。

　　登高远望，倒能见识不同的风光。对面的山峰，像戴了一顶圆边透明的礼帽，齐刷刷地把一座山分成两种模样，帽檐里的植被显得浓密，颜色比帽檐下边那光秃秃的喀斯特地貌似的山体深了许多，感觉像是海平面的遗迹。

　　我突然发现了新大陆，那马路两边的植物，竟然是密密麻麻蓬勃的艾草。人家九月九登高"遍插茱萸少一人"，我们在端午节前见艾草，倒是让我生出久违的亲切感。不禁想起家门前曾经种植的艾草，想起母亲在世时，每年的端午节那天早上，母亲便会将它割下来编成辫子挂上门框。我之所以取冰台做笔名，就因为冰台是艾草的别称，只不过是想借一把艾草除瘟避秽，接一缕地气，回归田间山野。亲切地搓几把艾叶，嗅其芬芳，仿佛热气也消散了一些，姑且算作辟邪之旅吧。还偶遇了山杏和桑葚，我们自然二话不说，摘了就吃，用纯天然的尤物，解烈日下之焦渴。

　　好不容易快爬到山顶了，看见车已经掉头向下，原来上面是一个雷达基地，禁止闲杂人等通过。再看导航，网络早没了信号，怕大哥联系不上我们着急，只得赶紧原路下山。回身处，望见远处有一片湖水，我们便直奔过去，给大哥重新发了位置。

　　大哥携夫人与孙子孙女赶到时，我们已在碧波荡漾的湖边歇过了爬山的乏累。会合时相见甚是亲切自然，俨然是多年的老友，没有一点生疏感。孩子们看见水更是欢呼雀跃，奔到湖边打水仗，他那因晕车而满脸倦容的孙女，终于一扫满脸不耐烦的神态，露出了甜甜的笑颜。

热情开朗的嫂子，与我更是一见如故，因大哥对我文章的喜爱，便也常常会推荐给嫂子。他们说总能在我的字里行间，寻找到过去的影子，在那些场景里，可以回望一代人走过的足迹。嫂子对我描写故乡的段落记忆犹新，特别是对那首《乡恋》更是推崇，她连连说诗中那炊烟袅袅、呼儿唤女的场景，仿佛就在眼前，让人身临其境。

大哥不声不响地过去租了快艇，邀我们一起上船。随着快艇的启动，船舷周围便划出优美的弧线，拉开了一道雪白的浪花水幕，船老大还会不时地秀一下他的特技，引来我们阵阵惊呼。风把我们的衣服鼓成风帆，也把头发恣意地揉弄，仿佛理发师的花式吹风。浪花在身后快活地飞溅出一道白练，像白鲸的巨尾。

大哥和嫂子不愧是相携相知的伴侣，平时他们一起骑行出游，停下来就和骑友们又唱又跳，真是一帮快乐无忧的老顽童。我经常从手机上感受他们的快乐，更让我羡慕他们的悠闲自在，恨不得参与其中。嫂子更是与时俱进，居然还玩起了抖音，拍下我们嗨浪的画面，并迅速配好音乐发出，引来大家的一片赞叹。恬静的孙女，安静地仰靠在船尾的边角，双臂交叉在额顶，微闭上眼睛，享受着风的抚慰和速度的激情。小孙子却像一匹不安分的小马驹，欢快地叫着笑着，等慢下来的时候，他又连忙催促着快点再跑起来，回到了岸边他还意犹未尽。

路过一家农家乐，我们便随意停下来准备吃饭。等我们停好车进去时，我把提前准备好的现金塞给老板当押金，她却说大哥刚才进去时已经预付了，坚决不肯收我的。我便想起大哥曾经在群聊时戏言："埋单这种事哦，就看谁的腿跑得快了。"看来姜还是老的辣，不佩服不行，热爱生活，每天骑行的他们精神矍铄，一个个老当益壮的，自然比我跑得快。既然都是诚心实意的人，我也就不再谦让，只是让我又多欠了一份人情。

当今社会，玩乐已经成为休闲的常态，一车在手，说走就走。至于玩什么，怎么玩，似乎已经是醉翁之意不在酒。说到吃，除了美食家或者刻意地想吃点什么而去踅摸，像这种出游的，随意性就很大。吃什么变得不再重要，重要的是看跟谁在一起吃。

网络与现实，似乎在远近之间。说远，远到同在一个城市，可能一辈子只限在网络上交流，终未谋面；说近，近到几百公里甚至上千公里之外，或许一个心血来潮，便能翩然而至，让天涯成为咫尺。我一直认为朋友的距离不在远近，我更注重心灵的沟通与共鸣。朋友交往的形式也不必拘泥环境，不管是网络相识还是现实的交往，同样不影响心的隔阂，就像眼前这三十多年的挚友和从网络里走出来的大哥，无论何时何地，或许彼此一年都没个动静，可是一旦召唤，我相信我们都会毫不犹豫地现身。

当十五年前，我刚成为网虫时，一说起网友，往往就会被世人侧目，而见面和交往，更是被很多人视为洪水猛兽。我却一直感恩，曾经在网络遇到过那么多的朋友，陪我走过生平最困难的日子。有的虽然只留一个背影，我也心存感激，感谢人生路上所有陪我一程的过客。更有几个天南地北的知己，虽然十几年来从未谋面，却总是会在偶尔的一个问候或一声牵挂里，呼应对彼此的关注，从而唤起如亲人般的感动和温馨。

对我而言，没有网络，就不会有我今天的心态；没有网络，我无法想象母亲临终前，那几个月的漫漫长夜，该是怎样的煎熬；如果没有网友的支持和鼓励，那些漂泊在外的孤寂，以及低落的时候，恐怕也很难找到排解的出口；没有网络，我更不会遇到那么多生命里的文学贵人，是他们，助我重新拾起学生时代喜欢的写作，才能得以在文字里放飞心绪，延续起，搁浅了几十年的作家梦。

醉心何须酒

每周末的例行聚会，在大家的催促和念叨声中，"何仙姑"总是踏着惯有的不紧不慢的步子，优哉游哉地提着一只"沟帮子烧鸡"，或是拎着一些稀罕小物件姗姗来迟，要么笑眯眯的，要么扮伴嗔状，责怪众人猴急，不等到她来就开喝，每每如此，笑闹一番算是正式开席。

这是一帮知根知底的老同学。儿时都是"老三线"兵工厂的子弟，后来参加工作，虽然职业各异，却还是围绕着兵工厂这个大行业。

20世纪80年代末，兵工厂下马，开始陆续搬出大山，紧接着又是军转民，再后来等待破产，下岗、买断、重组，渐渐地众人聚少离多，奔波在各自命运的轮盘上。风云变幻，我们从腰板挺直的"军工人"，到后来四处飘零讨生活的"打工族"，这些"60后"，究竟走过了怎样的坎坷？如人饮水，冷暖自知。

随着步入知天命之年，大部分同学已陆续办理了退休，儿女已成家立业，生活慢慢步入平稳。而久违的同学情，却更像一个大磁场，把大家重新又吸引在一起。时不时的小聚，让我们在感慨之余，更多的是捡拾回了儿时的纯真，那种亲密无间的情感，在释放压力的同时，更让人们从尔虞我诈的职场，回归了本我。

几年下来，大聚会便成了谁家有红白喜事或者是逢年过节时必须的集聚，再有就是偶尔有不常见的外地同学过来便临时召集。而隔三岔五自由组合的小聚，则渐渐地演变成了每周一聚的固定项目，而留下来常聚的这八个同学中，正好有一个巾帼不让须眉的女中豪杰，便迎合了"八仙"之名。

每次的酒足饭饱飘飘然之际，自然是酒不醉人人自醉了，嬉笑怒骂妙然成趣。

每到酒酣耳热，调侃和互揭老底也就达到了高潮。那些陈谷子烂芝麻的往事，不知道怎么，就都能被人从犄角旮旯里翻晒出来，有时还会引起急赤白脸的恼怒和辩解，最后自然也是在哄笑声中不了了之而已。

早年的兵工厂，是在一个封闭起来的山坳里，但麻雀虽小五脏俱全，是比我们当时所在的县城，各项配套设施更完善的"山中之城"，无论在待遇、建筑还是环境、人文，都是很多人可望而不可即的世外桃源。其弊端，则是小圈子里的人际关系较为复杂。因为封闭，所以婚恋的对象大多是内部消化，而在那个兄弟姐妹众多的年代，大家戏称这种从一个人那捋起来，可以延伸半个工厂的，所谓八竿子打不着的连带亲戚关系为"狗连蛋"。而在那个文化生活匮乏的年代，串门闲扯淡，却也是生活的一部分，只是稍不留神，就不知道会触碰到谁家的隐私，难免会招惹些是非。

酒桌上，"八仙"也脱不开俗套，端杯时人模狗样儿的，开始一本正经地胡侃，谈谈国际、国内的大事，聊聊热点。说着说着，就离不开人间烟火了，自然还得回归到身边的人和事。说着说着，不知道谁就连上了谁家的"狗连蛋"，又惹得大家不免笑闹一番。接下来的天马行空，就更找不到边际了。往往越聊越是热闹，聊着聊着，便也就离题越来越远，不知道跟哪儿接轨去了。反正是说的人兴高采烈，听的人更是开怀大笑，全然忘记了自己的现状，恍若回到了鲜衣怒马的少年时代。

有一次，小个子突然想起了某年某月的一件事，冲着大个子嚷嚷着找后账："对了，那回咱俩去偷苹果，我摘完了，让你在下面接着我。你小子倒好，影都不见了，害得我差点摔断腿。"大个子捋着有点硬的舌头说："切！你……傻，还是我傻？人家主……主家都来了，我……我不跑，还等着挨……挨抓呀……"

这每周一聚的"八仙"，每每就着那么几个小菜，或豪饮或慢品，几杯薄酒下肚，一个个便面红耳赤，而那份发自内心的欢畅和满足，却仿佛喝的是琼浆玉液、吃的是饕餮盛宴。